REBEL MOON

UM FILME DE ZACK SNYDER

PARTE 1: A MENINA DO FOGO

Rebel Moon Part One – A Child of Fire: The Official Novelization (2023)
REBEL MOON™ / © Netflix 2024. Used with permission.
Tradução © 2024 by Book One
Todos os direitos de tradução reservados e protegidos pela Lei 9.610 de 19/02/1998. Nenhuma parte desta publicação, sem autorização prévia por escrito da editora, poderá ser reproduzida ou transmitida sejam quais forem os meios empregados: eletrônicos, mecânicos, fotográficos, gravação ou quaisquer outros.

Arte e editorial	**Francine C. Silva**
Tradução	**Lina Machado**
Preparação	**Daniela Toledo**
Revisão	**Rafael Bisoffi** **Lívia Magalhães**
Adaptação de capa, projeto gráfico e diagramação	**Francine C. Silva**
Impressão	**Searon Gráfica**

Dados Internacionais de Catalogação na Publicação (CIP)
Angélica Ilacqua CRB-8/7057

```
V514r   V. Castro
        Rebel Moon – Parte 1 : A menina do fogo –
        O livro oficial / uma história de Zack Snyder ;
        adaptação de V. Castro ; tradução de Lina
        Machado. –– São Paulo : Excelsior, 2024.
        224 p.
        ISBN 978-65-85849-20-3
        Título original: Rebel Moon – Part One: A Child of Fire –
        The official novelization
        1. Ficção norte-americana 2. Ficção científica I. Título II.
        Snyder, Zack III. Machado, Lina
        23-6473                                          CDD 813
```

UM FILME DE ZACK SNYDER

REBEL MOON

PARTE 1: A MENINA DO FOGO

O LIVRO OFICIAL

NOVELIZAÇÃO DE **V. CASTRO**

UMA HISTÓRIA DE ZACK SNYDER
UM FILME DE ZACK SNYDER & KURT JOHNSTAD & SHAY HATTEN

São Paulo
2024

EXCELSIOR
BOOK ONE

1

"A rebelião não é para os impulsivos ou imprudentes. É para aqueles que buscam a verdade, os inquietos, para os que de fato têm a visão do terceiro olho e que acreditam que os uivos da alma geram milagres. Os rebeldes provocam mudanças. Agora, me diga: você é um rebelde?"
— Rei Heron em *Cartas para meus filhos*

O UNIVERSO É A LÍNGUA DE UMA FERA GIGANTE E SALIVANTE QUE SEMPRE se desenrola em busca de uma presa. Sua pelagem preta e esfumaçada encobre mistérios incompreensíveis à mente ou olho humano, mas não ao *Olhar do Rei*. Nada escapava ao seu olhar cobiçoso, frio e vigilante. Movia-se silenciosamente em órbita baixa entre as dezenas de Luas que rodeavam o seu destino.

O almirante Atticus Noble andava pelos corredores da grande cidadela com sacerdotes e dois de seus guardas krypteianos. Ele tinha uma audiência surpresa com o rei Heron. Noble sorriu ao pensar no título; os "reis" nos mundos exteriores eram meros administradores. O rei Heron estava diante dele com três de seus conselheiros e guardas.

– Que bela e próspera cidade – declarou Noble ao sorrir para o Rei Heron. Heron não correspondeu ao gesto. Sabia muito bem por que o almirante havia pousado em seu módulo de transporte no centro da praça principal. O Reino sempre fazia com que sua presença fosse percebida.

– Obrigado. Sei que não veio até aqui para me elogiar.

– Não. Infelizmente, não vim. Na verdade, é um assunto de extrema importância. Tenho a incumbência de encontrar Devra e Darrian Bloodaxe de Shasu. Lamentei saber que eles receberam refúgio aqui. Agora, peço que os entregue, por gentileza. Assim que fizer isso, irei embora como se nunca tivesse colocado os pés aqui.

O rei Heron se manteve firme.

– Não posso. Eles são meus convidados. Seu assunto com eles não é da minha conta.

Noble se aproximou e sua comitiva de sacerdotes e da Guarda Krypteiana o seguiu. Heron não permitiu que seu medo transparecesse. Havia dado sua palavra aos Bloodaxes. Não voltaria atrás. Noble olhou para o teto abobadado da cidadela e para os vitrais que filtravam a luz do Sol. Ele bateu palmas com as mãos enluvadas em couro. Riu consigo mesmo por um pensamento que apenas ele podia ver e ouvir.

– Vou pedir mais uma vez. Entregue os rebeldes Bloodaxe.

Heron não precisou pensar na resposta.

– Mais uma vez, eu respeitosamente recuso.

Noble olhou Heron nos olhos. Em seu olhar frio e sombrio, o qual mostrava que ele não possuía alma, o verdadeiro Noble emergiu.

– Muito bem. Essa é a sua escolha.

– É.

Noble assentiu.

– Até que nos encontremos de novo. – Girou nos calcanhares e saiu da cidadela de volta ao seu módulo de transporte.

O general do rei Heron se aproximou, falando em seu ouvido.

– Quais são seus desejos diante desses acontecimentos?

– Avise aos Bloodaxes para que se preparem. Eles precisam estar prontos para fugir.

O general lhe deu um breve aceno de cabeça e saiu. Heron ficou sozinho e se perguntou se algum dia encontraria Noble novamente. Esperava que não.

—

O hangar em um dos lados do *Olhar do Rei* se abriu para um único módulo de transporte emergir e pousar no planeta abaixo. Atticus Noble ficou em silêncio enquanto assistia às imagens da cidade de Toa em um monitor. As chamas eram da mesma cor brilhante da areia. Queimaria com tanta ferocidade que nem toda a sua vastidão de águas cor de jade poderia extinguir o fogo. Calor purificador. Tudo se curva às chamas. Toda aquela história, centenas de milhares de anos de memória, virando cinzas em questão de horas. Ninguém jamais veria a magnificência da cidade de pedra tal como foi originalmente construída. Noble não sentia nada pela perda ou por aqueles que jaziam mortos. Cada cadáver parecia exatamente igual ao seguinte.

Há mágoa, depois há dor e agonia, seguidas de completo desalento. Por fim, nos deparamos com a morte em vida. É aí que se encontra a paz, porque nada existe na esfera da aniquilação. Não há mais luta. Noble sabia disso porque não havia como ele estar mais morto por dentro, e isso lhe dava uma sensação de paz e propósito.

Ele olhou para trás, em direção aos seis sacerdotes que murmuravam orações, por trás de suas máscaras com listras vermelhas abaixo dos olhos e caligrafia do antigo reino na boca. Suas vestes vermelhas, grossas e luxuosas, e chapéus de abas largas bordados em ouro e branco, sempre emitiam o cheiro de incenso e fumaça, como se as dobras captassem o aroma para lembrar a todos que a antiga religião exigia devoção a todo momento. Havia crânios encimados por pontas douradas em cada ombro. A presença deles era uma representação do sagrado e do profano no universo. Ele preferia seu uniforme e armas às vestes. O exército de 5 mil homens que aguardava sua chegada obedeceria ao metal em vez da oração. Eles viam mais a morte do que Deus. A morte tinha que ser a soberana.

Noble pousou na praça principal, reduzida a escombros, como havia instruído. Quando as portas do módulo de transporte se abriram, o cheiro de madeira, papel e carne queimados atingiu suas narinas. Era um aroma familiar. Ele encabeçou a descida pela rampa de metal com os sacerdotes logo atrás dele como uma capa encharcada de sangue. Diante dele estava seu conselheiro mais próximo, Cassius, que o saudou em sua aproximação, mas ignorou os sacerdotes que vinham atrás. Também na comitiva de Noble estavam dois guardas krypteianos, Felix e Balbus.

Os olhos de Noble examinaram a aniquilação que jazia diante dele. Diversas fogueiras se elevavam no ar com livros sendo atirados nelas como combustível. Aquelas palavras inúteis encontravam um fim apropriado. Cidadãos espancados e machucados se ajoelhavam em subserviência, suas magníficas esculturas e edifícios, que antes se erguiam em direção aos céus, agora demolidos até um estado de ruína humilhada. As sacerdotisas Toa tinham suas roupas arrancadas dos corpos. Elas estremeciam em horripilante expectativa enquanto assistiam às companheiras sacerdotisas serem marcadas com um ferro incandescente.

Noble seguiu em direção a Cassius até ficarem cara a cara.

– Vejo que tudo está indo conforme planejado aqui. A verdadeira obediência começa nas cinzas. Bom trabalho. Onde está o administrador deste mundo? Gostaria de falar com ele, Cassius – declarou Noble, com sua confiança inabalável. Suas feições marcadas e vazias pareciam uma mera máscara de pele sobre osso e malícia encarnada. Sua presença exigia atenção, como um predador com seus atributos letais à mostra. Medo é tudo que podemos sentir quando os vemos de perto. Mas fugir é inútil porque a natureza do predador é caçar.

Cassius permaneceu estoico, uma das razões pelas quais Noble o respeitava mais do que os outros. Nada parecia chocá-lo. Cassius era um homem que nunca seria vítima de uma crise existencial. Ele sabia qual era seu lugar permanente no Imperium e o havia aceitado. Ele seguia ordens ao pé da letra com facilidade.

— Ele está perto da cidadela, senhor. Ainda resiste.

Noble desprezava o heroísmo inoportuno. Era uma perda de tempo e energia. As pessoas deveriam sempre saber quando desistir.

— Hum. Onde fica essa tal cidadela?

Cassius apontou para o vasto pátio acima da cabeça dos soldados, em direção a uma torre em ruínas, ardendo com intensidade e com fumaça escura se elevando na atmosfera.

— Bem ali. Como disse, não falta muito para que tudo desmorone.

Os olhos de Noble se estreitaram ante a visão.

— Ótimo. E conseguimos capturar os irmãos?

A mandíbula de Cassius ficou tensa, mas ele permaneceu firme.

— O administrador orquestrou a fuga deles, senhor. Eles criaram uma rede de ajudantes pelo Universo para mantê-los lutando e fora do nosso alcance.

Apesar de não ser o que queria ouvir, Noble apreciava o fato de Cassius não ser do tipo chorão. Ele sempre lhe dava as notícias sem rodeios e falava com objetividade. Não se escondia da verdade nua e crua.

— Mais uma razão para não demonstrarmos piedade aqui. Quantos escaparam?

— Destruímos a maioria das naves e homens deles. Devra Bloodaxe e o irmão conseguiram escapar com um punhado de naves no meio do caos.

— Todos pensam que podem escapar até que o destino os encontre encolhidos e implorando pela vida miserável que têm. Encontre o administrador Heron. Espero que ainda esteja vivo. Quero aqueles malditos irmãos Bloodaxe o quanto antes.

———

O rei Heron mantinha diários das muitas provações e tribulações de sua sucessão e de seu reinado. Também escrevia cartas aos filhos para quando fossem mais velhos e precisassem de conselhos sobre a vida. Eles herdariam aquele território, mas ele também queria que herdassem um pouco de sua sabedoria. Eles teriam que navegar pela política do Reino, o que não era fácil desde a morte do rei. Na verdade, ele desprezava o Mundo-Mãe e o que representava: ganância, carnificina e coerção. Foi por isso que ele estendeu ajuda à causa Bloodaxe.

Ele sabia sobre Shasu, sobre como o Mundo-Mãe tinha piorado as questões domésticas quando interferiu com violência. A aliança se tornou quase insustentável depois que Balisarius assumiu como regente. Balisarius se deleitava com o poder, ele havia espalhado o câncer por todo o Reino, extinguindo tantos mundos e inúmeros povos com a doença da guerra. O rei Heron faria tudo o que pudesse para derrubar aquele tirano.

Sozinho em seu escritório pessoal na cidadela, Heron guardou as cartas e diários em uma caixa feita para resistir ao tempo e aos elementos. Ela cabia em um pequeno nicho, coberto com pele de animal, debaixo da mesa. Menos de uma hora depois da partida dos Bloodaxes, se sentiu inspirado a escrever. Gritos e sons de veículos o fizeram olhar para a porta enquanto passos pesados passavam correndo. Ao sair do escritório, uma sombra de formato familiar passou pelos vitrais da cidadela, feitos à mão um século antes. Guardas ocuparam a cidadela e correram para seus postos. As pessoas que trabalhavam lá fugiram com terror nos olhos.

Ninguém o notou enquanto ele passava correndo. Estava usando roupas simples naquele dia e todos estavam mais preocupados com a própria segurança. Ele correu até a entrada principal, passando por corpos e gritos. Seus olhos ficaram ofuscados como a escuridão do abismo mais profundo das águas do mar de Biwa quando ele viu três naves de guerra chegando ao seu espaço aéreo. Mas ele havia tomado partido. Tinha que assumir as consequências.

Com os próprios olhos, viu as primeiras bolas de fogo bombardearem a cidade diante de si. Os alarmes soaram em um volume ensurdecedor, enquanto o chão estremecia. Mais guardas entraram na cidadela. Um agarrou seu braço, com o símbolo de primeiro tenente de elite.

– Estive à sua procura. O senhor precisa fugir! Enviei uma patrulha para sua residência. O alerta sobre a aproximação deles chegou em cima da hora, mas recebemos uma mensagem dos Bloodaxes. Eles foram atacados nas profundezas do espaço, mas conseguiram escapar.

– Preciso chegar até a minha família.

– Sim, senhor. Enviarei transporte para lá imediatamente. Se alguma coisa acontecer, também mandarei outro aqui para a cidadela.

– Obrigado. – Heron deu as costas para o guarda e começou a correr até a família. A residência não ficava longe, porque ele queria que os filhos vissem o cotidiano da administração de um reino, mas era longe o bastante para que corressem grave perigo caso os soldados do Imperium chegassem até eles antes.

Quando ele chegou, Maia estava com os três filhos no grande saguão decorado com flores frescas e enormes pinturas a óleo de seus ancestrais. Agora estavam sendo derrubados conforme a residência estremecia sob o bombardeio. No entanto, ela ainda parecia majestosa. Por baixo do manto externo, ele podia ver a ponta de sua grande lâmina embainhada. Ele amava a bravura dela. Se morresse, o reino deles estaria em boas mãos sob a liderança dela.

Clara e Calliope estavam de cada lado da mãe, com a pequena Clara segurando o animal de estimação da família, Bergen, numa gaiolinha. As duas meninas compartilhavam o medo da mãe. O filho adolescente, Aris, estava encolhido ao lado da mãe e das irmãs com um rifle na mão. Ele fazia o possível para manter a calma, mas Heron sabia que o filho estava em pânico por dentro. Não havia problema. Com os rumores que o Mundo-Mãe estava tomando, sabia que os filhos enfrentariam a guerra mais cedo ou mais tarde. O Reino tinha uma sede incessante por sangue, e o desejo absurdo por violência nunca era saciado. A destruição ao redor provava que ele estava certo em ajudar os Bloodaxes.

– O que está acontecendo, Heron? – perguntou Maia.

– Não há tempo para explicar agora. O transporte deve estar esperando lá fora. Partiremos agora. Não leve nada além do que tem com você.

– As paredes da casa continuavam a desmoronar e o bombardeio aumentava. Gritos podiam ser ouvidos do corredor que ligava o hall de entrada à sala principal. Heron pegou o rifle do filho, ergueu-o acima da cabeça e puxou o gatilho. Sangue espirrou no ar, fazendo as garotinhas gritarem.

Ele devolveu o rifle a Aris e pegou a mão de Clara para conduzi-los para fora da residência real. A garotinha agarrou a mão do pai. Atravessaram correndo a entrada da frente rumo à devastação que se desenrolava lá fora. Heron entregou Clara à irmã e pegou um rifle que havia sido largado no chão. Através da fumaça dos prédios em chamas, eles puderam ver um de seus próprios módulos de transporte se aproximando para pousar no gramado bem cuidado, cercado por grandes palmeiras, para oferecer à residência outro escudo além dos altos portões de aço ornamentados e encimados por pontas que pareciam o bico aberto de um pássaro.

Soldados e cidadãos corriam do lado de fora dos portões para escapar da carnificina. Enquanto a família olhava para o céu, o módulo de transporte explodiu em chamas. Maia arquejou.

– Não.

A sombra de uma nave maior do Imperium podia ser vista se movendo pelo gramado da residência. Heron e sua família olharam para trás. Iam destruir seu lar. Fogos de canhões acertaram não muito longe de seus pés. Todos se esquivaram da terra e do sangue espirrados. Carne voou acima deles.

– Para a cidadela! – gritou ele, enquanto erguia Clara nos braços e começava a correr. A família atravessou o pequeno portão lateral que em geral era guardado por soldados de elite do lado de fora. Heron olhou para a fechadura com leitor de retina. O portão de aço se abriu.

Alguns de seus soldados jaziam mortos, outros deviam ter sido atraídos para a luta. Enquanto seguiam pela passarela entre a residência e o caminho para a cidadela, uma grande explosão fez com que se abaixassem e olhassem para trás. A residência real não existia mais. O rei Heron agarrou o braço do filho e o trouxe para perto.

– Debaixo do piso do meu escritório na cidadela deixei cartas para você e as suas irmãs. Sua mãe e Calliope sabem. Se alguma coisa acontecer...

Outra explosão impediu Heron de terminar seu raciocínio. Ele se virou para voltar a correr em direção a uma cidadela já bombardeada. Era a única esperança de fuga que restava. Estava claro que o Reino não admitia debate ou divergência. Desejavam um reino homogêneo de pureza étnica e pensamento único.

—

O rei Heron e sua família ficaram agachados atrás da estátua caída de um deus que não devia existir, pois o lugar era desprovido de qualquer benevolência. Suas filhas, Clara e Calliope, fizeram o possível para não tossir por causa da fumaça sufocante que ardia na garganta. O suor escorria pelo rosto e encharcava a túnica preta dele. Ele limpou a palma das mãos na calça para mirar nos soldados que os encurralaram na cidadela.

O filho ainda segurava um rifle. Todos eles tinham que lutar para escapar vivos. Sua esposa, Maia, e as duas garotas avançavam entre os gigantescos fragmentos de pedra enquanto Heron mirava. Ele acertou um tiro certeiro bem na testa de um dos soldados. Gotículas vermelhas se espalharam pelo ar junto com as brasas incandescente carregadas pelo vento da cidade arrasada lá fora. Ele conseguiu ouvir Clara gritar diante da visão, enquanto Calliope a silenciava com impaciência.

Mas era essa a especialidade de Heron, a parte dele que as filhas não conheciam. Não vá atrás de um exímio atirador sem esperar que haja uma chance de cair bem na mira dele. Soldado após soldado caía em rápida sucessão. Seus olhos examinaram dez homens em meio à fumaça e aos tiros. Apesar de seus acertos, mais soldados se aproximavam, movendo-se como uma maré violenta. Ele se virou para olhar para o filho.

– Precisamos recuar.

O filho não se mexeu.

– Mas, pai...

Maia agarrou o antebraço do filho com firmeza e a expressão severa e autoritária. Ela também lançou um olhar para as filhas.

– Vocês ouviram seu pai. Precisamos nos mover. Meninas, vamos agora. Para a porta.

Heron assentiu e o filho obedeceu. Eles abriram caminho até as escadas. Bergen grasnava em sua jaula enquanto eles avançavam depressa. Calliope tentou fazer com que Clara o largasse quando o confronto começou, mas foi a única maneira de Clara, aos oito anos, deixar o lar, quando sua mansão sofreu o primeiro golpe da série de bombardeios. Era um presente do pai. Ele teve um quando tinha a idade dela, o animal de estimação dele foi a mãe de Bergen. A criatura azul e sem pelos estava agitada, mostrando seus dentinhos afiados e se debatendo contra a gaiola dourada. Suas patadas de três dedos puxavam a pequena abertura, que estava trancada.

– *Shhhh*, Bergen – disse ela à criatura.

A irmã mais velha, Calliope, passou apressada com uma carranca no rosto.

– Essa coisa vai acabar matando a gente.

Calliope gritou e parou quando seis soldados se aproximaram das escadas. Um a agarrou com força com os dois braços sobre a metade superior do peito dela. Ela lutou e esperneou, mas ele era grande demais para deixá-la escapar. Clara começou a gritar e chorar. Bergen a imitou com um berro. Heron veio correndo por trás de Clara e mirou logo acima da cabeça de Calliope. Ela sabia que deveria ficar quieta e parou de se debater. Num instante, o sangue do seu captor jorrou em seu rosto e cabelo.

Heron despachou o resto dos soldados. Fora das garras do soldado, Calliope correu para o pai, que continuou subindo as escadas, com o rifle em punho para pegar quem entrasse no caminho. A família correu depois que os soldados foram eliminados. Maia ia na frente com as meninas. Outro grito ecoou pela escada. Era a esposa.

Heron avançou o mais rápido que pôde, ignorando os músculos doloridos e a boca seca. Viu Maia enfiando o presente de casamento dela, uma lâmina curva gravada de trinta centímetros que pingava sangue, no pescoço de um soldado atacante. Outro correu na direção dela. E foi golpeado no estômago. Um golpe poderoso e seguro que o partiu no meio.

A mão dela tremia, apertando o cabo de madeira liso decorado em ouro. Quando não tiveram escolha a não ser deixar o palácio, ela a enfiou em uma bainha presa ao cinto sob as vestes. O sangue dos soldados havia pintado seu rosto e vestido. O momento de pausa foi interrompido por uma série de bipes altos seguidos por uma explosão de pedra e poeira. As escadas e colunas atrás deles haviam sido deliberadamente destruídas.

Heron e o filho correram para se proteger sob o arco fortificado enquanto a escada atrás era danificada. Felizmente, Maia e as duas garotas já estavam seguras dentro da sala do trono à frente. O cabelo e pele estavam cobertos de detritos poeirentos grudados ao suor. Maia olhou para a escada e de volta para Heron com lágrimas nos olhos. Ele a conhecia bem o bastante para saber o terror por trás das lágrimas que ela tentaria conter pelo bem dos filhos. Cada explosão e bala abria outro buraco no coração dela e na esperança de que conseguiriam escapar vivos. Heron tocou o ombro do filho.

– Filho, leve a sua mãe e as suas irmãs para a sala do trono. Vá.

O rapaz, quase adulto, apertou o cano do rifle nas mãos e assentiu. Com um puxão rápido, agarrou a irmã mais nova pelo braço esquerdo. O movimento repentino fez com que ela deixasse cair o animal de estimação inquieto.

– Bergen! – gritou ela.

– Não! Temos que ir. Ele só vai atrasar a gente – ralhou Calliope.

Maia tocou a nuca de Clara e pegou a mão de Calliope. Ela olhou para o marido uma última vez com lágrimas escorrendo pelo rosto. A pequena criatura empurrou a jaula virada para escapar. Não adiantou.

Heron se virou ao ouvir o som de soldados escalando os escombros da escada. Apontou o rifle. Uma saraivada de tiros atingiu tudo ao seu redor, explodindo pedras. Havia pouco ou nenhum lugar onde se proteger enquanto ele tentava evitá-los. Rugiu de dor e cerrou os dentes quando uma bala atingiu sua coxa esquerda. Olhou para a carne dilacerada e pressionou a ferida. Permitindo-se apenas um instante para se recuperar, ele continuou a atirar nos soldados até que seu rifle disparou o último tiro. Olhou para a arma e contornou uma coluna restante. Ele a virou e esperou que o próximo corpo encontrasse sua ira.

O rifle não estava completamente inútil. Quando um soldado se aproximou, Heron bateu com a coronha no centro do rosto dele. O soldado caiu para trás com o nariz deslocado e sangrando. Seis outros homens atacaram Heron. Seus olhos dispararam, avaliando-os. Esquecendo o ferimento no calor da batalha, ele abriu caminho entre os inimigos com a ferocidade de um animal possuído pela loucura. Ele não era uma fera nem um rei, mas um pai e marido que lutava pela sobrevivência de sua família.

Ele agarrou o soldado cujo nariz havia quebrado e o usou como escudo quando um tiro foi disparado em sua direção. O sangue espirrou no rosto e na boca de Heron. Sua mão esquerda agarrou a arma do soldado morto antes que ela caísse da mão dele e disparou de volta, atingindo o atirador no pescoço. Os cinco soldados vivos atravessaram a névoa de sangue de seu camarada caído enquanto descarregavam as armas em Heron, com as balas se perdendo ou sendo desperdiçadas no cadáver que lhe servia de escudo. Ele se pôs de joelhos e mirou com precisão, acertando fatalmente mais três antes de rastejar para trás de uma estátua caída. Ele lançou um olhar para a arma. Ficaria sem munição em breve. Os próximos tiros tinham que ser precisos para matar os dois soldados restantes.

À sua esquerda ele notou uma barra de aço que havia caído da estátua destruída. Agarrou-a como uma garantia caso sua munição acabasse antes de matar os soldados. Os passos estavam próximos.

– Ali! – Ouviu um deles gritar. Heron se levantou e disparou os tiros restantes. Acertou um no rosto antes que a arma morresse. Voltou a se abaixar, agarrou a barra e esperou que o soldado recarregasse. O tiroteio parou e Heron encontrou o momento certo. Seu corpo ficou tenso em agonia por causa dos ferimentos enquanto ele se agachava e erguia a barra em um ângulo. Enquanto o soldado corria para enfrentá-lo, Heron enfiou a barra de aço em sua barriga. O soldado largou a arma com os olhos arregalados, buscando a barra com as mãos. Heron se apressou em pegar a arma e atirou no soldado até que ficasse sem munição.

Seu peito se contraiu ao olhar para o soldado morto espetado na barra de aço. Estremeceu com a dor que emanava de sua coxa. A perna da calça estava encharcada, rubra. Seus olhos se voltaram para as escadas. Um homem cujo uniforme indicava que ocupava o cargo de sargento estava parado com um pequeno exército atrás dele, pelo menos trinta soldados. Eles sorriem de leve, entretidos com a luta.

A expressão de Heron esmoreceu antes que ele corresse em direção à passagem em arco. Na pressa, ele tropeçou na bota de um soldado morto. Tentou ignorar a dor latejante e a exaustão da luta. Viu Bergen. Suas lembranças de infância e da alegria nos olhos da filha sempre que ela brincava com o animal passaram por sua mente. Isso lhe deu esperança. A criatura tremia. Ele pegou a gaiola do chão e rastejou para trás de uma grande parte da parede de pedra caída. Com cuidado, abriu a gaiola. Podia sentir o calor que já crescia dentro dela enquanto removia o animal com cuidado. A criatura choramingou e gritou ao ser manuseada. Ele a segurou com uma das mãos, encostou a testa na cabeça da criatura e sussurrou:

— Eles querem machucá-la.

O som de sua voz e respiração acalmaram o animal. Com o polegar manchado de sangue, esfregou a barriga dele. Um tom profundo de vermelho começou a brilhar em seu interior. Todos os seus órgãos internos podiam ser vistos ao se moverem. Heron continuou a segurá-lo enquanto ele brilhava mais forte. As linhas pretas de suas veias se tornavam mais proeminentes à medida que ele ficava mais brilhante.

— Queria que fosse eu — sussurrou Heron enquanto abria os olhos e colocava a criatura brilhante no chão. O pescoço dela pendeu enquanto ela se equilibrava nas finas patas traseiras antes de ficar de quatro. Com os braços parecidos com galhos e mãos acolchoadas, o animal correu na direção dos soldados.

Heron observou com profunda tristeza enquanto o animal rastejava com notável agilidade através dos escombros, com sua luz interior lançada pelo chão como um farol errante. Esperança na escuridão. Tinha que existir. Essa chama tinha que ser mantida viva antes que o Reino a apagasse com seu hálito de sangue e distribuição indiscriminada de morte. Ele fechou os olhos antes de usar o que lhe restava de força para erguer o corpo do chão. Gemeu ao tentar correr após a queda. Tudo o que conseguiu foi mancar às pressas.

– Ali! – gritou um soldado, apontando a arma para Heron.

O sargento virou a cabeça na direção de Heron.

– Acabe com ele – ordenou ao soldado. Sem qualquer hesitação, o soldado ergueu a arma e apontou para o alvo em movimento. Com o dedo no gatilho, ele percebeu no canto de sua visão uma luz vermelha se movendo pelo chão. Retirou a pressão no gatilho e desviou os olhos de Heron para os pés. Franziu a testa ao ver algum tipo de criatura. Ela levantou o corpo trêmulo, soltando berros tensos e estridentes enquanto se balançava.

Os olhos do sargento se arregalaram ao ver o animal estridente ficando mais brilhante a cada segundo, com as veias escuras pulsando em velocidade crescente. Ele disse com escárnio:

– Não...

No instante seguinte, o local foi tomado por uma explosão que rivalizava com a de uma granada. A criatura entrou em combustão com uma força que vaporizou os soldados restantes. Heron havia se arrastado para longe o suficiente para não ter o mesmo destino; o impacto o jogou de cara no chão. Ele ergueu a cabeça e tossiu por inalar poeira e cinzas. Com um gemido profundo, ele ergueu a cabeça e olhou para trás. Nenhum sobrevivente.

Ele precisava encontrar a família. Fugir não era mais uma opção, eles teriam que se esconder até que os invasores se cansassem de atacar os escombros. Heron mancou até a sala do trono. Aris o viu e acenou para que se juntasse a eles atrás de um muro caído.

– O que faremos agora, pai? – perguntou Aris.

Heron segurou o ombro do filho e se abaixou no chão. Estremeceu de dor e tocou a ferida.

– Vamos esperar. Deixe que fiquem satisfeitos por terem nos ensinado uma lição e depois vão embora. Vamos reconstruir. De que adianta nos caçar? Mas vendo isto aqui. É por isso que tive que fazer o que fiz. Esse tipo de poder... forçar a vontade sobre os outros. Deve ser questionado. – Ele olhou para os três filhos com amor. – Prometam que sempre questionarão e defenderão o que sabem ser o certo. – Sua família o cercou e lhe deu um abraço caloroso com lágrimas nos olhos.

—

Noble tinha que admitir que a cidadela era uma estrutura impressionante, com três intervalos de degraus levando à sala do trono. Ele passou pela entrada da única parte restante do outrora grandioso edifício. Nada existia além do eco de suas botas em meio à destruição. Para evitar sujar o couro, contornou os corpos crivados de balas e queimados dos guarda-costas do Santuário Interno espalhados pelo chão. Era um trono em ruínas, com cinzas caindo com a suavidade da neve. Ao seu lado estavam Felix e Balbus, dois dos seus melhores na Guarda Krypteiana. A selvageria da guerra permeava cada ruga e poro de seus rostos. Era o suficiente para fazer alguns se renderem num instante. Os guardas originais haviam sido retirados de um mundo que valorizava a mesma mentalidade guerreira do Mundo-Mãe. Seu povo sabia lutar, e lutar com tudo.

Sem nenhum esforço, Noble encontrou o homem que procurava e, como bônus, sua família. O rei Heron. Eles tentaram permanecer quietos, amontoados como ratos entre os cacos de vitrais e pedras caídas enquanto ele se aproximava. Os olhos de duas meninas tremularam de medo quando Noble se aproximou. A mais nova agarrou o braço da mãe e escondeu o rosto na altura da metade do tronco dela. Ele não ficou surpreso.

O líder dos sacerdotes portava o Cetro Dourado, um fêmur reluzente em ouro e abençoado com a língua antiga gravada no metal. Atrás dele, um dos sacerdotes sem rosto, respirando com dificuldade por trás das máscaras, segurava um ícone. Era a imagem da assassinada princesa Issa numa moldura de ouro puro. Dentes humanos, fileiras deles, voltavam-se à imagem dela como se estivessem se curvando em serviço devotado. Para qualquer um, ainda mais para uma criança ignorante, aquilo devia ser assustador.

As cinzas continuaram a cair como pequenos vermes, larvas na podridão. Noble as tirou dos ombros com brasas que também tornavam a atmosfera escaldante. Seu uniforme não podia ser maculado. A cidade lá fora continuaria a arder por pelo menos mais um dia. Quando parou diante da família, fez uma reverência e depois voltou à postura imponente.

Ele observou a mulher agarrar as duas meninas com força e depois olhar para o marido. Heron avaliou os guardas e os sacerdotes. Noble conhecia os homens; se ele ainda tivesse alguma força para lutar dentro de si, tentaria matar todos pelo bem da jovem família e em nome da honra. Mas uma única lágrima caiu pelo rosto da mulher enquanto ela olhava para o marido.

– Diga-me, o que está pensando ao olhar para ele desse jeito? Eu gostaria muito de saber – questionou Noble.

Ela não falou de imediato, visivelmente assustada com a voz dele e com a estranha pergunta.

– Foi... apenas uma lembrança da primeira neve da temporada. Estávamos no nosso palácio de inverno. Era... bonito. A alegria.

Noble virou a cabeça na direção de Heron.

– Isso me entristece, de verdade. É uma pena que estejam agora encolhidos nas cinzas em vez de estar brincando na neve. Tudo isso é tão desnecessário... tão desnecessário. Você fez uma escolha.

Ele ergueu as mãos enluvadas de couro, com as palmas para cima, como se lhes oferecesse uma alternativa, contanto que segurassem suas mãos. A expressão de Heron se endureceu, sabendo que ele não oferecia nada e brincava com eles.

– Por favor, me digam seus nomes.

O homem endireitou sua postura.

— Rei Heron, como bem sabe. Este é Aris, meu filho, Maia, minha esposa, e minhas filhas, Calliope e Clara. — Heron pôs a mão no antebraço do filho. — Não nos torture. Se veio me matar, faça isso. Foi minha decisão deixá-los ficar aqui e ajudá-los a fugir. Mas, pelo amor de Deus, por favor, eu imploro, deixe a minha esposa e os meus filhos viverem. Eles são inocentes em tudo isso.

Os olhos de Noble deslizaram pela família, desprovidos de qualquer emoção. Havia apenas avaliação pura.

— Ah, eu não vim para matá-lo. Na verdade, venho assegurar que a sua linhagem sobreviverá e prosperará. Lutou com tanta dignidade. Como eu poderia matá-lo? Mas há um preço a ser pago pela sua... digamos... rebeldia. Um preço, é verdade.

Noble deu um passo para mais perto de Maia. Ele examinou o rosto dela antes que seus olhos se voltassem para o pescoço e os três botões abertos do vestido. Uma lágrima caiu na clavícula dela. Ele voltou a encarar os olhos e sorriu. A calma em sua expressão não era capaz de mascarar a frieza no olhar. A ponta do seu dedo indicador colheu uma lágrima na bochecha dela. Ele a observou como se fosse algo estranho que jamais entenderia. Prosseguiu e se concentrou em Calliope, depois em Clara. A mais nova se esquivou de sua figura imponente.

— Ah, tão jovem — comentou ele em um tom sinistro antes de se mover em direção a Aris, parando então. — Levante-se, vamos dar uma olhada em você.

Aris permaneceu imóvel com uma expressão pensativa enquanto olhava para os guardas krypteianos blindados que o encaravam com escárnio. Felix movia o dedo no gatilho da arma. Aris olhou para a mãe, que o encarou e balançou a cabeça num movimento lento e comedido.

O rosto de Noble se contorceu de raiva.

— Eu falei para se levantar.

Aris se aproximou mais. Clara choramingou:

– Não, não. – Ela puxou a roupa dele, tentando segurá-lo. Compreendendo que cada movimento para longe dela, em direção a Noble, era um movimento que não poderia ser retraído.

Os olhos de Noble dispararam na direção dela com uma ferocidade que a fez se encolher ainda mais junto à mãe.

– Venha, garoto – disse ele, segurando Aris pela nuca, com o polegar e o indicador se cravando fundo para aplicar pressão suficiente para manter o rapaz sob controle. Noble o guiou para longe da família, em direção aos dois guardas. Com os dentes cerrados, sussurrou para ele em um tom calmo e baixo: – Chega um momento na vida de todo jovem em que ele se encontra no limiar da idade adulta. Um momento do qual ele sempre vai se lembrar. Quando ele olhar para trás, daquele momento em diante, saberá que se tornou um homem. Para alguns, vem na forma de lábios úmidos e seios fartos de mulher. Para outros, pode ser sair de casa pela primeira vez e partir para viver por conta própria. Mas para você, será uma escolha.

Noble virou Aris para encarar a família e aproximou os lábios do ouvido dele.

– Está pronto para ser homem? Seu momento chegou. Assim como seu pai fez escolhas contra o Reino para nos trazer até este momento.

Um sacerdote deu um passo à frente e ergueu o Cetro Dourado na direção de Noble, que agarrou o osso reluzente com uma das mãos.

– Veja, fui encarregado pelo próprio regente. Ele olhou nos meus olhos e me ordenou que levasse à justiça os irmãos Devra e Darrian Bloodaxe, pelos crimes de traição e insurreição. Minha busca me trouxe até aqui, onde descobri que seu pai lhes havia dado refúgio e uma base de operações a partir da qual atacaram e destruíram vários bens pertencentes ao Reino.

– Por que está fazendo isso? – implorou Heron.

O olhar de Noble se voltou para Heron. Ele bateu de leve com o Cetro Dourado no peito de Aris.

– É importante que o seu filho entenda... Qual é o nome dele? – Noble olhou nos olhos cheios de lágrimas de Aris. – Qual é o seu nome, garoto?

Aris olhou para o cetro e depois para a família, todos com rostos empoeirados e cansados, com marcas de lágrimas pelo rosto.

– Aris.

Noble inclinou a cabeça em direção a ele.

– Eu não ouvi direito...

– Aris! – gritou ele em resposta. O nome ecoou mais alto do que a palavra "garoto".

Noble estreitou os olhos e abriu um sorriso malicioso.

– Isso. Muito bem, Aris. Vamos ver se o seu pai não consegue ensinar uma última lição a você. Pegue este objeto sagrado.

Aris engoliu em seco e o segurou com as mãos trêmulas. O peso puxou seu braço por um momento quando ele o sentiu pela primeira vez.

– É pesado. Mas é isso que significa crescer às vezes – gracejou Noble. – Aqui está sua escolha. Se bater no crânio do seu pai, quero dizer, bater de verdade até que o cérebro dele se espalhe no que antes era este belo chão. – Noble foi até Heron e bateu com o punho na cabeça raspada. Ele se voltou para Aris. – Vou permitir que a sua mãe e irmãs vivam. Mas se você disser "não" como o seu pai disse... então todos vocês morrerão.

Os únicos sons eram os da destruição que ocorria na cidade e os lamentos dos cidadãos a distância. Aris buscou respostas no rosto da família, uma saída. Não havia consolo. Ele olhou para Noble; Noble o encarou de volta. O olhar implacável e morto. Mas foi nos olhos do krypteiano que ele alcançou a clareza final, e seu último resquício de esperança morreu. Naqueles olhos ele não viu simpatia nem prazer, apenas uma compreensão da realidade atual. Por fim, seu pai falou:

– Aris, me escute. Você precisa fazer o que ele diz. Salve a sua mãe e irmãs.

Maia gritou com todas as forças com lágrimas caindo dos olhos:

– Aris, não!

Clara e Calliope gemeram e choraram. Heron olhou para elas em desespero e de volta para Aris. Ele enxugou o suor da testa com as costas da mão.

– Não dê ouvidos a ela. Não olhe para ela. Olhe para mim. Salve as três. Eu já estou morto.

As duas meninas começaram a chorar junto às vestes sujas da mãe. Maia sacudiu a cabeça.

– Aris, nos deixe ir... Livre todos nós. Não sou capaz de viver com isso e você também não. Não vai conseguir superar isso. Nenhum de nós vai conseguir. Por favor, não faça isso.

Heron lançou um olhar severo para Maia.

– Não se atreva a olhar para ela, foque em mim! – gritou, enquanto Aris continuava a encarar a mãe e as irmãs. – Eu disse para não olhar para ela! Faça, agora. Seja homem e faça isso. Salve as três. Faça. Você é forte. Agora salve as três.

Aris olhou para o cetro e o apertou com as duas mãos. Fechou os olhos, como se quisesse descobrir o certo a fazer. Noble colocou a mão sobre a dele.

– Ouça seu pai, Aris. Ele é um homem sábio.

Aris tornou a abrir os olhos e ergueu a pesada relíquia. Seus olhos se voltaram para a irmã mais nova, que balançava a cabeça e chorava de terror, enquanto a mãe soluçava com lágrimas furiosas escorrendo pelo rosto.

– Isso mesmo, filho. Precisa me ouvir... Agora, faça – declarou Heron antes de fechar os olhos. – Eu amo você, meu filho... eu perdoo você.

Num movimento rápido e com toda a sua força juvenil, Aris cravou o cetro na testa do pai com um grito que ecoou pelo vazio das ruínas. Noble ofegou enquanto sugava o ar, como se de fato não acreditasse que o garoto tivesse a capacidade de seguir suas ordens.

Maia apertou as filhas com mais força com soluços abafados, enquanto desviava o olhar. Clara e Calliope apertaram o manto da mãe ao soluçarem com os olhos tampados pelas mãos dela. Felix e Balbus riram quando os olhos de Heron rolaram para trás e seu corpo desabou no chão.

– Termine – sibilou Noble. Ele cerrou os punhos com as duas mãos enluvadas.

Aris cerrou os dentes com o rosto umedecido por lágrimas e ranho. Ele ergueu o osso de novo e acertou o topo da cabeça do pai. Dessa vez, com um estalo que rasgou o ar enquanto a pele se abria e o sangue escorria devagar. Aris ergueu o osso mais uma vez.

– Eu disse que queria a cabeça dele partida ao meio! – Noble colocou as duas mãos nos ombros de Aris, que subiam e desciam, e apertou-os.

Aris se afastou de Noble e ergueu o cetro acima da cabeça. Ele o enfiou na nuca do pai. E em seguida repetiu o ato, até que sangue e tecido cerebral se espalhassem pelo chão. O topo do crânio estava estilhaçado. O rosto de Heron ficou irreconhecível agora, com a mandíbula deslocada e ambos os olhos saltados das órbitas. Aris olhou de novo para a mãe, que tinha as mãos sobre os olhos das filhas. As duas cobriam os ouvidos com as mãozinhas.

A gola de sua túnica grudava em seu pescoço, molhada de suor, enquanto ele respirava com dificuldade devido ao esforço. Tropeçou para trás e jogou a relíquia aos pés do líder dos sacerdotes. Seu peito continuou a arfar quando ele caiu de joelhos. Olhou para os vitrais quebrados que nunca mais seriam reparados. Não havia sobrado ninguém para fazer isso. A aurora trazia claridade para o salão. Lâminas de luz cortavam o chão, revelando a cena horrível de uma família destruída.

Noble se ajoelhou entre o corpo de Heron e Aris. Um dedo de cada vez, removeu a luva de couro esquerda com os dentes. Pegou uma mecha do cabelo emaranhado de sangue de Heron e a levantou para expor o resto do crânio partido.

– Hum. Impressionante, rapaz. Você tem muito que aprender, mas é um bom ponto de partida.

O som de Maia e das duas garotas chorando interrompeu sua inspeção do cadáver. Ele ergueu o olhar.

– Fique tranquila, seu filho vai prosperar. Vai ser difícil no começo, mas essa raiva e essa tristeza, essa alma morta que há dentro dele agora, posso usar tudo isso. Ele pode liberar a raiva, e fará isso, porque enquanto rastrearmos aqueles traidores pelos quais vocês sacrificaram tudo, e nós os rastrearemos, haverá muitos governantes orgulhosos no meu caminho. Então... ele não terá que esperar por muito tempo.

Noble olhou de volta para a crescente poça de sangue e massa encefálica esmagada. Pegou um pedaço grande entre o indicador e o polegar e depois o levou à altura dos olhos. Franziu a testa ao inspecionar antes de reduzi-lo a uma pasta menor.

– Essa foi a vez em que você e ele transaram à sombra da figueira na grama quente do verão. Esse foi o momento em que ele chorou no nascimento da filha, e esse, um momento que ninguém viu além dele... você dormindo. Ele afastou o cabelo dos seus olhos e beijou sua testa. – Ele deixou a carne cair da ponta dos dedos. Seus olhos se voltaram para Maia, e ele levou o dedo indicador ensanguentado à têmpora e a tocou. – Entenda, tudo começa aqui e é armazenado aqui. Destrua o suficiente disso e não sobrará nada.

As narinas de Maia se moveram conforme sua respiração se acelerava.

– Você é um homem maligno.

Noble ficou de pé enquanto um dos sacerdotes se aproximava atrás dele e se ajoelhava próximo ao corpo de Heron. Ele estendeu um alicate de metal e arrancou um único dente da mandíbula quebrada de Heron. O sacerdote pegou o dente e o pôs entre os demais dentes que cercavam a imagem da princesa.

Noble observou a reação de Maia antes de se voltar para Balbus e Felix. Ambos os guardas lhe deram um breve aceno de cabeça. Felix ergueu Aris do solo com um puxão e o girou em direção à entrada.

– Levante-se. Está conosco agora.

Aris tentou olhar para trás, mas os dois guardas o puxaram com mais força por baixo das axilas, arrastando-o para o inferno ainda ardente que era Toa.

O cântico dos sacerdotes aumentou à medida que a luz e o calor do Sol nascente enchiam a sala. Noble se voltou para Maia e as filhas que choravam. Seus olhos procuraram pelo chão até encontrar o cetro encharcado de sangue. Ele se abaixou e o pegou.

– Esses jogos não combinam com você – declarou Maia, desafiadora.

Noble limpou cérebro e sangue do cetro com a mão despida.

– É mesmo?

Maia enxugou as lágrimas com as costas da mão e endireitou a postura.

– O teatro, o drama. Parece falso em você. Você é um homem de ação. Não vai nos deixar viver. Para que a destruição deste mundo esteja completa, não pode haver esperança em alguma princesa escrava.

Noble se aproximou dela, seus olhos se estreitaram quando ele começou a erguer o cetro acima de Maia e das duas meninas.

Ela rosnou:

– Aí está. O soldado honesto. Não há honra em você.

– Não. Não há – concordou Noble enquanto golpeava com o fêmur de metal. Ele não parou de espancar, extinguindo a vida das três até que não conseguisse enxergar por causa do sangue delas, que turvou sua visão.

—

Os dois guardas krypteianos escoltaram Aris para fora da cidadela até as ruas ainda fumegantes. Uma jovem jazia em um pilar caído com o vestido rasgado no peito e o sangue escorrendo pelas duas pernas, pingando dos dedos dos pés até o chão. Seus olhos estavam fechados de inchaço. Felix riu ao ver isso.

– Isso ensinará este mundo e os outros também, assim espero. – Aris não conseguia olhar, não ia olhar. Poderia muito bem ser uma de suas irmãs ou sua mãe. O pai sempre o ensinara a respeitar os outros e a si mesmo. Todos, num Universo cheio de vários tipos de criaturas, gêneros e humanoides, mereciam respeito. A dignidade precisava manter algum valor.

Aris queria olhar para trás, para ver se a mãe e as irmãs apareceriam, mas não tinha forças. Tudo o que sentia era dormência. Ele não podia ter certeza se elas estavam bem e se fizera a coisa certa. Balbus virou o rosto dele para frente.

– Por aqui, *soldado*. Já não é mais da sua conta.

Aris manteve os olhos no horizonte resplandecente que entrava e saía de foco. Não conseguia acreditar que o único lugar onde viveu não existia mais. O reino de seu pai e de seu avô, destruído. Poeira e cinzas voavam contra seu rosto, fazendo-o engasgar e tossir. Felix grunhiu para Balbus:

– É melhor ele se acostumar com isso. É assim que vivemos e respiramos. Eu não era muito mais velho que ele quando comecei a treinar como guarda na Manopla Krypteiana. Foi uma honra. – Felix bateu com o punho no peito.

– Ele é mole demais, foi criado aqui. Aqui não é Krypt. Nem mesmo um fio de cabelo acima da boca, e duvido que tenha algum no saco – comentou Balbus.

Tanto Felix quanto Balbus explodiram em risadas cruéis. Depois Balbus ficou sério.

– Não sobraram muitos de nós. Somos uma raça em extinção. É uma pena que a Guarda, pelo menos o que costumava ser, não exista mais.

Felix assentiu e grunhiu. Aris ficou calado, não podia falar sobre o assunto. Eles se aproximaram de um módulo de transporte que ainda parecia imponente para Aris.

Parado na rampa estava um homem que não usava armadura, mas uniforme. Não parecia ter estado no meio da batalha, talvez um oficial sob o comando de Noble. Seus olhos percorreram todo o corpo de Aris, mas não pareceram surpresos com sua presença. Na verdade, houve pouca emoção. Aris não conseguiu lê-lo porque ele não parecia adorar a guerra como Noble ou os guardas, mas também não parecia ter pena.

Seu pai costumava dizer que, às vezes, os homens mais perigosos em tempos de ameaça são aqueles que simplesmente se deixam levar por qualquer maré sangrenta que surja. Aris se perguntou se esse oficial teria se envolvido com o Reino da mesma forma que ele próprio se encontrava agora, e acabara desistindo de lutar.

– Onde está almirante Noble? – perguntou o oficial.

Balbus sorriu com malícia.

– Comandante Cassius, ele está eliminando as pontas soltas com o rei. Sabe como é. Como é aquele ditado mesmo? *Toda criança gritando, toda mãe chorando.*

Cassius olhou para longe.

– Sim, está correto. Muito bem. Coloque o garoto a bordo. Temos um cronograma. – Quando Aris estava prestes a ultrapassá-lo, Cassius o agarrou pelo braço. – Qual é o seu nome?

– Aris.

Ele o estudou por um momento.

– Você fará exatamente o que eu disser, quando eu disser. O Imperium exige lealdade, sem questionamentos. – Soltou seu braço e voltou a olhar para a cidadela em chamas.

– Posso perguntar para onde estão me levando? – questionou Aris.

Os olhos de Cassius sempre pareciam mortos à primeira vista; agora, estavam escurecidos.

– Você pertence ao Imperium agora. Treinará para ser um soldado, com os pés no chão. Despojado de seu título e roupas civis. O que acontecerá depois disso depende de você. – Ele se afastou para evitar mais perguntas, mas olhou para trás.

Cassius tinha mais ou menos a idade de Aris quando conheceu Noble e foi levado para o serviço do Imperium. Tudo o que ele era e tudo o que conhecia tinha vindo do Mundo-Mãe. Depois de alguns anos de serviço, esqueceu como era não ter todos os aspectos de sua vida dirigidos pelos desejos do Reino. Ele se virou para observar a cidade em chamas.

Uma vez lá dentro, Felix empurrou Aris para um banco. Ele se sentou com o corpo pesado. Parecia que vinha correndo por dias, embora não tivesse passado nem algumas horas. Seu coração disparado desacelerou. Ele sentiu cada gota de suor escorrer pelas axilas e descer pela nuca. As roupas que usava de repente pareceram pegajosas e apertadas. E nada jamais voltaria a ser como era antes. A guerra distorceu o tempo, assim como fez com mentes e almas. Aris estava sentado com as mãos cruzadas no colo, sentindo-se entorpecido em um vácuo de caos.

Passos e vozes o trouxeram de volta à realidade. Seus olhos, já voltados para o chão, sabiam de quem eram as botas à sua frente. Ele ergueu o olhar e viu Noble, coberto de mais sangue do que quando Aris o deixou. Naquele momento ele *soube*. Todos haviam partido, exceto ele. O último da linhagem de seu pai. Os sacerdotes atrás de Noble cantavam e seguravam o cajado ainda coberto com o sangue de sua família. Havia também aquela imagem horrível de uma figura humana rodeada por dentes humanos.

Era a isso que ele tinha que demonstrar lealdade? Era por isso que todas aquelas pessoas inocentes morreram? Então, naquele momento, entendeu por que o pai se encontrara com inimigos do Mundo-Mãe. Noble o encarou enquanto tirava as luvas de couro e enxugava o rosto ensanguentado com as mãos nuas. Seus olhos vazios se afastaram enquanto ele ia até o outro lado da nave, gritando para alguém lhe trazer um uniforme limpo e botas novas. Ter sangue nas mãos não significava nada para homens como Noble. E homens como Cassius os mantinham ali.

Aris encarou o chão, porque os sacerdotes estavam atentos por trás das máscaras e se voltavam a ele. Conseguia sentir seus olhares e energia envolvê-lo com uma intenção claustrofóbica, porém não sabia por que o encaravam. Fazia com que suas bochechas e peito ardessem com o desejo de matar todos eles, e se pudesse, faria isso. O sangue deles em suas mãos. *Um dia*, pensou consigo mesmo.

2

MARA, A GIGANTE VERMELHA COM ANÉIS, DOMINAVA O CÉU DE VELDT.
O arado parou de repente quando atingiu uma grande pedra sob a terra. Ajoelhando-se para desenterrá-la, Kora sentiu o solo macio e úmido. Pegou um punhado nas mãos e inspirou o rico aroma. Aquela terra, e Mara, lhe davam um pouco de esperança. Na morte, poderia haver renascimento. As estrelas contavam essa história. Ali ela ousava acreditar que era verdade. Também reforçavam que havia coragem em se expandir para além do que se acreditava ser a única verdade. Havia coragem em aceitar a morte quando essa expansão chegasse ao fim.

Ela se perguntou o que significava para o tempo que lhe restava e para aqueles que estavam mortos e não mereciam estar. A dor em seus músculos combinava com a dor profunda que sentia no íntimo. Mas seu corpo tinha a capacidade de se recuperar. Sua mente precisava se curar, talvez esquecer, se possível. Ali ela encontrou uma segunda chance, embora não acreditasse que a merecesse. Ela se pôs de pé outra vez, depois de remover a pedra. O puxão do uraki na canga do arado interrompeu o olhar de Kora para o horizonte enquanto o dia e o trabalho estavam quase terminados. Um dia de trabalho *honesto* concluído. O grande animal, com uma placa óssea grossa na frente do rosto, bufou e bateu os cascos. O solo fértil que ela lavrava se estendia à frente como a escuridão do espaço, o único lugar que podia chamar de lar desde que era criança.

Só que agora seus pés estavam firmes, plantados no solo. Era uma sensação boa. Sua mente viajou para todas as vezes em que sua vida havia sido revirada, e depois todas as feridas da memória se suavizaram para que ela pudesse viver consigo mesma, com seu passado. O solo estava fresco e úmido. Ela conseguia sentir o cheiro do fertilizante uraki que lhe dava o cheiro de casca de árvore e besouros de verão. Trabalho honesto entre pessoas honestas. A aldeia ficava situada num vale protegido de imensa beleza natural; ela consistia em casas feitas de madeira resistente e telhados de grama, a Casa Comunal, um celeiro de pedra, estábulos e o sino da aldeia pendurado como uma sentinela silenciosa. Era uma vida simples, mas pacífica.

– Kora!

Sua cabeça se voltou para a ponte de pedra e uma voz familiar. Seu coração bateu um pouco mais rápido apesar do momento de descanso. A tonalidade avermelhada de Mara lançava sua luz carmesim contra o homem que a chamara pelo nome. Seu corpo alto e esguio parecia uma mera silhueta de onde ela estava. Ainda assim, sabia quem era: Gunnar. Seus olhos castanhos estavam fixos nos dela enquanto ele se aproximava. Cabelo castanho com mechas loiras caíam sobre a testa. Ele fez uma pausa e um sorriso se espalhou por seus lábios quando ela olhou para ele. Antes que ele pudesse chegar perto demais, o uraki bufou novamente e soltou um gemido baixo. Gunnar parou e tocou atrás da orelha do animal para lhe dar um tapinha gentil.

– Achei que você já tivesse acabado. Todo mundo está na Casa Comunal.

Kora lançou um olhar para a Casa Comunal ao longe. As pessoas estavam se reunindo para uma noite de celebração. Ainda havia uma parte dela que se abstinha de se entregar por completo à aldeia. Sempre havia o medo de que as coisas boas não durassem caso se entregasse totalmente a elas. Ser uma forasteira e permanecer assim parecia a opção mais segura.

– Estou nas minhas últimas linhas e logo vou acabar.

Gunnar examinou o rosto dela com uma expressão que dizia não acreditar nela. A atmosfera entre eles vibrava com tanta densidade quanto a gigante gasosa acima deles.

– Tudo bem. Certo. Bem, Den estava perguntando por você. Ele e o irmão pegaram um grande alce da neve, um macho. Ele queria que você visse antes de prepará-lo.

Kora arqueou uma sobrancelha.

– Por que ele estava me procurando? – Ela pegou as rédeas do arado para recomeçar o trabalho.

Gunnar pareceu confuso com a pergunta.

– Bem, sabe como é, pensei que vocês dois... já que ele é...

– Você pensou – comentou ela por cima do ombro. – Vá – disse a Gunnar, antes gritar para o uraki avançar de novo enquanto puxava as rédeas. Ele bufou e passou por Gunnar, que observou Kora caminhar em direção ao horizonte. O homem se virou e voltou para a Casa Comunal, da qual agora se elevava fumaça da lareira acesa lá dentro.

Enquanto Kora continuava o trabalho com os olhos no solo, ela pensou que, se acabasse enterrada sob aquela terra dali a muitos anos, sem nunca mais sair de lá, teria se livrado bem. Não era um lugar ruim para um descanso final.

—

A Casa Comunal soava a alegria e orgulho. Os aldeões se sentavam a grandes mesas retangulares, comiam pão de cerveja preta com manteiga doce, tubérculos cozidos da estação e tomavam cerveja ou o vinho de amoras do verão do ano passado que haviam terminado de fermentar. A lareira principal tinha um grande torso de animal girando em um espeto de aço. A gordura escorria da carne assada. Havia o suficiente para que todos pudessem desfrutar. Os banquetes anteriores estavam à mostra, com galhadas de chifres e peles de todos os tamanhos decorando as paredes. Alguns cantavam com palavras arrastadas que se elevavam para o teto alto. Casais estavam sentados juntos e mãos deslizavam em direção à pele nua disponível. O rubor da primavera coloria seus rostos.

Três fogueiras ardiam na fileira central. A fragrância defumada da madeira de urze conferia ao ar um aroma sensual. Kora estava sentada, terminando sua refeição ao lado de Hagen, aquele que primeiro a acolheu na aldeia. O homem com idade suficiente para ser seu pai ou avô acariciou a barba branca enquanto lhe servia outra taça de vinho. O cabelo que lhe restava era do mesmo tom prateado. Seus lábios e dentes manchados de roxo mostravam que ele havia aproveitado a bebida naquela noite.

– Aqui está outra bebida bem merecida.

Kora pegou a taça e notou Gunnar olhando em sua direção. Depois de terminar o trabalho, ela trocou o macacão empoeirado e a camisa de algodão por um vestido amarelo claro com uma pequena estampa floral. Seu colar fino brilhava à luz do fogo. Quando os olhos dos dois se encontraram, o olhar dele se demorou com um desejo reprimido antes de se desviar. O fogo e o vinho aqueceram o corpo dela. Ter olhos sobre ela daquele jeito esquentava outra coisa.

Mas ele nunca tomou nenhuma atitude em relação a ela. Já fazia muito tempo desde a última vez que fora tocada ou beijada com tanta intensidade que lhe tirou o fôlego do corpo. Antes de Veldt, sua vida girava em torno da missão que lhe fora dada. Ela nunca esteve apaixonada. Fisicamente saciada, sim. Agora havia se acomodado na calma de um passo de cada vez e sem comandos. Tantos anos haviam sido ditados pela rigidez dos planos de outras pessoas para ela.

Hagen percebeu a interação, mas não comentou nada a respeito.

– Como estava aquela carne? Temos muita sorte pela nossa abundância.

Kora tomou um gole de vinho.

– Já fazia um tempo que não comíamos carne fresca. Tinha esquecido como é boa.

Hagen assentiu e tomou um gole de vinho.

– Ah, Den contou que viram os rebanhos de verão retornando. Talvez a três dias de viagem. Ele estava perguntando por você.

Um sorriso surgiu nos lábios de Kora. Den era um caso diferente de Gunnar. Ele era um caçador natural, com agressividade o bastante para conseguir o que desejava, sem ser excessivamente cruel ou dominador.

– Fiquei sabendo. E, sim, é bem impressionante.

Hagen se debruçou sobre a mesa para captar o olhar de Kora.

– Qual deles? O animal? Ou o caçador?

Kora inclinou a cabeça para o lado e a sacudiu. Ela deu as costas a Hagen e procurou na multidão até ver Den. Seus olhos percorreram todo o corpo dele quando ele não estava olhando. Aquele homem era puro músculo, cabelo e provavelmente pau. Ele não suscitava amor, longe disso. Mas algo muito primitivo se agitava por dentro. Os animais noturnos sabem por instinto quando sair à noite. Den olhou na direção dela, sentindo o peso daquele olhar.

O momento foi interrompido pelo forte toque da trompa cerimonial de Veldt por Sven, o aprendiz de carpinteiro. O líder da aldeia, Sindri, ficou de pé no tablado. O salão ficou em silêncio quando ele pigarreou e alisou a barba, com três tranças decoradas com punhos de prata, limpando a espuma de cerveja do lábio superior. Seus olhos azuis brilhavam de orgulho enquanto olhava para os aldeões. O álcool da noite tinha dado à sua pele um brilho rosado e sua cabeça calva brilhava de seu assento à luz do fogo.

– Meu povo, meus amigos, é uma honra estar diante de vocês com o inverno superado e a primavera agora em plena floração. Os campos lavrados e a ponto de serem semeados. É meu dever como chefe desta mesa, ou melhor, comunidade, lembrá-los de que os deuses da colheita exigem um tributo.

Sindri pegou sua taça da mesa e se voltou para a esposa ao seu lado. A face dela reluzia com amor e devoção, suas bochechas coradas devido ao calor da sala e ao vinho.

– Uma oferenda. Mas todos sabemos que é o movimento dos quadris e os sons altos de prazer que convocam as mudas a brotarem. Então fodam bastante hoje. Fodam pela colheita. Fodam pelo próprio alimento que comemos. Fodam pelos deuses!

Um coro de aplausos e afirmações soou. Sindri ergueu o copo até o rosto afogueado enquanto a esposa puxava o cinto de couro e a fivela de bronze em sua cintura. Ele se abaixou e a beijou com vinho escorrendo pela barba.

– Calma, mulher. Me deixa concluir o meu dever cívico. E aí vou concluir meu dever de marido. Espera... eu falei para foder?

O salão explodiu em aplausos e risadas depois que ele disse isso.

– Um pouco de música! – gritou Sindri. – Um pouco de música para nos deixar no clima.

Os olhos de Kora se voltaram para Gunnar, que olhou para ela também. No entanto, ele logo desviou o olhar. Ele era de longe o mais sóbrio no salão. De canto de olho ela pôde ver Den olhando em sua direção. Virou a cabeça para vê-lo engolir a cerveja com os olhos ainda fixos nela. Ele lambeu os lábios e sorriu. Os olhos dela percorreram da boca dele até a camisa de algodão entreaberta, revelando parte do peito e um tufo de pelos. Ela imaginou o corpo dele esculpido pelo árduo trabalho de lida com animais na natureza selvagem de Veldt. Seus pensamentos foram à loucura. Ela ergueu a taça para ele. Den bateu no peito do irmão com o chifre de cerveja vazio e começou a se aproximar dela.

Hagen sussurrou no ouvido dela.

– Vou dar no pé. É vinho demais para este velho aqui. Vejo você mais tarde. – Ele se levantou, deixando-a sozinha com Den.

Ao longe, ela pôde ver Gunnar olhando na direção deles. Ele terminou a conversa com um dos aldeões e se virou para sair da Casa Comunal sem olhar para trás.

Den deslizou para o banco ao lado dela, onde Hagen esteve sentado momentos antes.

– Precisa de um pouco de companhia para o resto da noite? Está cedo demais para ir dormir.

Ela sorriu e olhou nos olhos dele.

– É mesmo?

Ele se encostou na mesa e se aproximou dela. Ela podia sentir o cheiro de seu suor e o aroma persistente de sabonete em sua pele.

– Que tal eu sair primeiro e, quando você estiver vagando pela vila, você por acaso parar na frente da minha porta?

Ela lhe deu um meio sorriso e se inclinou em direção ao seu ouvido, sussurrando algo que o deixou encabulado e excitado em igual medida.

Den se levantou e olhou ao redor do salão. Os aldeões restantes fingiam não observá-los. Ele saiu andando às pressas sem se despedir de ninguém. Kora pegou a taça e bebeu o restante do vinho. Era doce na língua e descia quente pela garganta. Ela deixou a Casa Comunal, sem prestar atenção a nenhum olhar que pudesse estar observando sua saída logo após Den.

Den teria exatamente o que desejava naquela noite, e ela também. Seu coração acelerava a cada passo mais perto da casa dele. A expectativa de explorar um novo corpo enviou ondas de excitação por todo o seu. Quando chegou à porta dele, passou os dedos pelo cabelo e bateu uma vez.

Ele abriu a porta sem camisa. A casa estava escura, exceto por duas velas acesas no meio de uma mesa.

– Você veio.

– Não estava pronta para ir para casa.

Ele se afastou da porta para deixá-la entrar. Com exceção de Hagen, essa era a primeira vez que entrava sozinha na casa de um homem desde que havia chegado. As paredes estavam cobertas de troféus de caça emoldurados, chifres de todos os tamanhos, penas, garras e dentes, mas, fora isso, havia pouca decoração. Ele mantinha a casa limpa e organizada, o que não diferia de sua personalidade na aldeia. Nos fundos ela pôde ver a porta fechada do que ela deduziu ser o quarto dele. Seu olhar retornou para Den, que a encarava com a mesma intensidade que ela o imaginava ter ao caçar esses animais. Ele poderia prendê-la contra a parede naquela noite, ou no chão, desde que não parasse até que ela estivesse satisfeita.

Kora se aproximou dele. A luz bruxuleante das velas acentuava seus músculos. Ela tocou o peito dele enquanto observava seu rosto. A ponta dos dedos foi até o cós da calça dele. Ela podia sentir sua excitação crescente. Sem dizer uma palavra ou lhe dar qualquer aviso, ele a ergueu com as duas mãos em cada lado da cintura. Ela o segurou pelo pescoço enquanto suas coxas fortes e grossas envolviam a cintura dele. Ele a segurou com um braço sob sua bunda enquanto ia em direção ao quarto e irrompia pela porta. Um pé chutou a porta, fechando-a ao passar, antes de deixar Kora cair na cama, depois de três grandes passos.

Ele tentou beijá-la nos lábios, mas ela virou o rosto para que os lábios dele pousassem em seu pescoço. Depois de tentar mais uma vez sem sucesso, ele desceu. Um botão por vez, ele foi abrindo o vestido dela. Sua boca se moveu até os seios e mamilos. Mordiscadas os mantiveram rígidos e fizeram com que gemidos suaves escapassem da boca dela. Isso o fez tentar descer mais, porém não foi por isso que ela veio. Ela queria o que havia sentido antes, queria ser fodida por Den, não que ele fizesse amor com ela. Ela olhou agitada para o teto, enquanto ele tentava cair de boca nela. Ela o agarrou pelos braços para puxá-lo para cima. Ele seguiu a instrução.

Observou Den tirar a calça enquanto ela tirava a calcinha. A ponta do pênis úmido e duro, em formato de foice, brilhava sob a luz das duas Luas cheias. Suas coxas eram troncos sólidos de árvores com músculos ondulantes. Todo o seu peso poderia esmagá-la. Ela só queria que ele trabalhasse nela como faria para domar um garanhão de Veldt. Calmo, firme, sabendo quando esperar e quando cavalgar com força. Ele era tudo que ela precisava para a noite. Às vezes, a dolorosa necessidade de ser cuidada vencia, mesmo que apenas por algumas horas, mesmo que apenas em nível físico.

A solidão fazia parte da sombra de Kora. Noites como aquela eram flechas flamejantes no escuro, um sinal de que ainda estava viva. Êxtase desenfreado e descompromissado tinha o poder de acalmar a alma inquieta. E ela era uma alma inquieta. Den era carne fresca para satisfazer a fome dentro dela. O desejo que havia dentro dela, apenas estocadas rítmicas que a levariam a um orgasmo completo saciariam.

Sem palavras, ela rolou para cima dele. Kora montou nele e tirou o vestido. Uma grande cicatriz enrugada descia do seu ombro, atravessando as costas e terminando na coxa. As mãos grandes dele seguraram seus quadris e bunda redonda com força, como se ele estivesse controlando um arado de dois uraki enterrado em solo úmido e profundo. Ela se esfregou contra o pênis ansioso dele sem olhar para seu rosto, com a cabeça jogada para trás.

A pele negra dela começou a ficar coberta de suor conforme ela movia o corpo mais rapidamente para extrair o máximo de prazer daquele momento. A tensão em sua lombar, por causa do movimento, só acentuava o prazer. A excitação que vertia por entre suas pernas lubrificava suas coxas. Ela mordeu o lábio e gritou quando ele puxou seus quadris mais depressa. Ela pôs uma das mãos entre as pernas para criar mais tensão. Carne tenra e ingurgitada se tensionou para uma liberação intensa. Quanto mais forte ele estocava para cima, mais rápido ela movia os dedos até que todo o seu corpo ficasse aquecido com a tensão do êxtase, abrindo-se e derramando-se com a mesma suculência da gema de ovo. A respiração pesada dele se misturou à dela quando ele chegou ao orgasmo logo depois com um grunhido alto.

Ela caiu sobre o peito dele antes de se mover para o lado. Ele ficou deitado com a respiração irregular, de olhos fechados. Não demorou muito para que adormecesse. Ela ficou imaginando como seria se deitar ao lado da mesma pessoa, ano após ano, sob o mesmo teto. A ideia era um conceito estranho, inalcançável, como sistemas estelares não mapeados desde que ela havia se sentado em sua primeira nave rumo à batalha. Não tinha sido isso que a levara para a cama dele. O peito largo dele subia e descia com o peso de um sono profundo. Ela pensou em Gunnar. Será que ele foi para a cama sozinho? A aldeia era tão pequena que ela saberia se ele não tivesse ido. Sentou-se e, em silêncio, juntou as roupas e se vestiu à luz minguante das velas. Apagou-as antes de sair. Sem olhar para trás, deixou a casa de Den.

Kora vagou no escuro em direção ao rio. As Luas coroavam as colinas e a linha das árvores. Meu Deus, como ela amava a beleza tranquila daquele lugar. Após o orgasmo, seu corpo parecia relaxado e contente. O suor entre os seios e as omoplatas secou com a brisa refrescante. O som do rio em movimento constante a relaxou. Ela gostava de dividir a casa com Hagen, que não exigia nada dela desde que tinha chegado. Antes de entrar em casa, pegou um pano do varal e mergulhou em um balde com água limpa e fresca. Ela limpou o suor restante e o cheiro duradouro de Den na pele. Tão silenciosamente quanto pôde, entrou, tentando não acordar Hagen. Ele ainda estava acordado e lendo na cama à luz do abajur. Ele olhou para Kora enquanto ela se movia em direção à cama. Ela se sentou e tirou as botas.

– Den é um bom homem – comentou Hagen.

– Você deveria estar dormindo – retrucou Kora.

– Ele é o melhor caçador entre nós. E um amigo leal. Já pensou num relacionamento permanente? Sei que ele está aberto à ideia. Ele mesmo já me perguntou.

Kora olhou para Hagen.

– As coisas são tão simples entre a gente. Precisam ser mais do que isso?

Os olhos envelhecidos dele continham certa suavidade. Sempre havia honestidade refletida de volta.

– É só que, bem… Esse seria o seu último passo para se tornar um membro integral desta comunidade. Estou dizendo, este é o seu lar agora.

Kora sabia que Hagen tinha boas intenções. Não havia nem uma migalha de maldade em seu corpo.

– Quero que seja verdade.

Hagen continuou a encará-la com olhos quase suplicantes.

– Kora, ter um filho e se casar daria a estabilidade que acredito que você deseja. E seria aqui.

Kora se sentou na beira da cama com a camisola ao seu lado. Levou-a ao nariz. Tinha o leve aroma de flor negra e a brisa de um dia quente de primavera. Hagen a sustentou com generosidade desde o primeiro dia em que a trouxera ali e cuidou de trazer de volta à vida mais do que seu corpo destroçado. Ele havia curado sua alma.

— As duas estações que passei aqui me trouxeram uma felicidade... que eu não mereço, sabe. Mas você tem que entender que sou filha da guerra. Amar e ser amada de verdade, eu... não sei se sou capaz de fazer isso.

— Não diga uma coisa dessas. A aldeia gosta de você, confia em você. Você deve sentir isso. Este pode ser e é o seu lar. Minha Liv teria mais ou menos a sua idade agora e a mãe dela teria amado você como uma filha. Fico tão feliz por você poder usar o que ela deixou para trás. Não tive coragem de jogar nada fora.

Kora se levantou para fechar a divisória de tecido entre as camas e se trocar para dormir.

— A própria ideia de amor, de família, foi arrancada de mim. Aprendi que amor é fraqueza. E eu... não vejo como posso mudar.

— Você está errada – replicou Hagen. – Eu vi você mudar. Você não é a pessoa que era quando chegou aqui. Dizem que as pessoas não mudam. É um absurdo. Isso é tudo que elas fazem. O tempo todo. Espero que você consiga ver isso um dia.

Kora ergueu o olhar para encontrar o rosto gentil de Hagen. Ele lhe lançou um olhar amoroso, porém severo.

— A guerra aconteceu para você. Você não é a guerra, mas você deve derrotar seus medos como uma guerreira. – Ele estava com o punho levantado junto ao peito enquanto dizia isso. Kora suavizou e lhe deu o tipo de sorriso que uma filha daria ao pai. Ele era sincero e seu tom refletia isso.

— Obrigada. Vá dormir. Desculpe por ter incomodado você.

Ele continuou olhando para ela.

— Apenas me prometa que vai pensar sobre o assunto.

Kora assentiu.

— Você deveria dormir um pouco.

— É. – Hagen se debruçou sobre a mesinha e apagou a luminária. Kora fechou as cortinas pretas.

Deitada na cama, ela esperava que Den não a considerasse cruel por deixá-lo, caso ele de fato quisesse um relacionamento mais profundo do que um sexo excelente. E uma criança? A menos que ela revelasse toda a verdade sobre seu passado, ele jamais entenderia a profundidade de suas feridas. Que tipo de vida seria para uma família viver à sombra de uma mulher foragida? Seu coração continuava em pedaços, quebrado demais para conter o tipo de amor do qual uma criança necessitava.

3

KORA LEVANTOU CEDO PARA SE JUNTAR À ALDEIA MOVIMENTADA À LUZ do amanhecer, deixando Hagen dormindo. Ele se juntaria a ela mais tarde porque era dia de semeadura. Ela começou no grande celeiro de pedra com Sam, a jovem que ainda não era casada na aldeia, embora não demorasse muito para ela, pois estava perto de completar dezoito anos. Ela era radiante e bela, com cabelo cor de palha e olhos azuis-violáceos. Mas, além da aparência, ela tinha um bom coração e uma alma leve e brincalhona que ainda possuía a inocência de uma jovem.

Gunnar estava perto de uma das portas do celeiro, fazendo o inventário dos sacos de sementes e os dividindo entre os aldeões para serem semeados. Ele mantinha registros completos para a aldeia a fim de que sempre houvesse o suficiente. Enquanto Kora abria o avental para pegar as sementes, Gunnar olhava em seus olhos. Os dois fizeram uma pausa. Ela sorriu para ele antes de se dirigir para o campo. Ficou imaginando se ele tinha alguma ideia da noite dela com Den, porém foi Den quem não teve medo de tomar uma atitude.

Sentiu uma pontada de tristeza ao olhar para Gunnar. A aldeia era pequena demais para ter os dois. E esse desejo estava muito presente. Em Veldt, podia viver a vida que lhe fora negada por Balisarius e sua carreira nas forças armadas do Imperium. Sam seguiu atrás dela. Já havia dezenas de aldeões polvilhando os campos lavrados, cobertos de orvalho com sementes. Kora começou a fazer o mesmo e Sam se juntou a ela. A moça deu uma leve cotovelada em Kora e lhe lançou um sorriso malicioso.

– Percebi que você saiu cedo ontem à noite. Estava cansada?

Kora não levantou os olhos depois de pegar um punhado de sementes. Ela tentou evitar corresponder ao sorriso de Sam, mas não fez um trabalho bom o suficiente em esconder o sorriso malicioso.

– Isso mesmo. Decidi dormir cedo.

Sam endireitou a postura e colocou a mão no quadril com um olhar provocador.

– Achei que você estava fazendo a sua parte pela colheita, porque enquanto eu voltava para casa, passei pela casa do Den, e foi bem isso que pareceu. Seus gritos sozinhos farão brotar essas sementes.

Kora manteve o rosto neutro, mas ainda assim não fez contato visual com Sam.

– Não sei do que está falando, Sam.

– Acho que sabe sim – comentou Sam com inocência.

– E quanto a você, Sam?

A jovem balançou a cabeça.

– Não acho que a pessoa para mim será encontrada nesta aldeia. Queria alguém bem diferente de mim, mas que também pudesse entender o que é não ter família como a maioria das pessoas tem. – Sam fez uma pausa e cruzou os braços. – Ele pode cair do céu, até onde sei.

Kora balançou a cabeça e riu.

– Tem certeza que quer outro estranho como eu? – Ela atirou as poucas sementes em suas mãos, de brincadeira, em Sam, que estava prestes a fazer o mesmo, até que seus olhos foram de Kora para o céu. Os lábios separados em admiração silenciosa. O sorriso de Kora desapareceu com a mudança de comportamento de Sam. Ela olhou por cima do ombro para ver o que chamou a atenção da outra. O que viu a fez largar o avental, espalhando as sementes sobre as botas e o chão.

Acima das colinas férteis e logo além do horizonte, uma nave de guerra colossal entrava na atmosfera. Reconhecimento e terror instantâneos envolveram Kora em um aperto. Mil pensamentos com o peso de um rebanho de uraki invadiram sua mente. Kora examinou o campo em pânico, enquanto o restante dos aldeões olhava com curiosidade para a nave. Nenhum deles conseguia imaginar que inferno havia entrado naquele mundo.

– Não – sussurrou Kora, antes de se virar para correr em direção à aldeia. A pulsação de seu coração acelerado soava nos tímpanos, enquanto os braços oscilavam com força. O cabelo solto chicoteava seus olhos e a boca aberta. A Casa Comunal estava bem à vista e, logo ao lado, o enorme sino da aldeia, de quase dois metros de altura, pendia solenemente em formato de canhão, pendurado no toco de uma árvore cortada do lugar original da aldeia e firmada em pedra. Estava lá desde que todas as pessoas vivas eram capazes de se lembrar. Runas e cenas da vida da aldeia decoravam a superfície do sino. Seus pés tocaram a ponte de pedra com fortes batidas enquanto ela atravessava o rio que separava a aldeia e os campos.

Kora arrancou o martelo pesado do suporte de madeira. Seus músculos se flexionaram enquanto ela gemia com os dentes cerrados. Um golpe forte após o outro fez seus ouvidos zumbirem com a reverberação do gongo. Ela tocou o sino até que Sindri saiu da Casa Comunal, com os olhos turvos pela noite anterior. Kora deixou cair o martelo no chão e apontou um dedo cansado para o céu. O olhar de Sindri seguiu sua direção. Ele deu um passo para trás com a boca aberta.

– O que acha que eles querem?

O suor escorria do couro cabeludo de Kora. Era melhor do que lágrimas, porque *eles* não respondiam às lágrimas ou à dor. Ela sacudiu a cabeça enquanto recuperava o fôlego.

– Tudo.

Parecendo uma criança perdida, Sindri não possuía mais a bravata da noite anterior. Sua posição como líder não era algo pelo qual ele lutou ou pelo qual provara ser digno. Seu tio ocupou o cargo e tornou Sindri seu sucessor. Aquela aldeia não vivia conflitos armados. Com poucos motivos para reclamar, a aldeia aceitou isso.

— O que devemos fazer?
— Reunir todos os idosos e adultos. Ficar juntos.

Sindri assentiu e correu em direção aos campos. Os olhos de Kora se voltaram para a nave. Tinha um nome: encouraçado. Um ódio familiar borbulhou em sua barriga como se tivesse tomado cerveja demais de uma vez. Sua exaustão se transformou em ódio. O Universo era supostamente infinito, mas *eles* faziam com que parecesse pequeno demais, com cantos demais para onde ser acuada. Não importava se eles vieram atrás dela ou por algum outro motivo. Ter uma dessas naves em sua órbita ou pousando em seu mundo não era algo desejável. Ela não sabia o que eles poderiam querer com a aldeia ou com as pessoas que não possuíam nada para a batalha.

—

O barulho da Casa Comunal voltou ao volume da noite anterior. Porém, não era celebração. Era preocupação e questionamentos atrás de questionamentos por parte dos aldeões. Kora ficou nos fundos de braços cruzados, observando em silêncio. Sindri e Gunnar estavam na frente, tentando ouvir cinco conversas ao mesmo tempo enquanto se encaravam. Sindri, de rosto vermelho, andava em círculos com as mãos cruzadas atrás das costas.

— Não me importa qual seja a possível vantagem, Gunnar, uma nave de guerra pairando acima de nossas terras não pode ser boa coisa.

Gunnar não escondeu sua frustração enquanto se voltava para buscar os olhos errantes e trêmulos de Sindri.

— Esse é o seu problema. Sua primeira reação é sempre o medo.

Greta, a criadora de uraki, pigarreou e falou acima da cacofonia de vozes.

— Supondo que eles desçam para conversar, podemos pelo menos ouvi-los para saber quais são as intenções deles.

O murmúrio da conversa dos aldeões aumentou depois que Greta falou.

Gunnar aproveitou a chance para aprofundar seu argumento. Ele se virou para a multidão.

– Exato! O Mundo-Mãe tem bolsos fundos. Estou só dizendo que talvez possamos conseguir um preço melhor com nossos amigos em órbita lá, em vez de ter que lidar com os assassinos em Providência, vendendo nossos grãos para sabe-se lá quem.

A maioria da multidão presente sussurrou em concordância. Os olhos de Sindri se estreitaram, ignorando o salão.

– Não aja como se não soubéssemos que você tem vendido nossos grãos excedentes para os inimigos daquela nave lá em cima. Imagine o que eles diriam se descobrissem para onde foi o nosso excedente do ano passado.

Gunnar se manteve firme, inexpressivo.

– Bem, eu não sou um revolucionário. Eles ofereceram o melhor preço. Eu não me importo com a causa deles.

Sindri não capitulou.

– É claro.

Gunnar examinou os olhos e ouvidos ansiosos dos aldeões que conhecera a vida toda. Os olhos se suavizaram por um momento.

– Eu não tenho lado, Sindri, só esta comunidade. Esta é a única coisa pela qual tenho lealdade. E digo que devemos começar demonstrando boa vontade, não medo. Que somos parceiros, não adversários, não é?

Kora havia permanecido calada e com os braços cruzados durante todo o debate. Mas isso já tinha ido longe demais. Não podia culpá-los. Nenhum deles sabia que ameaça pairava acima como uma tempestade pronta para liberar a destruição. Passou entre os corpos até chegar à frente. Den encontrou seu olhar; ele acenou com a cabeça, mas não a impediu.

– Você disse "parceiros", Gunnar?

– Eu... eu disse. Qual é o problema? – perguntou ele.

Kora parou entre Sindri e Gunnar, de frente para os aldeões.

– Essa nave não representa prosperidade. O propósito deles é destruir, subjugar, escravizar. A palavra parceria não está no vocabulário deles. Dê a eles o que pedirem. Mas não conte nada sobre quão fértil esta terra é.

E rezem para que partam antes de darem mais informações para quem Gunnar vendeu os grãos do ano passado.

– Certo – disse Gunnar, desanimado pelas palavras de Kora, como se fosse um ataque pessoal. O resto do salão ficou em silêncio. Gunnar se remexeu, enquanto o rosto de Sindri se transformava em pedra. – Se me permite, Sindri...

– Já ouvi o suficiente. Não ofereceremos nada. Está claro? – retrucou o líder da aldeia.

Kora tornou a olhar para Gunnar. Ela abriu a boca para falar quando uma das crianças, um menino de dez anos chamado Eljun, entrou correndo. Ele ofegava com as bochechas rosadas.

– Eles estão vindo! Eles estão vindo! Eles estão vindo!

Kora, Sindri e Gunnar trocaram olhares antes de caminharem em direção à porta. Kora parou na frente de Eljun, que olhou para ela com olhos redondos e inocentes. Ela estendeu a mão para tocar sua bochecha e afastou a mão de novo.

– Vá se esconder. Não saia até que a voz dos seus pais chame você, mesmo que pareça seguro. – Ele assentiu e saiu correndo. O som dos módulos de transporte podia ser ouvido a distância. Ela passou por Eljun e entrou na aldeia.

O forte reflexo da luz solar e de Mara que ricocheteou nas três naves cegou os aldeões. Kora não precisava ver o que aconteceria a seguir. Ela sabia. Eles pousaram no centro do campo recém-semeado. Solo e sementes voaram em todas as direções. Houve um momento de espera antes que as portas se abrissem e longas rampas se estendessem pela terra.

Um homem usando roupas impecáveis, boina de oficial baixa sobre a testa, e botas brilhantes sem arranhões ou sujeira veio na frente, acompanhado por outro em uniforme semelhante, porém menos ornamentado. Seis outros, que deviam pertencer a algum tipo de seita religiosa, se arrastavam atrás, em longas túnicas e com os rostos mascarados. O restante dos módulos trazia soldados em armaduras leves do Imperium e calça listrada e suja, carregando o tipo de armas que os aldeões não possuíam. Nunca houve a necessidade.

Sindri e Gunnar atravessaram a ponte para encontrar o líder no meio do caminho. Sindri reuniu todo o seu charme carismático.

– Olá. Eu sou Sindri, pai desta aldeia. Bem-vindos.

O homem da nave levou uma das mãos ao coração.

– Sou o almirante Atticus Noble. Representante leal do rei morto. Dou as boas-vindas à recepção calorosa. – Ele olhou para os vastos campos e a aldeia. – Por favor, pai, fale sobre esta linda aldeia.

Noble abraçou Sindri com o aperto musculoso de uma serpente sarapintada do pântano. Sindri hesitou antes de retribuir o abraço, mas menos apertado. Logo atrás de Noble estava um homem que devia ser um oficial de patente inferior. Ele não era sacerdote ou soldado comum. Poderia ser uma estátua com sua imobilidade e silêncio obedientes. Mais atrás, Sindri pôde ver os soldados lançando um olhar frio para a aldeia, com armas em punho e dedos próximos ao gatilho. Noble se separou de Sindri, mas ainda segurou seus ombros com a ponta dos dedos cravada na carne. Ele lançou a Sindri um largo sorriso que parecia amigável demais para quem tinha acabado de conhecer.

– Como pai desta linda aldeia, por favor, fale tudo sobre ela. Quero saber *tudo*.

Sindri olhou para Kora e depois para Noble.

– Venha comigo até a nossa Casa Comunal. Podemos tomar um copo de cerveja e contarei como é a vida aqui.

Noble tirou as mãos de Sindri e lhe deu um breve aceno de cabeça.

– Ah. Parece perfeito. Mostre o caminho. Já faz algum tempo que não tomo uma boa cerveja rústica. Cassius também se juntará a nós e os outros nos seguirão. – Ele se virou o suficiente para estender a mão para Cassius, que não disse nada, mas observava tudo.

Sindri se virou para os aldeões silenciosos, que assistiam a todo o encontro. Eles abriram caminho para Sindri e Noble caminharem em direção à Casa Comunal. Cassius, a estátua de um homem, seguia logo atrás. Perto o suficiente para ouvir qualquer coisa que fosse dita. Seus olhos capturavam tudo. Kora seguiu o mais perto possível no meio da multidão para ouvir a conversa. Noble capturou o olhar dela por um momento antes de desviar o olhar. Pequenos quadrados de tecido presos a cordões ziguezagueavam pela aldeia, soprados pela brisa acima das cabeças enquanto andavam.

— Construímos uma vida simples aqui. E temos orgulho do amor de nossa comunidade e do trabalho árduo necessário para sobreviver aqui — Sindri explicou em tom calmo e uniforme.

Noble inspecionou com atenção os aldeões e os edifícios. Seus olhos notaram três uraki saudáveis amarrados a um curral não muito longe da Casa Comunal. Eles fuçavam um cocho com comida e água.

— Bem, seu povo parece saudável e bem alimentado. Como líder deles, grande parte dessa prosperidade deve ser creditada a você.

Sindri balançou a cabeça.

— Não, somos uma comunidade. O crédito não é de uma só pessoa.

— Ah, sei que na melhor das hipóteses o crédito é compartilhado. Mas quando os estoques estão vazios, você sabe onde recai a responsabilidade.

Sindri parou e encarou Noble na entrada da Casa Comunal.

— O peso da liderança, suponho.

Noble bateu palmas com as mãos enluvadas e franziu os lábios.

— Então... você entende o sentimento da necessidade de alimentar os filhos tal como um pai, não é? Eu esperava que sua terra e o povo de Veldt pudessem ajudar enquanto procuramos por um pequeno bando de revolucionários escondidos neste mesmo sistema. Que meu comandante, o regente Balisarius, me mandou encontrar e levar à justiça.

— Somos agricultores humildes, muito distantes da política do Mundo Mãe.

— E ainda assim podem servir.

Sindri olhou para a multidão com Kora e Gunnar perto da frente, sem saber o que dizer. Noble o estudou com olhos de predador. Ele colocou a mão no ombro de Sindri e apertou.

— Bem, os rebeldes que procuramos têm atacado os nossos portos de abastecimento. Liderados por uma mulher chamada Devra Bloodaxe e o irmão dela, Darrian. A captura deles é inevitável. Mas está demorando mais do que o previsto e, devo confessar, nos encontramos com poucos suprimentos. E como sabe ou deve ter ouvido, um exército marcha pelo estômago. Estive pensando numa parceria para que vocês nos fornecessem comida. Tudo o que tiverem de sobra, é claro. Em troca, serão remunerados… vamos dizer o triplo do valor de mercado, está bem? Com esse lucro inesperado, vocês poderão comprar muitas colheitadeiras e robôs e não terão que fazer esse trabalho difícil e braçal.

— Acreditamos que fazer o trabalho braçal nos conecta à terra e honra estes campos sagrados que nos dão vida — explicou Sindri, tentando não parecer ansioso demais ou indiferente. No entanto, seus lábios, que tentavam sorrir, pareciam tensos.

Noble retirou a mão e estendeu a palma para os aldeões.

— Bem, sempre há a paz de espírito de saber que estão desempenhando um papel inestimável na importante missão de erradicar os inimigos do Mundo-Mãe.

Sindri estreitou os olhos e lançou um olhar rápido para a multidão. O queixo de Kora estava curvado próximo ao peito e ela tinha os braços cruzados. Ela balançou a cabeça com discrição. O Reino tinha uma maneira astuta de fazer suas vítimas acreditarem que tudo ficaria bem.

— É uma proposta e tanto.

— Sim.

— Se ao menos tivéssemos algum excedente para oferecer. Veja, a terra é rochosa e produz apenas o suficiente para nos alimentarmos. Portanto, é com sinceros pedidos de desculpas que devemos recusar a oferta. Mas estamos gratos pela presença de um protetor tão benevolente e poderoso.

Noble fez uma pausa, olhando em volta. Vastos campos que provocavam fertilidade se estendiam em todas as direções. O que poderia ter sido um olhar furioso desapareceu de seu rosto num instante. Noble inclinou a cabeça e deu a Sindri um sorriso suave.

– Como? Não há excedente? Nada mesmo? Ora. Mas sua terra parece tão fértil. Seus campos parecem maiores do que sua população precisaria.

– Claro, entendo como pode parecer. Mesmo assim, a escala da plantação é uma prova da pobreza do solo. E nossos invernos rigorosos só contribuem para a estação curta. Agora, que tal tomarmos aquele copo de cerveja, hein?

Noble olhou para os aldeões, um por um.

– Perdão. É só que... quero dizer, olhe para essas belas pessoas. Não consigo imaginar que essas peles brilhantes sejam nutridas por campos áridos, só isso. Agora... quem é o homem ou a mulher entre vocês que supervisiona a colheita? Deve haver um de vocês que tenha o dedo mais verde que o restante. Alguém?

Ninguém disse nada, mas alguns olhos gravitaram em direção a Gunnar. Os olhos de Noble logo os seguiram. Apontou para ele como se seu dedo tivesse o poder de prendê-lo na parede.

– Então?

Gunnar observou a multidão olhar para ele e se afastar ao mesmo tempo. Ele ergueu um pouco o rosto e encarou Noble.

– Sim, senhor. Sou eu.

– Ótimo.

– Sim, eu... superviciono a colheita.

Noble fez sinal para que ele se aproximasse.

– Ah, bem, se essas pessoas confiam em você, eu também confio. Só estou tentando entender como pude estar tão errado sobre o que esta terra pode render, só isso.

Gunnar não conseguia olhar na direção de Sindri.

– Bem, senhor. Sindri, nosso querido pai, está sempre zelando pelo bem-estar de nossa aldeia e por isso faz questão de manter reservas em caso de escassez ou seca, que como sabem, é responsabilidade de um líder. Mas tivemos sorte nas últimas temporadas e nosso excedente tem sido maior do que podemos armazenar. Então, pode haver... uma chance de conseguirmos dispensar uma pequena parcela. Dependendo, é claro, da escala de suas necessidades.

Os lábios de Noble se curvaram em um meio sorriso e seus olhos logo se voltaram para Sindri.

– Hum, bom, muito bom. Sim, quero dizer, é sempre bom manter um pouco de reservas, não é, pai? Mas estou confuso. Curioso para saber por que você queria me fazer acreditar que esta terra mal era capaz de produzir o suficiente para alimentar seu povo. Parece que isso não era bem verdade.

Gunnar gaguejou e se aproximou de Noble. Suas mãos balançaram no ar em pânico.

– Não, não, não, espere, espere. Almirante, ninguém está tentando enganar o senhor. Sindri simplesmente tem uma visão um pouco mais conservadora sobre as reservas do que a minha. Mas estamos os dois entusiasmados com uma possível parceria. Basta ter em mente a realidade do que podemos fornecer.

Noble virou a cabeça na direção de Sindri.

– Quem é esse, pai?

Gunnar tentou balbuciar uma resposta.

– Hã, meu...

As bochechas de Sindri coraram, sua voz ficou rouca.

– Ele não tem importância. Fui investido pelo meu povo com o poder para falar por eles. Esse homem não tem autoridade aqui. Seria prudente ignorá-lo.

Noble olhou para a multidão. A tensão da cena abafou qualquer movimento ou som dos aldeões presentes.

– Ora... uma divisão. Não é exatamente a comunidade idílica que vi a princípio.

Kora praguejou baixinho e se aproximou dos três homens. A esposa de Sindri foi até uma das mesas onde estavam a cerveja e as taças. Ela serviu uma única taça para oferecer a Noble.

– Pai, se eu puder oferecer alguns conselhos ao lidar com subordinados que precisam de uma lição. Acho que as pessoas podem perder de vista o que está em jogo e, às vezes, precisam de um lembrete gentil de como aqueles que têm poder lidam com os que não têm.

Os olhos de Kora se moveram enquanto os sacerdotes se mexeram em uníssono em direção a Noble. Cassius ficou olhando sem um pingo de emoção. Apenas se afastou dos sacerdotes quando eles passaram, como se eles o repelissem. Um dos sacerdotes segurava um enorme fêmur revestido em ouro em relevo. Ela logo olhou para Gunnar com preocupação nos olhos. Quando o sacerdote que segurava o cajado ficou ao lado de Noble, estendeu o objeto em sua direção. Noble sorriu ao tomá-lo nas mãos.

– Deixe-me mostrar o que quero dizer.

O olhar de Sindri seguiu Noble até que o bastão passou acima de sua cabeça. Noble golpeou bem no meio da testa dele, partindo-a ao meio enquanto Sindri caía no meio da multidão. O sangue respingou naqueles que estavam bem à sua frente. Houve um arquejo coletivo, mas ninguém se mexeu enquanto Noble continuava a golpear o crânio aberto de Sindri. O rosto de Noble se contorcia e sua respiração estava ofegante ao usar toda a sua força durante o ataque. A esposa de Sindri correu no meio da multidão, gritando o nome dele. Um forte estalido nunca antes ouvido na aldeia interrompeu suas lamentações. Sem hesitação, um dos guardas krypteianos atrás dos sacerdotes cortou as costas dela com sua espada feita de aço oracle. O calor azul a matou num instante. Seu corpo caiu ao lado de Sindri. O sangue deles se misturou e formou uma poça no chão.

Noble olhou para os aldeões.

– Alguém mais? – Seus olhos mortos sugeriam que ele não tinha preferência. Acabar com todas as linhagens ali era tão razoável quanto poupar os aldeões, apenas um pouco mais cansativo. O salão permaneceu em silêncio. Noble apontou o cajado ensanguentado para Gunnar. – Você.

Gunnar olhou para os corpos de Sindri e da mulher com os lábios entreabertos. Foi erguendo o olhar aos poucos.

– O que você fez?

– Quando posso esperar receber minha colheita? – perguntou Noble.

– Ah, eu... eu não... – gaguejou Gunnar.

Noble deu um passo mais perto de Gunnar e colocou o cajado sob seu queixo, deixando uma marca de sangue na túnica de algodão áspero.

– Eu perguntei, *parceiro*, quando posso esperar minha colheita.

Gunnar olhou para Kora, que estava com todos os músculos tensos como as cordas de um arco. Seus olhos afundaram.

– Hã, daqui a nove, nove semanas.

Noble afastou o cajado do corpo de Gunnar e assentiu. Abriu um sorriso animado, como se não houvesse cadáveres no salão, nenhum sangue em seu cajado, nenhum fragmento de crânio em suas botas.

– Muito bem. Em dez semanas, voltarei. Você deverá ter dez mil alqueires preparados para a minha nave. Sei que os bandidos que procuro estiveram neste mundo na estação passada e que alguém vendeu alguns milhares de alqueires para eles. Espero que suas mentiras tenham morrido com seu pai.

Os aldeões começaram a sussurrar entre si. Noble os ignorou enquanto limpava o sangue do uniforme e devolvia o bastão ao sacerdote, que o aceitou com uma profunda reverência. Com uma voz alta o suficiente para que todos pudessem ouvir, Noble encarou a multidão.

– Além disso, deixarei homens e armas aqui para garantir que sua parte do acordo seja mantida. Sejam gentis com eles.

Agora bastante alerta, Gunnar falou:

– Doze… Bem, mal produzimos doze mil alqueires. Nós… nós vamos morrer de fome. Eu… eu não entendo o que você quer.

Inexpressivo, Noble se aproximou de Gunnar e encarou seus olhos.

– Bem, é simples. Eu quero tudo.

Noble passou por Gunnar sem olhar para os aldeões. Cassius lançou a Gunnar um olhar severo antes de seguir os sacerdotes e Noble de volta aos módulos de transporte. Os sacerdotes começaram a segui-los, com as vozes começando a zumbir até que cânticos altos e estrangeiros encheram a Casa Comunal. Um parou e extraiu um único dente da boca de Sindri com um alicate de metal. Ele o colocou no mosaico de dentes que cercava o retrato da princesa Issa.

Quando partiram, os lamentos se elevaram até as vigas. Alguns caíram de joelhos, outros foram ver o líder morto e a mulher. Gunnar e Kora foram os únicos que permaneceram imóveis enquanto se entreolhavam. Ela se moveu para se aproximar dele com pena nos olhos, mas ele balançou a cabeça e levantou a mão. Kora nunca jogaria sal na ferida dele com um "eu avisei", mas sabia que ele precisava de um pouco de tempo, mesmo que fosse um tempo que eles não podiam desperdiçar. Ele deixou a Casa Comunal sozinho.

—

A terra girou na atmosfera em pequeninos tornados enquanto os módulos de transporte partiam rumo ao *Olhar do Rei*. Foram deixados para trás soldados do Imperium e grandes caixotes de metal com o necessário para acampar até o retorno de Noble em dez semanas.

Faunus, o soldado mais graduado, na casa dos cinquenta anos, com cabelo preto e grosso, cortado no tradicional estilo do Imperium para todos os soldados, curto e reto na testa, avaliou o ambiente. Seus olhos pousaram no celeiro.

– Muito bem, ouça. Preciso que todo esse equipamento seja transferido para o grande edifício de pedra. Isso deve nos servir por enquanto. Marcus, você vai me auxiliar a expulsar os atuais moradores da nossa nova casa. Entendido? – Ele apontou para o prédio de pedra.

– Entendido, chefe. Entendido – respondeu Marcus.

O restante dos homens começou a seguir as ordens, com um dos mais jovens hesitando. Os olhos de Faunus se estreitaram.

– Isso vale para você também, Aris. Não tem tratamento especial.

Aris se pôs em movimento, enquanto Faunus se aproximava de um dos homens, cerca de dez anos mais novo que ele, loiro e de olhos azuis.

– Vamos, Marcus. – Os dois homens saíram para inspecionar o celeiro.

Aris caminhou até a última das caixas, a maior deixada para trás. Ele olhou com curiosidade. Havia uma escrita antiga gravada em um painel próximo a uma alavanca. Olhou ao redor antes de envolvê-la com os dedos e puxá-la para baixo. Zumbidos mecânicos e cliques puderam ser ouvidos lá dentro. Aris deu alguns passos para trás quando o meio da caixa de metal se abriu como uma boca bocejando. De dentro, uma figura se levantou. Os olhos de Aris se arregalaram com a empolgação de uma criança.

– Robô de batalha – sussurrou para si mesmo.

O robô não tinha características faciais, exceto quatorze pequenos círculos em seu painel frontal. Dois deles, no lugar de olhos, brilhavam como quasares. Tinha apenas a anatomia básica de um ser humano, moldada a partir de sua armadura, que combinava com a cor da armadura e uniforme dos soldados. A inscrição no painel no estilo do antigo reino também decorava a forma metálica do robô. No centro do peito havia a imagem de um cálice simples dentro de um círculo. Sua cabeça se virou para Aris. Uma voz monótona falou.

– Sou JC-1435 da Mecânica Militarium, defensor do rei. Correção, do rei morto. É uma honra servir.

Aris olhou para o robô com uma admiração infantil.

– Eu sou o soldado Aris. Vamos transferir esses suprimentos para aquele prédio, se não se importar em ajudar.

– Obrigado, soldado Aris. Isso se enquadra perfeitamente nos meus protocolos.

O robô saiu da caixa e começou a trabalhar. Ele fez Aris se sentir um pouco menos sozinho. Um robô era uma companhia muito melhor do que os soldados com quem ele esteve nos últimos seis meses após completar o treinamento.

—

Marcus e Faunus estavam encostados na mureta da ponte de pedra, observando os aldeões nos campos e seus homens acampados ao redor do celeiro. Faunus encheu um cachimbo de osso com folhas de cânhamo moídas quando Sam se aproximou deles com uma jarra de água fria. Os olhares de ambos os homens percorreram todo o comprimento do corpo dela. Antes que ela pudesse falar, Marcus arrancou a jarra de suas mãos e bebeu com avidez. A água escorreu pelo seu rosto e camisa. Seus olhos pararam em Sam, que o observava.

– Agora, o que, em nome dos deuses antigos, você está olhando? – disse ele com malícia.

Os olhos de Sam brilhavam com inocência sob a luz do sol, apesar da grosseria.

– Desculpe, só estava esperando para ver se precisariam de mais água.

– Mais água? – grunhiu Marcus e cuspiu no chão ao lado de Sam. Ela saiu correndo antes que ele pudesse dizer mais alguma coisa.

Faunus a observou sair correndo enquanto dava uma cotovelada em Marcus.

– É assim que eu gosto delas. Jovens, fortes o suficiente para resistir. Gosto de um pouco de sangue na boca quando fodo.

Marcus riu antes de parar e dar um passo à frente. Ele apontou para o campo.

– Chefe. Olhe. – Ele uivou e bateu no peito com o punho. – Eles nos deixaram um Jimmy. É um Jimmy, cara. Eu não sabia que ainda tínhamos um desses.

Faunus franziu o rosto enquanto se esforçava para olhar.

– Pelo amor...

Marcus parecia maravilhado com a visão.

– O senhor sabe que eles não vão mais lutar, chefe.

Faunus observou o robô com desconfiança e deu uma baforada no cachimbo.

– O que você quer dizer com eles não vão mais lutar?

Marcus lhe deu um sorriso malicioso e ergueu o rifle.

– É algo na programação deles. Assim que o rei foi morto, eles simplesmente depuseram as armas e se recusaram a lutar. Só fique observando, não importa o que eu faça, ele não vai revidar. – Os dois homens começaram a caminhar em direção a Jimmy.

Ao longe, Aris trabalhava ao lado de Jimmy, movendo caixotes. Ele empilhou com cuidado alguns em cima da carga nos braços de Jimmy.

– Certo, cuidado. O terreno é irregular até chegar à ponte.

– Obrigado, soldado Aris, mas creio que dou conta – respondeu Jimmy.

Um forte estrondo ecoou pelo trecho de terra. Os uraki berraram e pisotearam em reação ao barulho repentino. Caixas voaram e Jimmy caiu no chão. Tanto Marcus quanto Faunus riram e se aproximaram de Jimmy. Marcus manteve Jimmy na mira.

– Ei! Cuidado com essas coisas, sua máquina estúpida. Vou transformar você em sucata, seu idiota. Está me escutando? Você não está me ouvindo. – Com o robô ainda no chão, os dois soldados pairaram sobre ele. Marcus atirou de novo perto de Jimmy, fazendo com que o robô desviasse desajeitadamente para cima de uma pilha de esterco de uraki. Marcus soltou uma risada perversa. O uraki berrou mais uma vez e saiu pisoteando.

Aris pulou na frente de Jimmy sentado.

– Ei! Pare!

Marcus ergueu o rifle e apontou para Aris.

– E se eu atirar em você, hein?

Aris permaneceu imóvel enquanto protegia Jimmy. Os aldeões pararam o trabalho e observaram o impasse. Marcus colocou o dedo no gatilho enquanto se aproximava de Aris.

– Eu poderia matar você agora mesmo e ninguém ligaria. Não é mesmo?

– Então por que tenho que sair da frente? – retrucou Aris, com força e ousadia repletas de tristeza, o bastante para fazer Marcus cerrar a mandíbula e mover o dedo indicador no gatilho, enquanto pressionava a arma sob o queixo de Aris.

– Já chega – gritou Faunus.

– E então? Quer morrer? – perguntou Marcus, a arma ainda apontada para Aris.

— Vai nessa, garoto — provocou Aris.

— Eu disse *basta* — declarou Faunus, não acostumado a ter que se repetir. Marcus lhe lançou um olhar irritado antes de abaixar a arma. Os aldeões e Aris voltaram a respirar ao mesmo tempo. Ele desviou o olhar de Marcus para ver Sam observando. Seus olhos se encontraram.

— Leve essas caixas para aquela casa agora, soldado — ordenou Faunus.

As juntas metálicas de Jimmy soltaram um rangido. Faunus olhou para ele, inspecionando os danos.

— Você está com defeito?

Jimmy começou a se levantar.

— Não, senhor.

— Levante. Vá para o rio. Lave-se. — Faunus olhou para os soldados e os aldeões boquiabertos. — O resto de vocês, parem de olhar. Voltem ao trabalho.

Jimmy tocou a placa que seria seu rosto e depois olhou para as mãos. Seu pescoço se torceu ao registrar o esterco espalhado nos dedos. Ele assentiu e se afastou.

— Voltem ao trabalho, seus idiotas — mandou Marcus, apontando o rifle para todos.

Faunus arrancou a arma da mão de Marcus.

— Você também, Marcus!

Aris pegou uma pequena caixa e a colocou nas mãos de Marcus. Este não teve escolha senão obedecer à ordem de trabalhar.

—

Jimmy foi até o rio e caminhou ao longo das margens, para longe dos soldados e da aldeia. Ele observou os uraki e os cavalos Veldt que vagavam pelo pasto. Quando ergueu as mãos em direção a eles, os animais permitiram que os tocasse e se aproximasse. Ele continuou até chegar a uma parte do rio que se abria para a vista completa das montanhas. Entrou a passos lentos na água corrente que parecia cristalina e limpa. Peixinhos passavam pelas articulações de seus tornozelos. Ele queria existir ali, ser tão livre quanto aqueles peixes que nadavam e os pequenos insetos que pairavam sobre a água, ou zumbiam sobre o manto de flores silvestres na margem, que dava ao ar um perfume adocicado.

A água escorria do corpo de Jimmy enquanto ele estava sentado à beira do rio. O Sol sangrava acima das montanhas ao se pôr sobre Veldt. A tonalidade era intensificada pela gigante vermelha sempre a pairar no alto.

– Com licença. – Uma voz baixa fez Jimmy dar as costas à visão pacífica diante de si. Sam tinha uma toalha na mão, oferecendo-a ao estranho.

Com um toque gentil, Jimmy tirou a toalha da mão dela.

– Obrigado. É gentil da sua parte. – Ele secou a água das mãos e do rosto.

Ela permaneceu com os pés plantados firmes, estudando-o da cabeça aos pés.

– Você é soldado?

Jimmy assentiu.

– Muito tempo atrás.

Sam mexeu na bainha do avental por cima do vestido e depois fez menção de se sentar.

– Você se importaria? Eu sou a Sam.

Jimmy gesticulou com a mão ao seu lado.

– Por favor.

Sam saltou para a rocha e lhe deu um largo sorriso. O rosto inexpressivo dele se inclinou para o lado. A luz de suas pequenas órbitas oculares brilhou mais forte.

O sedoso cabelo cor de mel dela brilhava como ouro na luz quente. Vermelho-alaranjado intenso do Sol poente e da gigante vermelha refletida na água e cintilando em seus olhos.

– Me diga, Sam. Você conhece a história do nosso rei morto e da linda filha dele, a princesa Issa?

Sam sacudiu a cabeça. Fios de cabelo caíram e emolduraram seu rosto jovem enquanto ela colhia flores silvestres amarelas e brancas que cercavam a margem.

– Não conheço. – Sam continuou a mexer nas flores enquanto Jimmy começava a falar.

– Bem, você me lembra dela. No mito, ela era chamada de Cálice ou Redentora. Ela era a *pueri salvatoris*. E mesmo antes de ela nascer, eu e meus irmãos prometemos tudo o que éramos, tudo o que habita dentro desta pele de metal, para lutar em nome dela. Então, quando nos chegou a notícia, em algum campo de batalha distante, de que ela, conforme profetizado, havia nascido de carne e osso no nosso mundo, senti um grande afeto pelo Universo e confiei que essa criança ia acabar com a loucura da guerra, a qual tanto tinha nublado a mente dos homens que nos comandavam.

"À medida que ela foi crescendo, eu ouvia histórias de que ela era de fato aquela que havia sido profetizada; pois diziam que ela tinha o poder de curar e muito mais, que possuía bondade e sabedoria ilimitadas além da idade. Ela deveria inaugurar uma nova era de paz e compaixão. E nos levar para casa."

Sam estendeu a mão e traçou o cálice no peito de Jimmy com a ponta do dedo indicador.

– Ela era mágica.

Jimmy voltou a olhar para o rio.

– Ela era mais que mágica. Veja, um rei é um homem, e um homem pode falhar ou trair. Mas um mito é indestrutível. Ou assim pensavam. Porque no dia da coroação, ela, junto com os nossos honrados rei e rainha, foi assassinada a sangue frio por aqueles em quem mais confiava.

"Temo que tenhamos perdido um pouco da nossa honra desde aquela traição. Receio que a nossa compaixão, a nossa bondade e a nossa alegria tenham morrido com aquela garotinha. Os que pertencem à minha ordem estavam separados dela há tanto tempo quando aquela tragédia ocorreu.

"À medida que o regente Balisarius ganhava influência, a nossa capacidade de protegê-la diminuía cada vez mais. Tudo o que restava naquela época eram as memórias que recebemos quando fomos criados. Sei sobre o Mundo-Mãe, tenho lembranças, mas nunca estive lá. Recebemos o que precisávamos para cumprir nossos deveres e nada mais."

Sam olhou para Jimmy e se levantou. Ela segurava uma coroa de flores brancas e amarelas.

– Acho que vive em você. Está ficando escuro. Eu deveria ir para casa jantar.

– Sim, sua família não deve se preocupar, perguntando-se onde você está.

Sam balançou a cabeça.

– Não tenho ninguém. Sou só eu agora. – Ela pôs as flores na cabeça dele. A ponta dos dedos de uma de suas mãos deslizou de leve pela bochecha esquerda dele. Ela lhe deu um sorriso caloroso na penumbra antes de voltar para casa. Jimmy a observou partir enquanto colocava a mão onde ela o havia tocado. Todas as luzes em seus painéis brilharam em vermelho, uma onda de algo profundo que acendeu seus circuitos. Ele não queria voltar para o acampamento com os soldados. Sua existência não passava de acampamento e guerra. A natureza selvagem o chamava.

—

O barulho vindo da Casa Comunal só poderia ser descrito como um caos emocionado, com os corpos de Sindri e da esposa cobertos e colocados no centro para que as pessoas prestassem suas homenagens. No entanto, havia debates mais acalorados. Estava muito longe da festa da noite anterior. Greta, a criadora de uraki, olhou para Gunnar e apontou o dedo para ele.

– Isso é culpa sua, Gunnar.

Ele balançou a cabeça, olhando para os pés para evitar os olhares acusatórios cheios de raiva. Mas era o medo deles que fazia com que o salão pesasse como fumaça preta.

– Eu não sabia que ele ia matá-los. Vendi aqueles grãos de forma justa, como faria com qualquer outra pessoa. Não houve subterfúgios ou agenda política. O Mundo-Mãe nunca passou pela minha cabeça, só a prosperidade do nosso povo – declarou Gunnar com sinceridade, mas sem muita convicção. Seu rosto, sua voz, sua linguagem corporal traíam seus sentimentos: ele era um homem destruído. A sala explodiu em um novo debate. Kora observava e ouvia.

– Não importa. Ele está morto agora – rugiu uma voz na multidão.

– É tudo culpa dele – interrompeu outro.

– O que vamos fazer com os soldados no celeiro, hein? Depois será a outra casa. – A multidão continuou a se exaltar.

– Seremos massacrados! – declarou outra voz em pânico.

– Parem! Parem, por favor, parem – explodiu uma voz, com mais autoridade e calma do que o restante. Era Den. – Que tal a gente trazer a colheita e colocar à mercê deles? Nos tornamos inestimáveis para eles. Não podem nos matar. Eles precisariam da gente.

– Podemos resistir e lutar! – rugiu Hagen.

Vozes conflitantes responderam de imediato depois disso. Tanto Den quanto Hagen debateram com outros que faziam perguntas a Hagen.

Kora respirou fundo e falou alto o suficiente para que todos pudessem ouvi-la com clareza.

– Não. Vocês não podem lutar. Não contra eles. Se tiverem algum bom senso, vão pegar o que puderem carregar e fugir.

– E se render? Renunciar a tudo pelo que vivemos e trabalhamos com tanto afinco? – retrucou Greta.

Kora não recuou.

– Tudo menos a vida de vocês. E para ser honesta, alguns também darão isso, não importa o que façam.

Torvald, o cervejeiro, deu um tapa forte na mesa.

– Não vou embora! Meu pai me mataria por abandonar o legado dele. Estamos aqui há gerações.

– Eu também me recuso a ir! – gritou Hanna.

Den olhou ao redor do salão e depois de volta para Kora.

– Eles têm razão. Este lugar é tudo o que conhecemos. Nossa história. Não podemos deixar que eles o destruam. Mas que tal abaixarmos a cabeça, fazermos a colheita e nos colocarmos à mercê deles? Nos tornamos inestimáveis para eles. Não vão poder nos matar; vão precisar da gente.

– Caso vocês se submetam a eles, se tornarão escravos em todos os sentidos.

Greta lançou a Kora um olhar amargo.

– Ele tem razão. Agricultura, essa é a nossa habilidade… o que podemos fazer, que eles não podem. Se mostrarmos o quanto somos bons, serão forçados a nos poupar.

Den assentiu enquanto Greta falava.

– Então concordamos? Nosso trabalho vai lutar por nós.

Kora estava sozinha com os outros aldeões unidos contra ela. Pôs a mão no ombro de Den e a deixou cair.

– Façam como quiserem.

– Nosso trabalho vai lutar por nós. Certo?

Murmúrios fracos, porém otimistas, elevaram-se em apoio a Den. Ninguém falou o óbvio. Era possível que Noble não tivesse nenhum traço de humanidade nele. Caso tivesse, ninguém tinha visto. As armas e naves jamais tinham sido vistas pelos aldeões, mas Noble foi a verdadeira surpresa. Nunca haviam conhecido um homem como ele e ainda estavam assustados demais para perceber as profundezas insondáveis de sua desumanidade. Kora compreendia. Era essa compreensão que a impedia de olhar Den nos olhos.

– Está resolvido então – declarou Den. – Vamos mostrar para eles o quanto somos valiosos. E quando tivermos cumprido a nossa parte do acordo, eles serão forçados a repensar a quantidade de comida que vão nos deixar. Podemos apelar para aqueles senhores no celeiro, um… apelo à humanidade deles. Será que eles podem ser tão cruéis assim?

Antes de sair da Casa Comunal, Kora parou por um instante na frente de Gunnar, que tinha permanecido em silêncio o tempo todo. Não havia nada além de tristeza e confusão no rosto dos dois assim que seus olhos se encontraram quando ela passou. Ao sair da Casa Comunal, Kora olhou para o céu enquanto considerava suas opções. Ela ia sair da aldeia e tentaria encontrar uma maneira de deixar o planeta. Seria mais fácil escapar com apenas alguns soldados deixados ali e não com um exército.

—

Kora estava no centro da casa de Hagen. Tinha tão pouco para empacotar que seria uma viagem fácil. Esse pensamento a deixou amargurada. Presa num ciclo vicioso. Outra mudança, outra cama temporária. Tivera tanta certeza de que isso não aconteceria outra vez. A paz e a alegria existiam de verdade ou eram algo que lhe escaparia em vida? Ela começou a fazer as malas. A camisola que Hagen lhe dera foi a primeira coisa que guardou.

Um rangido familiar a fez se virar. Hagen estava parado à porta com o Sol poente lhe conferindo um brilho angelical.

— Então, vai fugir. Achei que você já estava farta disso.

— Você ouviu tudo. Eles estão delirando. Acham que aqueles soldados terão misericórdia mesmo depois do que fizeram com Sindri, bem na frente deles – respondeu Kora.

— Quando encontrei você nos destroços daquela nave, pensei em deixar você lá. Fiquei com medo que você pudesse trazer problemas para nós. Mas por acaso eu me arrependo por um momento de ter trazido você para a nossa vida? Não. Você se tornou uma de nós. E mesmo assim, agora você vai embora quando mais precisamos de você. Quando o seu povo precisa de você.

Uma única lágrima escorreu pela bochecha dela. Secou-a com as costas da mão e se afastou de Hagen.

— Não posso...

— Você quer dizer que não pretende. – Hagen se aproximou dela para que ela não pudesse evitar nem a ele nem à conversa.

Ela agarrou a mão artrítica e calejada dele.

— Este lugar já está perdido.

Ele inclinou a cabeça para olhá-la nos olhos.

— Mas e se isso pudesse mudar? E se lutássemos, não só nós, mas outros?

– Quem? Quem mais você acha que viria para cá e lutaria?

– Outros que têm motivos para odiar tudo o que o Mundo-Mãe representa. Você conhece o Universo melhor do que eu, Kora. E se você encontrasse os guerreiros que Noble procura, os bandidos, para lutar ao nosso lado?

Kora parou de fazer as malas e encontrou o olhar dele.

– Se eu encontrar guerreiros para lutar por Veldt, darei esperança para a aldeia. Se eu der esperança, eles vão lutar e com certeza vão perder. Não vou ter esse sangue nas mãos, nem vou jogar a vida fora como o resto de vocês. Desculpa, Hagen. Acho que você estava errado sobre mim. – Kora tirou a camisola da bolsa de couro, colocou-a sobre a cama e saiu pela porta.

Hagen permaneceu imóvel enquanto ela saía.

– Acho que não estava.

Foi uma caminhada curta até os estábulos, sem ninguém à vista. O que foi bom. Ela não queria se explicar de novo ou se despedir de pessoas que morreriam em breve. Despedidas são mais fáceis quando não acontecem. O Reino garantia que não houvesse vencedores além do próprio Reino. Pela manhã, ela já teria partido há muito tempo. Ela selaria um uraki e deixaria que ele a levasse para longe dali. Qualquer lugar onde o Imperium não estivesse bastaria. O uraki chutou o feno e bufou enquanto amarrava a sela nele. Então um grito quebrou o silêncio a distância. Era uma mulher. Kora parou por um momento. Enquanto movia a mão para continuar a afivelar as últimas tiras, houve outro grito, feminino e masculino. Kora fechou os olhos. *Já não é assunto seu. Você avisou. Vá. Vá agora. Você não deve nada a ninguém.*

Um barulho de colisão, seguido por outro grito. *Merda.* Kora largou a mochila e saiu correndo dos estábulos. Ao longe ela podia ver os dois soldados e Sam. Um nó de raiva e frustração se formou em seu estômago. Ela se virou e deu alguns passos para trás de uma das casas. Encostada na parede, fechou os olhos com força, tentando esquecer as imagens da infância, que depois das muitas campanhas de guerra, se tornou uma visão comum a ser ignorada. Mas era Sam. A amiga dela. Kora encostou a cabeça na parede e deu um soco com o punho cerrado na pedra fria atrás de si. Ela não tinha escolha, precisava ir embora. Seus olhos encontraram um machado alojado num toco de madeira.

—

Estrias azul-escuras começaram a tomar o céu à medida que o Sol abria caminho para a noite. Sam se afastou do rio para voltar para casa. O caminho passava pelo celeiro. Marcus e Faunus estavam do lado de fora, terminando um cachimbo e palitando os dentes depois da refeição.

– Veja só – disse Marcus a Faunus. – Ei, garota da água. Venha aqui – chamou Marcus com os olhos pesados por causa de uma tarde bebendo cerveja. Exigiram que a maior parte dos barris armazenados fosse levada para o celeiro e que a comida fosse preparada para a noite.

Sam diminuiu o ritmo.

– O que foi? Precisam de mais água?

– Só um... pouquinho de água.

Sam mordeu o lábio e olhou ao redor do campo vazio. Aproximou-se com passos cautelosos, desejando que Jimmy, ou um dos aldeões, estivesse por perto. Kora foi a primeira pessoa de fora que conheceu. E Kora era maravilhosa. Isso não parecia certo. Marcus tinha uma jarra na mão. Ela parou a uma distância segura deles, mas notou Faunus se aproximando.

– Querem mais? Estou indo para casa, mas podem pegar água perto do celeiro. O rio é limpo – explicou ela, olhando para a esquerda. Faunus estava bem ao lado dela e se movia para trás dela. Ela não teve escolha a não ser se aproximar de Marcus. Correr não era uma opção com os dois tão próximos e sem saber o que fariam a seguir.

– Eu disse venha aqui! – Marcus gritou enquanto jogava a jarra no chão. Ele tentou agarrar os dois pulsos dela.

– Pare com isso! – gritou Sam enquanto se afastava dele.

O rosto de Marcus se contorceu em desprezo e fúria.

– Ou o quê? – Ele ergueu o braço e deu um tapa no rosto dela com as costas da mão. Ela teria caído no chão se Faunus não a tivesse segurado, rindo enquanto agarrava seus quadris.

– Socorro! Socorro! Por favor, socorro! Socorro! Saiam de cima de mim! – implorou Sam o mais alto que pôde para chamar a atenção de alguém, de qualquer pessoa na aldeia.

Marcus enrolou na mão grande a maior parte do cabelo dela e começou a arrastá-la em direção ao celeiro.

– Cale a boca!

Faunus riu, ajudando Marcus a levá-la embora enquanto ela esperneava e gritava por ajuda.

– Socorro! – implorou ela.

– Cale a boca! – ordenou Marcus. – Segura ela. Vamos. Cale a boca.

Os dois homens a jogaram no chão. Ela se esforçou para se levantar.

– Não. Por favor. Por favor! Alguém me ajude, por favor! Por favor, socorro! Socorro! Saiam de perto de mim! – De canto de olho ela viu outra pessoa. Era o soldado mais jovem que os havia enfrentado antes, quando insultaram Jimmy sem motivo. Ele saltou de um barril e correu para a frente dela com os braços estendidos. Mesmo nessa postura, seu tamanho não se comparava ao deles.

– Não. Não façam isso – mandou Aris.

Marcus olhou para ele com desprezo.

– Qual é, garoto. O que você tem na cabeça?

Aris saltou na direção de Marcus, golpeando-o, com os olhos incandescentes de raiva. Ele conseguiu acertar um soco bem no nariz. Marcus tropeçou, tocando o local. Ele olhou ao redor, para os três soldados sentados que jogavam cartas ou mexiam nas armas.

– De pé. Vamos dar uma lição nesse príncipe ranhoso! – gritou Marcus.

Alguns soldados atenderam ao comando, abandonando tudo o que estavam fazendo para atacar Aris. O jovem se movia com agilidade e ferocidade, esquivando-se sem esforço da tentativa inapta do primeiro soldado que se aproximou dele. O soldado desengonçado tropeçou nos próprios pés quando Aris acertou um soco rápido nas costelas dele, e outro nas costas para acertar os rins. Ele caiu no chão sem ar e agarrou a barriga. Os outros assistiram surpresos antes de tentarem subjugar Aris novamente.

Outro correu em sua direção e recebeu um chute circular no rosto que o derrubou. Sangue jorrou de sua boca e um dente voou pelo ar. O terceiro soldado pegou uma grande chave ajustável de uma caixa e correu na direção de Aris com a ferramenta erguida bem alto. Quando o soldado se aproximou, Aris agachou no chão para chutar suas pernas. Chocado, o soldado desabou, largando a chave ajustável no processo. A queda repentina o deixou sem fôlego, a ferramenta caiu sobre ele, para aumentar a injúria.

Os outros dois soldados se levantaram do chão, recuperados dos golpes. Eles correram na direção de Aris com energia logo renovada. O soldado com a boca ensanguentada, sem um dente, recuperou a chave ajustável e atacou Aris. Este saltou para trás para evitar o golpe, ficando ao alcance do outro soldado. O soldado furioso acertou um soco. Um pouco atordoado, Aris levantou a guarda. Estimulado por enfim acertar um soco, o soldado acertou dois golpes no fígado de Aris. Este continuou recuando. Ele olhou para trás para ver quanto espaço tinha, e foi então que o outro soldado girou a ferramenta. Aris cerrou os dentes de dor quando o terceiro soldado se levantou e o agarrou pelo pescoço. Ele segurou Aris, estrangulando-o enquanto os outros dois estendiam os braços dele. Marcus se aproximou e zombou ao olhar Aris nos olhos. Sam tentou fugir, mas Faunus a chutou no estômago antes de parar ao lado dela para impedi-la de correr novamente. Ela chorou baixinho, encolhida.

Marcus se aproximou de Aris. Sangue escorria de seu nariz para os lábios. Ele lambeu e então cerrou o punho.

— Nunca mais me provoque, garoto. — O soco no queixo tirou o fôlego de Aris, que tossiu forte em seguida. A sala cheia de soldados explodiu em gargalhadas. Marcus se ajoelhou ao lado de Sam, os olhos ainda em Aris. Ele a agarrou pelo cabelo de novo e puxou sua cabeça para trás. Lambeu a bochecha dela e depois mordeu o lóbulo da orelha. Aris lutou para se libertar ao ver isso. Ela fechou os olhos com força. Marcus lambeu sua bochecha outra vez. – Vou amarrar você a um poste e fazer você assistir todos os dias enquanto ela se transforma de camponesa em prostituta.

Aris tentou lutar contra os homens que o seguravam. Não conseguia se soltar. Seus olhos pousaram em Sam. Seus olhares se encontraram em desespero.

Faunus chutou Marcus na perna de brincadeira.

– Marcus, meu caro... Tudo isso parece legal, mas você não vai fazer nada... não até que eu mesmo colha esse broto. Depois você poderá tê-la. E aí todos vocês poderão tê-la.

Mais risadas encheram o celeiro. Ecoaram na pedra fria.

– Saia de cima dela! – gritou Aris.

Faunus estava em cima de Sam e começou a desafivelar o cinto.

– Pare!

Os soldados olharam para trás e viram Kora com o queixo inclinado para o peito e um brilho de determinação nos olhos enquanto ela os encarava. Ela segurava um grande machado.

– O segundo prato... perfeito. Peguem ela! – gritou Faunus.

Kora avaliou a situação percorrendo a sala com os olhos. Seu dedo indicador bateu no cabo do machado com aquele formigamento familiar de aniquilação do inimigo se abatendo sobre ela. Numa fração de segundo, ela se perguntou se ainda possuía o instinto de um assassino preciso que não hesitava em derrubar um corpo. Um dos aspectos mais brutais de seu treinamento foi a eficiência em matar. Quanto mais matava, maior a pontuação. Ela conquistou seu lugar no topo. Com precisão sobre-humana, ela contabilizou cada arma e a posição de cada alvo. Um dos soldados tinha a arma apontada para ela enquanto se aproximava com o outro braço estendido e a palma da mão voltada para cima. Ele sacudiu os dedos em direção a si mesmo. Ela estendeu o cabo do machado como se estivesse prestes a entregá-lo.

– Boa garota. Venha mostrar o que tem para a gente. Parece que você aguenta muita coisa – cuspiu Marcus.

O soldado buscou o cabo do machado com a mão lenta e firme. Quando fechou os dedos ao redor da madeira, ela abriu um breve sorriso. Num turbilhão de movimentos, puxou o soldado que ainda segurava o machado em sua direção. Antes que ele pudesse reagir, ela quebrou seu braço, puxando o pesado cabo do machado de sua mão e o batendo na articulação do cotovelo. Antes que ele pudesse largar a arma na mão oposta, arrancou-a da mão dele. Ele gritou, o antebraço era um pedaço de carne mutilado e pendurado. O osso se projetava de onde deveria haver o cotovelo. Seus gritos foram silenciados quando Kora cortou seu pescoço com o machado. O corpo caiu com uma cascata de sangue fluindo de sua garganta.

Ela se virou para se proteger atrás de um caixote. Os homens que seguravam Aris o largaram para avançar sobre Kora. Mirando com perícia sem hesitar ou pensar, ela disparou a arma três vezes no peito e na cabeça do soldado que perdeu o dente. Arcos de sangue se espalharam pelo celeiro, mas Kora não teve tempo de admirar a obra enquanto os outros dois soldados disparavam em sua direção. Abaixou-se de novo para verificar a munição da arma. Quando os soldados se aproximaram do caixote, ela segurou a arma com a mão direita e o machado com a esquerda. Quando os passos soaram próximos o suficiente, ela ficou de pé, arremessando o machado na cintura do soldado mais próximo enquanto disparava a arma contra o soldado à esquerda. Ambos os corpos desabaram, deixando o chão escorregadio com o sangue empoçado.

Aris correu para o chão em busca de uma arma caída e tentou se aproximar de Sam, mas Faunus tinha o cabelo dela em uma das mãos e a outra em volta do pescoço dela. Kora pegou um rifle e acertou o último soldado entre os olhos.

Faunus viu Marcus cair e sangrar no chão. Sua cabeça virou na direção de Aris, que parecia ter envelhecido dez anos naqueles poucos segundos.

Faunus encarou Kora. Ele levantou Sam e a segurou na frente do próprio corpo como um verdadeiro covarde, para fazer dela um escudo humano.

– Por favor – implorou Sam.

– Solte ela! – gritou Aris, com uma arma apontada para Faunus, que agora estava com a própria arma apontada para a têmpora de Sam.

Faunus olhou para Kora, que também apontava a arma para ele.

– Vou matá-la. É isso que vocês querem? Hein? Hein?

Em meio a esse impasse, fortes passos se aproximaram da entrada do celeiro. Um rangido metálico chamou a atenção deles para a porta. Esperaram para ver quem surgiria.

Faunus pareceu aliviado.

– Já estava na hora. Mate ela! Mate os dois!

O rosto metálico de Jimmy, ainda coroado com as flores de Sam, virou-se para cada um deles e depois parou. Ele se abaixou e pegou uma das armas descartadas, mas não a apontou para ninguém. Olhou para a arma como se fosse um objeto estranho, que ele não sabia como usar ou que esquecera havia muito tempo.

– O que está esperando? Eu dei uma ordem. Porra, mate essa va…

Kora apontou a arma para Jimmy. Num momento rápido demais para que alguém pudesse reagir, a cabeça de Faunus foi jogada para trás e seu corpo o seguiu. A arma de Jimmy estava apontada em sua direção. Sangue escorria da lateral do rosto de Sam. Ela tremia, ainda incapaz de se mover, apesar de estar livre de um Faunus morto. Ela olhou para Jimmy com alívio e lágrimas brotaram de seus olhos.

O robô largou a arma e fugiu para a escuridão. Seus passos pesados desapareceram enquanto ele corria. Kora se voltou para Aris, que levantou uma das mãos e abaixou a arma com a outra. Ela também baixou a arma, vendo que ele não queria fazer mal a ela. Aris não perdeu tempo e correu até Sam, que soluçava e se abraçava. Ele passou um braço em volta dela e limpou o sangue do rosto com a mão. Sam derreteu nos braços dele.

Kora observou a carnificina, respirando com dificuldade e deixando o machado deslizar de sua mão. Essa era uma cena que ela conhecia muito bem. E voltava a encontrá-la, como um animal raivoso e cruel. Essa era a violência que acompanhava a invasão, a subjugação. O solo que em geral permanecia imaculado para os grãos estava coberto de sangue, com pedaços de carne espalhados. O som de pedras esmagadas sob pés interrompeu seus pensamentos. Num instante, ela se virou em direção à entrada com a arma na mão. Alguém se aproximava. Ela permaneceu pronta para outra luta. Sua respiração e coração disparados em expectativa.

Era Den, seguido por um punhado de aldeões. Suspiros e sussurros de choque foram tudo o que conseguiram produzir. Den examinou o rosto dela, molhado de suor e sangue, seu próprio rosto refletia sua total confusão.

Kora baixou a arma.

— Vamos ter que lutar.

Hagen rompeu a multidão. Ele observou os soldados mortos e depois o vestido rasgado de Kora e de Sam. Lágrimas ainda escorriam dos olhos da moça. Ele acenou com a cabeça.

— Vamos ter que construir uma pira. Uma das grandes. Despir os corpos e queimar todos eles.

Den colocou a mão no ombro dele, mas manteve os olhos em Kora antes de se virar para os aldeões.

— Vocês ouviram. Mãos à obra e limpem tudo isso.

Sam se virou para Aris.

— Obrigada.

Ele balançou a cabeça.

— Foi Jimmy que o acertou. Não eu.

— Não, mas você os impediu. Você me defendeu. Você estará em apuros agora.

Aris observou os aldeões arrastarem os soldados mortos para fora do celeiro, o sangue deles deixava marcas no chão.

— Eu nunca fui um deles e jamais poderia ser. Não consegui salvar a minha família. Pelo menos agora posso tentar... sei lá. Tentar compensar por tudo.

— Bem, você não vai poder ficar aqui hoje. Pode ficar na minha casa.

Ele deu a ela um sorriso gentil.
– Obrigado. Eu adoraria.

4

O SOL PARECEU NASCER MAIS RÁPIDO DO QUE NAS OUTRAS MANHÃS. NINGUÉM dormiu. Os soldados foram atirados ao fogo e o celeiro foi limpo. As armas e uniformes foram guardados num canto. Den continuou a dar ordens para fazer a aldeia parecer normal outra vez. Hagen saiu do celeiro e depois voltou até Kora com um lenço veldtiano de cor creme dobrado nas mãos.

– Pode ser que você precise disso, Kora. Encontrei no local do acidente.

Kora pegou o pacote dele. Era pesado e o formato era familiar. Ela desembrulhou a primeira camada.

– Achei que tinha perdido. – Seus olhos se arregalaram.

– Nossa cultura não combina com essas armas. Fiquei com medo que pudesse ser perigosa.

A ponta dos dedos de Kora passou sobre um coldre de couro e pela Arma Guardiã. Ela tocou a filigrana dourada esculpida na superfície. Na escritura que combinava com o desenho estavam gravadas as palavras: *Minha vida pela dela*. Essa era a bela distribuidora de morte que esteve sempre ao seu lado durante anos. Tinha sido um presente do rei pelo seu serviço prestado à família real. Ela havia concordado em proteger a princesa a todo custo.

– Tem razão. Obrigada.

Kora devolveu o lenço a Hagen e depois inspecionou a pistola para ver se apresentava algum dano visível. Sua queda do céu e da graça não foram fáceis. Ela a guardou no coldre, satisfeita com a condição.

– Para onde você vai? – perguntou Hagen.

– Tem uma pessoa, um general chamado Titus. No passado um herói do Reino que voltou as próprias forças contra as do Mundo-Mãe. Pela última notícia que tive, ele ainda estava por aí em algum lugar. Se eu puder encontrá-lo e homens para ele liderar...

Hagen abraçou Kora e ela o correspondeu.

Quando o abraço terminou, ela olhou para os aldeões exaustos que se preparavam para voltar para suas casas. Viu Gunnar sozinho ao longe, sem falar com ninguém. Eles mantiveram distância dele nas últimas horas com olhares suspeitos. Alguns resmungavam baixinho. Ele fez o possível para ignorá-los e ajudar a limpar a bagunça, mas não conseguia deixar de parecer perdido e confuso.

– Gunnar – gritou ela enquanto caminhava na direção dele.

Ele levantou a cabeça. De perto, parecia que não dormia havia dias.

– Ano passado, em Providência, você vendeu grãos para a resistência.

Ele olhou de relance para os aldeões, que o observavam com atenção antes de baixar a voz.

– Sim. Conheci um homem lá que me apresentou aos insurgentes. Os Bloodaxes.

– Ele ainda saberia como encontrá-los?

Ele balançou a cabeça e deu de ombros.

– É possível que sim.

Gunnar sempre tinha sido honesto com Kora.

– Então vai me levar até ele?

Gunnar ergueu o olhar e se remexeu. Os aldeões conversavam entre si em voz baixa. Ele parecia agitado, mas não por Kora. Ele a encarou e se aproximou dela.

– Claro que vou.

As vozes dos aldeões ficaram mais altas, expressando suspeita e desdém por ele.

– Ei! Traga mais um uraki! – pediu Gunnar.

– Vamos partir agora. Pegue o que precisar – disse Kora, enquanto se virava para ir aos estábulos. Gunnar passou depressa por ela para recolher seus pertences. Os aldeões continuaram a observá-lo correr, depois voltaram o olhar para Kora, que continuou caminhando.

– Kora. – Ela olhou para trás e viu Den vindo em sua direção. Ele parecia cansado, mas não exausto. O homem tinha resistência e garra. – Não vai se despedir? Você provou que pode cuidar de si mesma, mas ainda é perigoso.

Kora deu uma olhada para ver se Gunnar já estava voltando.

– Com sorte não será uma despedida. Quero viver mais alguns anos.

O corpo dele se moveu um pouco na direção dela, mas então ele hesitou e permaneceu onde estava.

– Tome cuidado lá. E volte. – A sinceridade brilhava em seus olhos, mas Kora sabia que não podia ir além do que havia acontecido na cama dele.

– Obrigada. Mantenha todo mundo a salvo. – Ela se virou e continuou em direção aos estábulos. Talvez o sexo com ele tenha sido um grande erro, ou pode ter sido a última vez antes de ela morrer. De qualquer forma, o que estava feito, estava feito.

Nos estábulos, ela vestiu o coldre e uma longa capa marrom para escondê-lo. Revelava suas habilidades e intenções conforme o necessário. Os animais pareciam bem alimentados e hidratados antes da viagem, o que era bom, porque precisariam percorrer a maior distância possível rumo a Providência.

A bolsa que preparou na noite anterior ainda estava amarrada à sela de seu uraki. Gunnar correu para os estábulos, sem fôlego e com o rosto afogueado. Ele selou outro uraki com os próprios suprimentos. Fez uma pausa quando terminou e olhou para Kora.

Kora desamarrou seu uraki, começou a conduzi-lo para fora dos estábulos e sorriu para ele. Ela também não queria fazer nenhuma promessa, porque essa era uma batalha diferente de qualquer outra que já havia enfrentado. Os dois montaram fora dos estábulos, enquanto Hagen se aproximava sozinho.

– Um general e um exército? Pode ser que a gente tenha uma chance.

Kora sorriu para Hagen, que parecia mais alegre e otimista que ela.

– Não prometo nada. Mas vamos tentar. – Ela olhou para trás, para Gunnar.

– Mais uma coisa antes de partirem. Há alguma coisa na nave em que você veio que possa nos ajudar?

Kora fez uma pausa e pensou por um momento.

– As armas. A nave será muito útil se estiver funcionando.

Hagen assentiu e pareceu desanimado.

– Por que não pergunta para aquele jovem soldado que nos ajudou? – sugeriu Kora. – Ele com certeza não é amigo do Imperium, e se descobrirem o que ele fez, isso vai significar a morte dele por traição.

– É uma ótima ideia. Desejo uma viagem segura para vocês dois.

Kora lhe deu um último e breve sorriso, puxou as rédeas de couro e bateu com os calcanhares no uraki. Gunnar fez o mesmo. Nenhum dos dois olhou para os aldeões reunidos para ver sua única esperança desaparecer no horizonte. Viajariam pelas montanhas arborizadas até escurecer.

A pequena fogueira havia se apagado o suficiente para que a luz das estrelas pudesse ser vista melhor. Kora e Gunnar acamparam quando não puderam mais viajar com segurança. Com um bom clima naquela época do ano, percorreram uma boa distância antes de parar. Os únicos sons eram as respirações pesadas e bufos dos uraki adormecidos e da lenha estalando. Uma vez acomodados nos sacos de dormir, Gunnar e Kora olharam para o céu. Kora estava com a pistola bem ao lado. Gunnar enfim se livrou da pergunta que tinha em mente.

– Então você era soldado do Mundo-Mãe? E lutava pelo Reino?

– Pode-se dizer que sim – respondeu Kora, sem olhar para Gunnar.

– De alto escalão, não é? – A pergunta de Gunnar foi respondida só pelo crepitar das brasas. – Quero dizer... – continuou ele. – Você é procurada por deserção?

Kora sorriu e riu.

– Isso e muito mais.

– Tudo bem.

– Mais alguma coisa que queira me perguntar?

Gunnar fez uma pausa antes de se virar de lado para encarar Kora.

– Eles não vão simplesmente matar a gente, vão? Quer dizer, entendo fazer do Sindri um exemplo para nos manter na linha, mas somos apenas agricultores, não somos uma ameaça. Como você pode saber que eles vão nos destruir?

Ela permaneceu deitada de costas, olhando para a escuridão.

– Quando eles vieram ao meu mundo pela primeira vez, eu tinha nove anos. Nunca pediram nada, não houve termos. Só o desejo pela destruição.

—

Kora tinha que ficar dentro de casa. Foi disso que ela se lembrou ao acordar. A mãe parecia estranhamente tensa e não estava trabalhando lá embaixo. Ela não pediu a Kora para se vestir ou ajudar na casa. Andava de um lado para o outro e olhava através das cortinas fechadas do modesto apartamento acima da casa de chá que possuíam. Mas o pai de Kora entrava e saía do apartamento com os dois irmãos mais velhos.

O pai irrompeu pela porta com uma expressão de pânico antes de fechá-la.

– Temos que ir agora! Vamos para a floresta nos arredores e com sorte encontraremos os outros. As cavernas devem dar alguma proteção para a gente. Elas são muito profundas, e ainda mais profundas para quem não as conhece. – Ele correu para o guarda-roupa trancado na sala da frente e tirou o rifle que às vezes usava para caçar. A mãe de Kora se virou para ela.

– Pegue só o que consegue carregar. – Grandes estrondos explodiram no alto, seguidos de gritos e berros a distância.

– Achei que teríamos mais tempo – comentou o pai com desespero genuíno nos olhos. – Nosso povo está fazendo o possível para reagir. – A casa deles tremeu e o cheiro de fogo e carne carbonizada permeou a atmosfera. Entrava flutuando através de uma janela aberta. – Parece que estão se aproximando – disse ele enquanto segurava o rifle com mais força. A luta parecia estar bem em frente à porta deles. A mãe de Kora parou de fazer as malas por um momento.

– O que será que eles querem?

Ele a olhou bem nos olhos, com todos os músculos do rosto cedendo de medo e exaustão.

– Tudo.

A mãe olhou para ela.

– Vá para o quarto e se prepare para partir. Se os barulhos parecerem assustadores demais, quero que fique no seu quarto e depois vá direto para a floresta. Seus irmãos devem voltar a qualquer minuto. Eles estão trancando a loja.

Kora assentiu e obedeceu à mãe. Ela fechou a porta e pegou a sacola que a irmã lhe dera no aniversário anterior. Foi costurada à mão com o nome dela no topo. Uma violenta explosão atingiu o prédio deles. Kora ouviu a mãe gritar e uma janela se quebrar. Kora caiu de joelhos e cobriu os ouvidos. Mas não foi o bastante para abafar os gritos de homens desconhecidos e de seus pais.

Seus irmãos imploraram para as vozes desconhecidas. Em seguida, vários tiros. Silêncio. O coraçãozinho de Kora batia forte. Ela se levantou e foi até a porta, abrindo uma fresta. Continuou até a sala principal e parou. Sua família se calou porque estava morta.

Ela olhou para o sangue dos pais espirrado na parede acima do sofá, para os irmãos caídos no chão perto da mesa de jantar. Estava contente por não ter visto acontecer, mas ter que reconhecer que eles estavam mortos era pior. Kora não conseguia desviar os olhos deles até que passos pesados atingiram as escadas. Ela permaneceu imóvel, sem conseguir registrar o que fazer. O choque a paralisou.

Um soldado cujo rosto estava coberto com o equipamento de batalha a avaliou antes de prosseguir para mais gritos no prédio. Outra explosão a fez olhar pela janela quebrada. Não havia nuvens ou luz solar naquele dia. Apenas naves de guerra, módulos de transporte atirando à vontade e fumaça. Os lamentos dos poucos sobreviventes atravessavam os sons de edifícios desmoronados e combates brutais.

Kora se virou e saiu sem olhar para a família de novo. Os soldados entravam e saíam do prédio, apontando as armas para qualquer coisa que se movesse. Sua vizinha esperneava enquanto era puxada pelo cabelo e depois jogada no chão por dois soldados. A mulher que sempre comprava o chá e que às vezes vinha ao apartamento para fofocar sobre os outros inquilinos, agora implorava pela vida enquanto os soldados rasgavam seu vestido. Kora desceu as escadas correndo e entrou no caos da rua.

Os corpos jaziam onde haviam caído. Vísceras e sangue saturavam o solo. Ela hesitou em ir mais longe, vendo um grupo de pessoas da cidade apontando pistolas de pulso de longo alcance e rifles de calor para o céu. O *staccato* da saraivada de tiros acima de sua cabeça a fez tapar os ouvidos mais uma vez. Cada uma daquelas pessoas tinha caído morta com vários tiros no corpo. Não havia como fugir do que as matou. Quando a ameaça desapareceu, ela voltou a se mover, mas uma pistola nas mãos de um homem morto e inchado chamou sua atenção.

Ele a encarava com a boca e os olhos abertos e o peito explodido. O sangramento tinha parado conforme a decomposição começou a se instalar e as moscas o cercavam. Kora hesitou, apreensiva, com medo de ver outro cadáver de perto. Mas o medo dos invasores a apavorava ainda mais. A mãe e o pai lhe mostraram algumas vezes a pistola que tinham na casa de chá contra possíveis ladrões. Não era exatamente a mesma coisa, mas talvez funcionasse. Ela se ajoelhou e estendeu a mão devagar, depois agarrou-a o mais rápido possível para evitar ficar perto do morto.

Ela correu pelos becos, escondendo-se atrás de prédios demolidos e de veículos abandonados, enquanto tiros e disparos de canhão iluminavam o céu e enchiam a atmosfera com os sons ensurdecedores da guerra. As sombras e luzes das naves de guerra lançavam um olhar sobre a cidade. Gritos horripilantes e berros de soldados e cidadãos a faziam querer chorar, mas isso não a aproximaria da possível segurança da floresta. Ela esperava que ainda restasse algum refúgio.

Respirava com dificuldade, o coração batia com força de tanto correr mais rápido do que jamais havia corrido na vida, apesar de não saber o que poderia estar esperando na próxima esquina. Quando entrou numa fileira de lojas na praça Vega, teve que correr para trás de uma barraca de frutas abandonada. Ela esperou que as tropas avançando se afastassem e precisava descansar. Seu corpinho queria desabar. Ela estalou os lábios. A breve pausa lhe deu tempo para notar a garganta e boca secas. Não havia nada perto o suficiente para ela beber. Engoliu em seco e estremeceu sem mais saliva. Tudo doía. Seu corpo e mente queriam desligar.

Kora atravessou um dos becos aos tropeços, tentando permanecer invisível e pequena. Segurava a pistola, cada vez mais pesada, o melhor que podia, os músculos dos braços a ponto de desistir. Tossiu com dor no peito por causa da respiração pesada e da inalação de fumaça, mas o medo era pior. Porém não havia lágrimas: não havia água suficiente em seu corpo. Ela tremia, tentando evitar olhar para os mortos ou para as partes explodidas deles. Bateu a uma porta, mas ninguém respondeu. Ela se virou quando a fumaça se dissipou no final do beco. Kora parou.

Os músculos cansados de seu corpinho ficaram tensos. Um homem, um *deles*, estava parado na entrada do beco. Ele caminhou devagar na direção dela. Trazia o capacete na mão. Combinava com a armadura dourada e prateada que teria um desenho bonito, se não fosse feita para assassinato e não estivesse salpicada de sangue ainda fresco. O rosto dele também estava salpicado de sangue, provavelmente não o próprio. Kora abafou os soluços enquanto erguia a pistola que não sabia usar, mas estava disposta a tentar. Os rostos de sua família morta e de sua vizinha lutando pela própria vida surgiram em sua mente.

O homem com cabelo negro e grosso se ergueu acima dela.

– Calma, calma criança. *Shhhh*. Você é corajosa demais para isso, menina. – Ela continuou a segurar a pistola em direção ao peito dele, com as mãos trêmulas. Ele se abaixou devagar em direção à arma. – Eu entendo a sua dor, o seu medo, a sua perda. Meu nome é Balisarius. Qual é o seu nome?

Ele segurou suas mãozinhas, ainda na arma e com o dedo no gatilho, enquanto se ajoelhava diante dela. Seus olhos se encontraram em um impasse de fogo e agonia.

– Kora – sussurrou ela.

– Me liberte, criança, você consegue. Sei que você pode... por favor. – Balisarius colocou o cano da arma na própria testa e fechou os olhos.

A respiração ficou acelerada e seus gemidos soltaram lágrimas que caíram nas mãos que seguravam a arma. Kora apertou o gatilho, que apenas disparou um clique vazio. Balisarius arregalou os olhos e estremeceu, vendo o terror nos olhos dela. Ele pareceu satisfeito por ela ter puxado o gatilho. O corpo inteiro dela tremeu antes que seus olhos tremulassem e ela desabasse nos braços dele. Ele encarou o rosto imundo dela e afastou os fios de cabelo suados dos olhos dela.

– Acho que você se chamará Arthelais. Você mal se lembrará desta vida ou cidade. – Sem esforço ele se levantou com Kora nos braços e voltou para a entrada do beco. A luta estava acabando e seu módulo de transporte aguardava para retornar ao Mundo-Mãe e receber as congratulações. Aquele pequeno prêmio seria um presente para si mesmo e seu legado. Todo líder tinha um herdeiro.

—

Kora acordou numa cama grande em um quarto esparso, sem pinturas ou fotos. Havia uma janela que dava para a escuridão do espaço. Sua casa não podia mais ser vista. Os lençóis estavam limpos e cheiravam a produtos químicos. Ao lado da cama, um grande copo de água fria transpirava em cima de uma bandeja que também continha uma tigela de frutas frescas cortadas. Uma porta divisória se abriu. O som a sobressaltou. Era o homem para quem ela tinha apontado a arma.

– Está acordada. Espero que esteja se sentindo melhor.

Kora assentiu. Os olhos dele se voltaram para a bandeja.

– Por favor, coma e beba. Temos uma longa jornada pela frente. Você precisará de forças.

– Para onde você está me levando? – perguntou ela.

Ele se sentou na beira da cama.

– Um lugar chamado Moa, o Mundo-Mãe. Será a sua nova casa... comigo.

– Por quê? – Os olhos arregalados dela o examinavam. Ele não estava mais coberto de sangue nem parecia um soldado.

– Não é hora para perguntas, mas para gratidão. Quero dar o que poucos como você recebem.

Kora baixou a cabeça e começou a chorar.

– Por favor, não me machuque.

Ele se aproximou e ergueu o queixo dela.

– Jamais. Essa não é a minha intenção. Você verá isso. – Ele enxugou as lágrimas dela com a mão. – Quando chegarmos ao Mundo-Mãe, terei tempo para mostrar para você que lugar esplêndido é. Você aprenderá coisas incríveis sobre o Universo e o Reino.

A barriga de Kora roncou alto o suficiente para os dois ouvirem. Ele sorriu para ela.

– Por que não come? Vai se sentir melhor. E durma. Depois, posso mostrar esta nave para você.

Ela aproximou o corpinho da mesa lateral. Pegou o garfo e deu uma mordida no melão. O gosto a fez pegar mais, esquecendo o medo enquanto o colocava na boca.

– Viu, não é melhor assim? Você está perfeitamente segura agora.

Kora se voltou para ele, assentiu e engoliu em seco.

– Obrigada.

– Estarei na outra sala, mas posso ver aqui. Se precisar de alguma coisa, é só acenar que eu venho. Aquela porta à esquerda é um banheiro. Há roupas limpas, que devem ser grandes demais, e você pode tomar banho se quiser. Ninguém pode ver lá dentro. Depois, quero que você durma.

Kora não queria recusar. Para onde mais teria ido e o que teria acontecido com ela? Embora aquele fosse um quarto de uma nave, parecia um palácio. Ela se perguntou se eles estavam indo para um palácio de verdade. Balisarius se pôs de pé.

– Sei que você é uma boa garota. Vai aprender a amar o Mundo-Mãe e o nosso rei assim como eu. Sabe algo sobre o rei?

Ela negou com a cabeça.

– Vamos dar um jeito nisso. Mas por enquanto, quero que você coma e tome um bom banho. – Ele sorriu mais uma vez para ela antes de sair pela porta divisória pela qual havia entrado.

Quando ele se foi, ela saiu da cama e foi para o banheiro. Era tão simples quanto o quarto. Ela correu até as roupas pretas. Desdobrou a blusa que era grande demais, mas parecia fazer parte de um pijama. Não tinha desenhos ou escrita. Sua mão alcançou a torneira da banheira. A água quente jorrou de leve. Não houve o ranger de canos compartilhados num prédio lotado ou a espera para que aquecesse. Os irmãos gritavam com ela por ter usado toda a água quente. A culpa de ainda estar viva se agarrava a ela com o fedor dos mortos que jaziam na sua cidade destruída.

Seu coração estava partido. Ela não queria tomar banho nem comer frutas doces. Começou a chorar de novo, lembrando-se da visão dos pais mortos a encarando com os miolos espalhados pela parede. O vapor encheu o aposento com a água quente que ainda corria. A lembrança dos pais deixou seu corpo tenso. Precisava tomar banho e comer as frutas.

E se ele ficasse bravo e a matasse também? Talvez os soldados que fizeram aquilo estivessem em outra parte daquela nave. Kora deixou a água na temperatura certa antes de se apressar para se despir e entrar na água. Ela se acomodou e imaginou que tudo ficaria bem. Por que ele daria isso para ela se não tivesse boas intenções?

Após o banho, ela vestiu suas roupas grandes demais e voltou para a cama. Ela se sentia sonolenta e aquecida. Sem perceber, seus olhos se fecharam.

Balisarius observou a criança adormecer. Esperava ter conquistado a confiança dela e que ela se sentisse mais à vontade. Na idade dela, era provável que se recuperasse sem dificuldade, ainda mais depois de ver o Mundo-Mãe e tudo o que pode oferecer. Ele tinha que planejar como integrá-la com perfeição à sua vida e à vida na corte real, sem que ninguém se opusesse a isso. Seu nome, identidade, mundo natal, tudo isso precisava ser apagado, virar uma memória fantasma. Sua nova vida substituiria a antiga e sua lealdade seria inabalável para com ele e o Reino. Cada parte da vida dele deveria ser perfeita.

—

Kora se tornou a sombra dele conforme crescia, de uma criança com o cabelo cortado rigidamente na altura dos ombros e na testa, até se tornar uma jovem mulher. Foi exposta à arte do Mundo-Mãe. Despesas não foram poupadas para sua educação. Ela ficava ao lado de Balisarius quando as famílias nobres de Veii se ajoelhavam diante dele. Balisarius usava seu melhor uniforme e Kora uma versão menor do uniforme feito especialmente para a visita a Veii.

— Vá se acostumando a ter as pessoas aos seus pés — orientou ele em seu ouvido. Kora não sabia o que ele queria dizer, mas também não queria perguntar. Ele lhe dera uma vida nova fora da guerra e ela se mantinha obediente como se ele fosse seu pai. A memória de sua família biológica desaparecia ano após ano.

A viagem para Veii transcorreu sem intercorrências até a hora de partir. Com as cabeças dos nobres Veii inclinadas em submissão e os termos de rendição garantidos, ele e sua guarda os cercaram com armas apontadas.

Todas as entradas estavam bloqueadas. Kora estava ao lado do pai adotivo, sem saber o que sentir ou pensar. Agarrou a bainha da jaqueta para não tremer. Uma garota, não muito mais velha que Kora, ergueu o olhar para ela com lágrimas nos olhos que pareciam pedir ajuda. Kora olhou para ela e mordeu o lábio. À medida que os soldados do Imperium avançavam em direção à nobreza, os olhos de Kora percorreram a multidão, que começou a olhar em volta, confusa. O rosto de Kora ficou quente com um medo ansioso que subia do estômago até as bochechas. Sentia-se igualmente confusa. Balisarius devia ter notado, porque segurou a mão de Kora antes de erguer a outra e abaixá-la como um martelo. Sem qualquer chance de escapar ou aviso, os soldados atiraram. Kora assistiu, incapaz de demonstrar qualquer emoção, quando a garota de sua idade caiu no chão com o corpo quicando sem parar pela tempestade de balas que atingiam a carne. Todos os nobres estavam mortos.

Balisarius se virou para Kora com lágrimas nos olhos.

– Agora, minha filha, *seu* treinamento vai começar. Se alguém puder ser bem sucedido, será você. Não me decepcione. Sentirei muita saudade de você.

Após esse incidente, Kora vagou pelas salas das caldeiras e das máquinas. Caminhou por uma passarela de metal acima das fornalhas. Diante dela havia um gigantesco invólucro de metal, no formato de uma mulher nua ajoelhada com as mãos amarradas às costas e puxadas para o topo da sala. Seu torso e cabeça estavam voltados para baixo. Tubos grossos de energia vermelha surgiram pela boca aberta. Tubos de energia azul quase como fios emergiam do topo de sua cabeça e se conectavam ao aposento. Kora se aproximou o suficiente para tocar a face de metal. Algo estava vivo ali.

Uma "Kali", assim ela ouviu designarem aquilo. Kora fechou os olhos. Permitiu que sua tristeza viesse à tona. Naquele momento, ela pôde sentir que o que estava preso ali dentro também sentia o mesmo. Todo o corpo dela vibrava com a energia do ser. Então, o ser abriu os olhos. Kora olhou fundo dentro deles e abaixou a cabeça. Não era a única que se sentia sozinha e presa. Kora se virou para voltar para seu quarto, sentindo como se alguém naquela nave entendesse o que ela havia passado.

—

Anos depois, Kora foi enviada para a academia militar de elite do Imperium, não muito longe da capital. Nunca tinha visto tantas pessoas vindas de mundos diferentes. Elas usavam os mesmos uniformes, e aquelas com armaduras novas brilhavam com a luz dos céus enquanto marchavam. Ela se perguntou se todos eram como ela, órfãos da pilhagem e do saque. Mas Balisarius sempre deixou claro que não podia contar a ninguém sobre seu passado ou de onde veio. Não importava. Ela pertencia ao Mundo Natal e também tinha seu lugar ali assim como ele.

Ela se tornaria melhor do que jamais poderia ser vivendo num apartamento apertado e vendendo chá. Que tipo de vida era aquela? A morte dos pais foi uma bênção porque deu origem à sua nova vida. Uma vida melhor. Esse era o segredo deles. Uma coisa que ela sabia com certeza era que tinha que ser a melhor. Quando entrou no prédio espartano e desinteressante da Autoridade de Registro, um escriba todo vestido de vermelho se aproximou dela. Seu rosto estava velado como o dos sacerdotes. Kora deu um passo à frente.

– Eu sou Arthelais.

– Eu sei. Sua identidade foi escaneada quando você passou pela porta. Agora já temos o tamanho da sua roupa e calçado. Mas, primeiro, você deve cortar o cabelo.

Kora tocou as pontas de seu longo cabelo, depois olhou para o uniforme simples de recruta nas mãos do escriba enquanto ele o colocava sobre o longo balcão de pedra da recepção. As palavras de Balisarius sobre Veii ressoaram nos ouvidos dela com a imagem dos nobres massacrados e ensanguentados no chão. *Não me decepcione.*

– Posso perguntar o que esperar?

— Não. Você aprenderá a se adaptar e a fazer o que for mandado. Prossiga por essas portas. Então você será informada onde dormirá durante a fase de treinamento.

— Obrigada — respondeu Kora, antes de tirar o uniforme da bancada e sair para cortar o cabelo do mesmo jeito que todos os outros. Até aquele momento, não parecia tão ruim, mas nada poderia prepará-la para o que estava por vir.

Depois de anos de treinamento físico exaustivo em todos os ambientes imagináveis, e treinamento de combate que a deixou com ossos quebrados, ela foi moldada à imagem daquilo que odiava: a máquina de matar perfeita. Seu último teste antes da formatura foi o mais brutal e avassalador. Sendo a primeira da turma, com as notas mais altas, ela recebeu uma tarefa que os outros não receberam. Seu superior lhe entregou uma pistola no campo de treinamento normalmente reservado para a prática de combate corpo a corpo. O solo arenoso era macio.

— Arthelais, fui instruído a informá-la que Balisarius lhe deseja boa sorte hoje. Ele sabe que você passará sem problemas.

Kora assentiu e aguardou. Ela não sabia o que esperar, segurando uma pistola longe do campo de tiro e da sala de armas. Não havia mais ninguém por perto, pois era uma caminhada de quinze minutos, atrás da praça principal usada para exercícios de treinamento em grupo. Aquele era um dos muitos módulos de treinamento isolados, usados para aulas menores. Ao longe ela ouviu um ronco. Era um veículo de transporte fechado. Parou ao lado deles. As portas se abriram e dois líderes de treinamento da academia retiraram um homem encapuzado. Eles o arrastaram para a área de treinamento e o empurraram de joelhos na areia.

Kora se sentiu mal. Esse era o teste? Sua mão tremia e ela engoliu em seco. O sol batia mais forte em seus ombros. Ela podia sentir o suor escorrendo pelo pescoço e por baixo dos seios. Enxugou uma palma suada de cada vez no uniforme de treinamento. O líder do treinamento tirou o capuz da cabeça do homem. Seu rosto tinha hematomas e machucados, mas seus olhos ainda podiam olhar para os dela, implorando para o melhor dentro dela.

— Esse homem é um traidor. Ele foi considerado culpado e agora está pronto para receber a punição.

Kora olhou para seu superior ao seu lado.

— O que o senhor quer que eu faça? O que ele fez?

Ele sorriu.

— Você é uma mulher inteligente, Kora. Será a executora da punição dele. Mire a arma e puxe o gatilho. E eu já contei para você o que ele fez. Ele é um traidor. Traidores desobedecem e provocam o caos no Reino.

Ela olhou para o homem, que balançou a cabeça.

— Por favor, não. Eles estão mentindo. — Lágrimas escorreram de seus olhos. Ela verificou se a arma estava carregada ou ligada. Estava em perfeito estado de funcionamento. Seu superior se aproximou.

— Esse é o teste final, Kora. Você não chegou tão longe para falhar agora. — Seu hálito era azedo e sua presença, pesada.

Kora sentiu todo o corpo esfriar e se enrijecer como pedra apesar do calor. Tinha que fazer isso sem questionamentos ou remorso. *Não me decepcione*. As palavras de Balisarius retornaram como o sussurro de um fantasma. Parte dela se perguntava se ele tinha armado isso especificamente para ela, para testar sua lealdade a ele. Virou-se para o homem que agora estava de joelhos na frente dela. Levantou o braço com a pistola na mão. Ela tentou imaginar os soldados que mataram seus pais e que viu atacando sua vizinha Lanet. Homens maus, homens que mereciam morrer.

Mas quando se sentiu puxando o gatilho, não pôde evitar que sua mente distorcida visse Balisarius e a cabeça dele explodindo em sua fúria. Como teria sido a vida dela se a pistola que tinha apontado contra ele estivesse carregada? Ela disparou três tiros perfeitos no centro do crânio do homem. Ele caiu no chão com o rosto irreconhecível. O superior dela tocou seu ombro e estendeu a mão com a palma para cima.

— Bom trabalho. Enviarei o relatório de que você se formará com honras. Passou no teste. Balisarius ficará satisfeito. Pode ir agora.

Sentindo-se entorpecida, ela colocou a pistola de volta na mão dele e deixou o campo de treinamento em direção ao quartel. Não queria olhar para trás ou ouvi-los colocar o corpo de volta no veículo. Algo dentro dela havia se partido no momento em que puxou o gatilho. Essa era sua nova vida, seu dever. Foi para a cama no quarto privado naquela noite, de bruços no travesseiro. Ela chorou em silêncio e pediu perdão ao homem que havia matado, sem nunca o ter conhecido, enquanto se perguntava se algum dia conseguiria se perdoar.

Pelo seu sucesso e notas altas, receberia o próprio comando. Sem demora, ela seria enviada para algum lugar do Universo.

O rei se dirigiu aos soldados formandos naquele dia. Ele estava no pódio com a cabeça erguida e o rosto reluzindo como a coroa que usava na cabeça. A multidão aplaudiu quando ele sorriu ao olhar para os formandos; todos usavam os mesmos uniformes. Atrás deles estavam os convidados. Kora viu Balisarius observando do camarote real à direita do rei. Ele parecia prestes a fazer um discurso também. Ela não o vira pessoalmente desde o dia em que partiu, apenas transmissões de hologramas. Seu treinamento era importante demais para ser interrompido por visitas. Ele tinha grandes planos para ela. O olhar de Kora passou de Balisarius para o rei, que levantou a mão para silenciar a multidão.

– O caminho que forjarão a partir de hoje e nos próximos ciclos não será fácil. Muitos de vocês darão suas vidas pelo bem maior, pelo Reino e por tudo o que ele representa. Tenham certeza de que seu sacrifício será apreciado e sua morte, gloriosa. O destino vai recebê-los em seus salões, desde que vocês tenham sido obedientes ao dever, agindo da mesma maneira que seus ancestrais do Mundo-Mãe. Lembrem-se de sua generosidade e graça, mas sempre com mão firme. Nos olhos de todos vocês vejo a nobreza e a honra que solicitamos de cada um.

Toda a multidão explodiu em aplausos e jogou as boinas para o alto. A mente de Kora parecia deslocada do corpo. Voltou à infância enquanto ela olhava ao redor para os parentes orgulhosos que também comemoravam. Lembrou-se da garota morta em Veii que deveria estar terminando os estudos.

Kora não sabia muito sobre o rei, apenas sobre o trabalho que Balisarius realizava em nome dele. Seu olhar se voltou para Balisarius, que observava o rei com lágrimas nos olhos enquanto batia palmas. Seu pai adotivo olhou na direção dela e deu um aceno breve com a cabeça. Passou pela cabeça dela que poderia muito bem ser enviada para a morte onde quer que seu primeiro posto a levasse. Na multidão de centenas de pessoas, ela jamais se sentira tão sozinha. Mas esse era o seu dever e a única vida que conhecia. Uma vida melhor, foi o que disseram.

Ela aplaudiu com o resto da multidão, com um braço a puxando para perto. Virou-se para ver o amante que havia arranjado, conforme recomendado pela Academia. A morte perseguia Kora; ela imaginou o dia em que se veriam morrer, mas o toque dele afastou esses pensamentos. Ele a beijou com força e sorriu. Ela não estava sozinha. Até seu último dia, lutaria tal qual seus companheiros pela glória de um lugar que não era seu. Enquanto a guerra constante desgastava os soldados, ter alguém com quem lutar, por quem lutar, era a única coisa que os fazia persistir.

—

O fogo havia quase se extinguido quando Kora terminou de contar a Gunnar parte de sua vida antes de Veldt.

— Você foi salva pelo Imperium.

Kora finalmente se virou para Gunnar.

— Eu nunca soube por quê. De todos os lugares que conquistaram e dos milhões de mortos, por que ele me poupou. Só para me tornar um deles. Passei ano após ano numa nave de guerra. Sem família ou migalha de amor. Só lutando. Guerreando.

— Quantos anos você tinha?

— Fui nomeada oficial e recebi meu próprio comando aos dezoito anos. As coisas que vi e ouvi quando era apenas uma criança... Eles me quebraram para fazer o que precisavam. É assim que eles agem. E não há espaço para dissidência. Tudo o que importa são as ideias e a cultura do Mundo-Mãe. Não há espaço para mais nada existir. – Kora tornou a se deitar de costas e fechou os olhos.

– Obrigado por me contar. Significa muito para mim.

– Só contei isso para que você saiba quem eu sou. Você perguntou como eu sei que eles vão destruir vocês? Porque é o que eu teria feito.

Gunnar continuou a observar Kora apenas com a iluminação das brasas e luz das estrelas. Quando percebeu que ela não estava se movendo, deitou-se para dormir.

—

Não demorou muito para entrarem no vale e chegarem a Providência. A cidade, fortemente murada, agrupava edifícios de todos os tamanhos. Portões gigantescos de ferro na entrada serviam para proteção extra. Pontas revestidas com telhas que se projetavam das laterais dos prédios atarracados podiam ser vistas se elevando acima dos portões. Alguns tinham vários níveis com vista para a cidade, com muitas vielas sinuosas que serviam para proteger aqueles que queriam se mover sem serem vistos. O perímetro externo da cidade era reservado a comerciantes e negócios, enquanto o interior era residencial.

As residências eram simples, tão discretas quanto possível para não tentar os criminosos. E muitos deles eram trazidos para o submundo do comércio. Não era possível saber à primeira vista, mas Providência era um centro de contrabando. O planeta não produzia nada notável nem possuía recursos naturais valiosos, portanto, ficava fora do radar. Os líderes empresariais de Providência formaram um conselho que controlava tudo, desde a manutenção dos portões até a conservação de algum tipo de paz. Qualquer um poderia apresentar uma queixa nas audiências semanais do conselho ou deixar cair uma quantia extra nas mãos certas para que fechassem os olhos. A prioridade do conselho era manter a cidade em um estado de prosperidade constante, não importando se era legítima ou não.

Não havia toque de recolher obrigatório ou limites sobre o que poderia ser comprado ou vendido. Caso se encontrasse em apuros, boa sorte. Providência era o lugar mais próximo para experimentar outros mundos ou sair de Veldt. Além do mercado ilegal, era usada como entreposto comercial ou parada para reabastecer antes de prosseguir. Depois de Providência, a paisagem voltava a ser montanhosa e rural. Os empresários ricos geralmente mantinham um pequeno apartamento na cidade, e suas casas maiores e mais grandiosas eram construídas em terrenos isolados.

O tempo havia mudado quando chegaram a Providência. A chuva caía em uma tempestade de raios. Quando eles se aproximaram, os portões se abriram. Gunnar aproximou seu uraki do de Kora.

– Só quero preparar você. O estabelecimento para onde vamos... é um bordel. Foi aí que o contato me apresentou para Devra.

O rosto de Kora permaneceu calmo.

– Tudo bem. Devra? Seu contato é uma prostituta?

– Não, nada disso. Devra é a líder dos Bloodaxes, os criminosos... para quem vendi os grãos. – Gunnar olhou para baixo enquanto parava.

Os estábulos estavam cheios, mas havia espaço. Depois de pagarem para dar água e alimento aos uraki, seguiram para o Empório do Prazer de Crown City. Não havia sinal, apenas portas vermelho-sangue. Havia vários níveis com todas as janelas fechadas. Antes que pudessem tocar a campainha, as portas se abriram com uma barulheira que inundou a rua. Um homem ainda maior que Den correu para fora e caiu de cara no chão. Outros dois o perseguiam. Vestidos com o emblemático uniforme preto e cinza, Kora os reconheceu no mesmo instante. A aparência deles era tão feroz quanto a reputação. Com pele manchada, olhos de várias cores, dentes afiados e nariz evoluído naturalmente com o olfato apurado, eles eram conhecidos por qualquer pessoa que pusesse os olhos neles. Gunnar se afastou da briga.

– Eles são Falcões. Caçadores de recompensa. Trabalham para o Imperium. Um sinal da presença dos nossos novos "amigos" – comentou Kora enquanto assistia à luta.

Um dos Falcões, com uma grande cicatriz no rosto, chutou o homem nas costelas. Ele gritou e rolou de costas com dor.

– Espera. Ah, não – sussurrou Gunnar para Kora.

– O que foi?

– Ah, não. O prisioneiro deles. Ele é o cara que viemos ver. Aquele que achei que poderia nos ajudar. – Kora e Gunnar observaram seu contato ser puxado do chão por um restritor de metal de quatro pernas que o manteve em pé, porém incapaz de se mover, pois prendia seus tornozelos, tronco e cabeça a uma coluna de metal. A restrição robótica andou ao lado dos Falcões.

– Os Bloodaxes lhe deram alguma outra maneira de contatá-los?

Gunnar seguiu os Falcões e Ximon com os olhos até que eles sumiram de vista. Ele balançou a cabeça.

– Eles disseram que estavam abrigados em um planeta chamado Sharaan, antes de virem para cá, protegidos por um rei chamado Levitica.

– Levitica – repetiu Kora, parando para pensar, então foi na direção do bordel, empurrando a porta antes que se fechasse. – Venha – disse. Gunnar a seguiu sem questionar.

O choque de vozes e línguas combinava com os aromas de corpos, álcool e fumaça pesada. Clientes satisfeitos desciam as escadas em lados opostos do andar principal, enxugando suor e água do pescoço e do rosto. A batida de tambores era tão hipnótica quanto os muitos vícios expostos. À esquerda deles estava o leilão de carne. Um espécime fêmea com grandes chifres que se projetavam de ambos os lados da cabeça estava de pé, atenta, com cordas douradas amarradas em seus membros. Ela usava um espartilho de metal fechado com um cadeado trancado. Uma chave, um comprador. As cordas douradas levavam a um bocal que mantinha seus lábios abertos para mostrar as profundezas de sua garganta autoconstritiva. Seus olhos iridescentes seguiram Gunnar.

Ele encontrou o olhar dela e logo olhou na direção oposta enquanto acelerava o passo. Kora parecia mais relaxada do que ele ao andar com confiança. Todas as espécies, raças e gêneros podiam ser comprados e vendidos pelo preço certo. O palco brilhava com pouca luz vinda do alto. Um homem e uma mulher novos no leilão subiram ao palco com números tatuados nas coxas. Usavam apenas tecido suficiente para cobrir o que era destinado ao comprador.

Gunnar evitou olhar para os trabalhadores do sexo por muito tempo e fixou o olhar nas mesas de jogo à direita. Olhou para Kora para ver se ela o observava. Aplausos e gritos irrompiam entre os vencedores e perdedores nos jogos de azar. Seguranças enormes e armados até os dentes andavam ao redor das mesas, prontos para impedir uma briga, caso ocorresse. Gunnar também os evitou, sem querer causar problema ou chamar atenção para si mesmo.

Havia um longo bar nos fundos. Kora olhou para Gunnar, que a seguia, tentando conter a curiosidade. Quando ele conheceu os Bloodaxes, tinham entrado por uma porta dos fundos e ido até uma sala particular. Ele tinha perdido a maior parte disso. Voltou a acelerar o passo para acompanhá-la.

Ela se sentou num banquinho. Um *bartender* androide atrás do bar parou de limpar tigelas de metal com duas de suas muitas mãos e olhou para Kora com os olhos amarelados. Seus ombros e costas serviam como candelabros, com cera acumulada criando uma cadeia de montanhas de chamas nos ombros.

– Carbost – pediu Kora.

– Vou querer o mesmo – disse Gunnar.

Kora deu uma cotovelada em Gunnar e indicou com a cabeça a direita. Um Falcão deu um maço de dinheiro a um cliente encapuzado. Ela tentou ver quem estava por baixo do capuz, mas não teve sorte. Não queriam ser vistos. Esse lugar não era apenas para entretenimento. Também dava a qualquer pessoa cobertura para negócios ocultos. Havia distrações demais para que os negócios fossem notados. Quando o Falcão se afastou do cliente encapuzado no bar, Kora se virou para a bebida que a esperava.

Gunnar olhou com desconfiança para o copo sujo cheio de um líquido marrom escuro com pequenos grânulos flutuando na superfície. Kora engoliu a bebida, indiferente à aparência. Gunnar tossiu e estremeceu com a intensidade do sabor quando tentou beber com a mesma facilidade que ela. Ele olhou para o cliente encapuzado de novo.

– Acho que a nossa melhor chance de encontrar os Bloodaxes é entrar em contato com os leviticanos.

– Isso pode expor a gente. Primeiro, devemos encontrar o general Titus, depois vamos pensar nos rebeldes.

Ela olhou para o copo cheio na frente de Gunnar.

– Vai beber isso aí?

– Ah... bem... sim. – Ele ergueu o copo e tomou num gole só. Seus olhos se fecharam e seu rosto se contorceu. – Delícia – resmungou, tentando abafar uma tosse enquanto o líquido descia pela garganta.

Os olhos de Gunnar se moveram para a esquerda. Um estranho com pele rosa pálida e papada flácida com manchas marrons se sentou ao seu lado. O rosto dele, parecido com o de um cachorro, mas sem pelos, brilhava de suor. Colônia barata pairava acima do forte odor corporal. Ele ofegava de leve, o que fazia sua barriga redonda tremer sob a camisa manchada de suor. Ele coçou os fios de pelo que saíam de sua camisa decotada.

– Essa é a sua dona?

– Cai fora. Ele não está à venda – disse Kora.

Ele farejou Gunnar.

– Tudo está à venda neste lugar, e aí, quanto? Eu tenho um quarto lá em cima com lençóis relativamente limpos, sabe. – Ele lançou um sorriso lascivo para Gunnar que o encheu de repulsa e vergonha.

– Não – respondeu Gunnar enquanto recuava.

O homem com cara de cachorro se aproximou de Gunnar, colocando o corpo ao lado do dele. Gunnar deu um passo em direção a Kora com o calor da respiração do estranho em seu pescoço. Fedia como se ele tivesse estado lambendo a própria bunda.

– Essa é uma oferta muito generosa. Mas acho que não... – respondeu Gunnar tão educado quanto pôde.

O homem com cara de cachorro rosnou e enfiou a mão por baixo do balcão, apertando o pênis e o saco de Gunnar com uma de suas mãos peludas e de unhas afiadas.

– Garanto que pela manhã você estará me implorando por mais. – Ele mostrou a língua e a balançou para frente e para trás.

Gunnar ficou imóvel. Kora deu dois passos largos em direção ao estranho e bateu em sua mão.

– Já falei para cair fora.

Os lábios flácidos e bigodes aparados fizeram uma carranca.

– Qual é, mama. Deixe ele brincar um pouquinho. Se quer guardá-lo tanto assim, ele deve ser uma boa foda.

Kora se manteve firme enquanto lançava um olhar duro para ele, desprovida de medo.

– Está na hora de você ir.

Ele rosnou e sacou uma faca de lâmina irregular embainhada num coldre preso ao cinto. Agarrou Kora pela garganta com uma das mãos e colocou a faca logo abaixo.

– Ouça com atenção, sua vadia ciumenta. Vou foder aquele lindo buraco rosa na cara dele e não há nada que você possa fazer para me impedir.

Sem aviso e veloz como um raio, Kora arrancou a faca da mão dele e bateu sua cabeça no balcão. Ela encostou a faca na garganta dele. O bar inteiro ficou em silêncio diante do espetáculo. Até mesmo sons mais suaves podiam ser ouvidos.

– Não, ouça você com atenção. O único que está prestes a se foder aqui é você.

Kora deu uma joelhada forte na virilha dele, fazendo-o uivar e se dobrar de agonia. Ela o empurrou para o chão. Ele se arrastou pela multidão ainda silenciosa, choramingando. O restante dos clientes e Gunnar continuaram a observá-la, enquanto ela se dirigia ao bar para pedir outra bebida. Depois de engolir um segundo carbost, ela se virou e viu que o salão não havia retomado o nível normal de atividade. Ela olhou para a multidão e marchou na direção de um pequeno palco com uma criatura de pernas longas em leilão. A tatuagem na coxa era vermelha brilhante. Um fio com um pequeno globo preso na ponta pendia do teto no centro do palco. O leiloeiro se afastou dela.

– Estou procurando informações. Alguém aqui já ouviu falar do general Titus?

A sala explodiu em um burburinho de conversas depois que a pergunta foi feita.

Mas uma voz perfurou o tumulto.

– Claro, o general Titus. Um lunático. Voltou os próprios homens contra as forças do Mundo-Mãe na Batalha de Sarawu.

Kora desceu do palco e se aproximou de uma mesa com um homem parcialmente despido e cansado, com cabelo preto desgrenhado e oleoso. Ele estava jogado numa cadeira como uma marionete. Seus olhos eram brancos leitosos e focados em nada. O homem não estava mais no controle de si mesmo nem consciente de nada. Dois tentáculos grossos que pulsavam estavam alojados em cada lado de sua garganta. Estavam conectados a uma grande criatura viscosa, parecida com uma pulga azul, que era toda cérebro, com um único olho vermelho cercado por cerdas pretas. O parasita era do tamanho da cabeça do homem e estava apoiado em pernas atarracadas parecidas com agulhas. Não tinha sido o homem quem havia falado, foi a criatura que não tinha cordas vocais próprias. Ela passou para a mesa ao lado do humano fantoche que usava para se comunicar.

– Sabe a localização dele? – perguntou Kora. Ela olhou para trás, sentindo alguém próximo. Era Gunnar.

Os tentáculos no pescoço do homem brilhavam com mais intensidade quando ele falou, mas ele permanecia sob controle total do parasita.

– A última coisa que soube foi que ele estava lutando no coliseu em Pollux. Eu tomaria cuidado se fosse você, mocinha. O último caçador que foi atrás dele acabou com a cabeça numa lança do lado de fora da entrada do coliseu, como um aviso para não incomodá-lo.

– Então, ele está em Pollux. – Kora começou a sair. Gunnar a seguiu de perto.

– Esse é o seu plano? – perguntou ele.

– Esse é o meu plano. – Ela olhou para ele. – O que foi?

– Acho que precisamos encontrar uma nave que leve a gente até Pollux.

– Agora você está pegando.

Antes que pudessem sair, o homem de rosto rosado reapareceu.

– Ei! Vadia! Ei. Devia ter me matado! Agora você vai morrer.

O homem com cara de cachorro tinha uma expressão assassina e raivosa no rosto. Seus olhos estavam amarelados e a boca pingava saliva. Kora não se intimidou com a bravata. Ela olhou para Gunnar, que deu um passo para trás.

– Vou lhe dar uma chance de simplesmente dar as costas e ir embora. Ele lambeu os lábios.

– Aham. Você vai dar uma chance pra todo mundo?

Três brutamontes armados saíram das sombras, rosnando baixo, incluindo um atrás de Gunnar, bloqueando a entrada. Aqueles que estavam próximos da cena se afastaram, enquanto outros observavam em silêncio. O parasita azul se desconectou de sua marionete viciada e fugiu com seus tentáculos balançando no ar. A música e os leilões pararam com a exibição de morte que agora era fonte de entretenimento. Kora avaliou sua oposição e jogou para trás a capa marrom até o tornozelo para mostrar a arma no quadril.

O homem com cara de cachorro e seu bando de três criminosos uivaram de tanto rir. Num instante, Kora estava com a arma em mãos e derrubou um dos bandidos com um tiro no peito. O homem com cara de cachorro rosnou com os outros e avançou em direção a Kora, apontando a arma.

– Matem ela!

Gunnar correu na direção dele. O golpe inesperado arrancou a arma do homem com cara de cachorro de suas mãos. Ele desferiu vários golpes no rosto de Gunnar. Este tropeçou contra uma mesa cheia de bebidas, que tombaram e respingaram para todo lado. Antes que o homem com cara de cachorro pudesse pegar uma garrafa quebrada, Kora lhe deu um soco forte nas costelas e uma joelhada no rosto quando ele se dobrou. Os outros avançaram para atacar Kora.

Em uma reviravolta inesperada, tiros passaram zunindo por Gunnar e Kora. Um de seus agressores caiu no chão. O cliente encapuzado do bar empunhava uma pistola. Com passos rápidos, ele caminhou na direção de Kora para ajudar a matar o homem com cara de cachorro e um outro que restava vivo. Os dois tentaram acertar os próprios tiros de trás de uma mesa virada, depois andaram como caranguejos em direções opostas enquanto atiravam. Kora e o estranho ficaram de costas um para o outro para enfrentar os tiros. O homem com cara de cachorro gritou ao tomar um tiro no ombro. O estranho conseguiu acertar um deles com tiros na barriga e no pescoço. O homem com cara de cachorro resistiu, escondendo-se atrás de outra mesa virada. Ele ficou de pé mais uma vez, sangrando pela boca e pelo ombro. Kora se ajoelhou e atirou em cheio no peito dele. Ele foi empurrado para trás com o impacto. Gorgolejou e cuspiu sangue no ar enquanto jazia de costas à beira da morte. Kora se levantou e se aproximou dele. Sem qualquer hesitação, descarregou a arma no corpo dele.

Um pouco acima dos tiros, um dos bandidos grunhiu enquanto tentava se levantar do chão com a arma. Kora começou a se virar, ouvindo que alguém estava vivo. Antes que ela pudesse atirar, o cliente encapuzado disparou no homem ferido. O sangue encharcou o chão de pedra e os grossos tapetes ornamentados. O restante do bar retomou as atividades anteriores. O aliado inesperado de Kora tirou o capuz com uma das mãos que tinha um anel em cada dedo. Cada um de um mundo diferente. Ele era jovem, com olhos azuis glaciais e barba por fazer ao redor da boca. Seu cabelo loiro e oleoso estava preso para trás. Ele olhou ao redor para a carnificina.

— Impressionante. — Em seguida começou a vasculhar os bolsos dos mortos.

Kora não reagiu à lisonja.

– Aqueles Falcões que pagaram você estavam trabalhando para o Mundo-Mãe? Não gosto de caçadores de recompensas.

Ele fez uma pausa e examinou o rosto dela enquanto também olhava para sua arma incomum.

– Não perguntei. E para ser claro, também não gosto de caçadores de recompensas.

Kora manteve a calma, sabendo que ele queria saber o máximo que pudesse sobre ela.

– Então você é pistoleiro de aluguel? – perguntou ao olhar para Gunnar, que pareceu bastante perdido enquanto limpava o sangue do rosto. Ela fez sinal para que ele se aproximasse.

O homem zombou ao se levantar.

– Não... Não é a minha praia. Só não estou disposto a morrer pelos problemas de outra pessoa. Acho que sou um oportunista.

– Um verdadeiro herói, hein?

– Olha. Posso levar vocês a Pollux. Vocês estão tentando encontrar o general Titus. E eu estou disposto a ajudar... por um preço.

– Como pode ver, somos apenas simples agricultores – explicou Gunnar.

– Estamos procurando soldados para lutar contra o Mundo-Mãe. Temos algum dinheiro, mas não é com isso que você vai ficar rico – declarou Kora.

O homem e Kora trocaram olhares. Ele acenou com a cabeça e passou a mão pelo topo da cabeça.

– Entendo. Ainda assim, me pague o quanto você puder.

Kora olhou para Gunnar, que tinha um brilho de esperança nos olhos.

– Estamos prontos quando você estiver.

– Vamos, a minha nave está no porto. A propósito, meu nome é Kai.

Kai se virou para sair pelas portas da frente. Kora e Gunnar seguiram rumo à luz. Todos os três semicerraram e cobriram os olhos quando saíram do bordel enclausurado que se sustentava roubando tempo e dinheiro dos clientes. As ruas estavam ocupadas com pessoas cuidando da própria vida. Kora adorava a aldeia e o senso de comunidade, mas se voltasse, jamais seria a mesma coisa. Ela seria conhecida como uma guerreira de novo, uma guerreira furiosa, excepcional, com uma arma e... Mas isso não podia ser mudado agora. Nenhum lugar permanecia o mesmo depois que o Mundo-Mãe entrava em sua órbita.

Quando entraram no hangar, a boca e os olhos de Gunnar ficaram parecidos com o bocejo de um uraki.

– O que...

Kai sorriu, arqueando a cabeça para trás.

– Ela é um cargueiro classe Tawau. Não me pergunte como consegui. Fixando rota para Pollux. Preciso parar primeiro em Neu-Wodi. Há um fazendeiro lá, sabe. Ele conhece um homem que pode servir para você.

Kora olhou para Gunnar, que assentiu.

– Ele vale o nosso tempo? Porque não podemos nos dar ao luxo de desperdiçar nenhum – questionou Kora.

Kai olhou para o cargueiro.

– Acho que vocês vão gostar dele.

Gunnar ainda estava observando. Kai o olhou com curiosidade.

– Já esteve fora do planeta?

Ainda avaliando o tamanho da nave, Gunnar balançou a cabeça.

– Não.

– O que você fazia na fazenda? – perguntou Kai.

– Ah, eu supervisiono a colheita, o plantio, a catalogação das sementes e me certifico de que...

– Ele é agricultor – interrompeu Kora.

– Parece ótimo. Acho que você vai querer se segurar. – Kai puxou o acelerador. O cargueiro decolou do convés e se lançou para cima. – *Uhul!*

5

A CAMPINA, EXUBERANTE COM FLORES SILVESTRES NA ALTURA DOS JOELHOS, era o lugar favorito de todos na primavera. Era um lugar de meditação e reflexão. Muitos bebês eram concebidos sob a cobertura de um manto de flores frescas. Um punhado de aldeões, quatro uraki liderados pelas rédeas, Den, Hagen, Sam e Aris passeavam pela grama, discutindo a possível batalha. Sam diminuiu o ritmo para que Aris a alcançasse. Ele parecia tímido perto dos aldeões, pois ainda usava roupas do Imperium. Ele tinha que manter as aparências quando pediam transmissões.

Uma expressão de vergonha cruzou o rosto dele quando se aproximaram, mas Sam não pôde deixar de notar o quanto ele era bonito sem a pesada armadura que usava quando chegou. Ela podia ver quem ele era de verdade, por inteiro, sem o peso do Mundo-Mãe ou a carnificina. Aris defendera Jimmy e ela, mesmo quando pareceu suicídio. Sam queria conhecê-lo. Esperava que ele sentisse o mesmo. Ele parou e examinou a paisagem com saudade e tristeza. Ela ficou imaginando o que um homem tão viajado via quando olhava para sua aldeia. Ele via o mundo deles; no entanto, parecia estar longe dele naquele momento, perdido nas profundezas da memória e da emoção.

– É lindo, não é?

Ele se virou para ela e sorriu.

– Melhor que uma nave do Imperium. A companhia também é melhor.

Sam mexeu no avental.

– Então, você tem enviado mensagens para o encouraçado?

– Tenho. Relatórios de status para garantir que tudo está indo como o planejado. Relatórios de rotina para mantê-los afastados e evitar que enviem mais soldados para nós.

O rosto de Sam se iluminou.

– *Nós?* Você está do nosso lado agora?

Aris arrancou uma erva daninha comprida e felpuda do chão e brincou com ela.

– Às vezes é necessário escolher um lado. Imagino que sim... se estiver tudo bem. Não tenho certeza do que os outros pensam. Não estou no Imperium por escolha própria.

Sam observou o resto dos aldeões caminhando ao longe à frente deles. Eles pareciam pequenos e nenhum deles carregava armas. Ter um exército ou soldados nunca foi o costume da aldeia. Sua existência tinha sido pacífica e isolada; as aldeias e cidades mais próximas ficavam a poucos dias de caminhada. Ela não se importava se Aris não tivesse nascido ali ou mesmo em Veldt. Ela havia aprendido da maneira mais difícil que lar e família às vezes vinham de lugares diferentes.

– Posso perguntar por quê? – perguntou ela.

Ele virou a cabeça para longe dela para esconder a vergonha persistente.

– Você não vai querer saber as coisas que eles me obrigaram a fazer. Mudaria a sua opinião sobre mim.

Sam se abaixou um pouco para chamar sua atenção.

– Vou querer sim. Se quiser me contar. O que você fez por mim já o torna diferente.

Aris olhou nos olhos dela. Ele não conteve a dor ou a lembrança da morte do pai ainda gravada em sua mente, uma cena constante em seus pesadelos. Ele abriu a boca para falar quando a voz de Den ecoou pela campina.

– Aqui! Encontramos!

Den acenou para os aldeões que seguravam as rédeas do uraki. Eles cercavam um módulo de transporte, sujo por ter sido deixado sob a força dos elementos. Exceto pelas marcas vermelhas simétricas na frente, era quase idêntico àqueles em que os soldados chegaram. Sulcos grossos e profundos na parte traseira indicavam onde ele havia batido e derrapado até parar.

– Precisamos tirar essa coisa daqui – gritou Den.

Sam olhou para Aris, maravilhada, depois de ver a nave. Os dois correram para alcançar os outros. Aris se aproximou e andou devagar ao redor da nave para ver melhor os danos causados Hagen se aproximou dele.

– Acha mesmo que vai conseguir fazê-la funcionar?

Aris franziu o cenho e observou com atenção enquanto parte dela saía da terra assim que Den prendeu as cordas da nave nos uraki.

– Vamos ver o que temos quando a retirarem. Há quanto tempo disse que ela está aqui mesmo?

Hagen olhou para longe.

– Foi assim que conheci a Kora.

—

Hagen muitas vezes vagava sozinho para além da aldeia, porque foi onde ele espalhou uma parte das cinzas da esposa e da filha. Ele conversava com elas quando precisava. Isso o fazia se sentir menos sozinho, mas também com medo. Quando seria a hora de ele partir? Passaria seus últimos dias decrépito e sozinho, acamado? Isso parecia pior que a morte. Desde a morte das duas pessoas mais próximas a ele, sentia como se estivesse apenas esperando para ir para o outro lado. Que alívio bem-vindo seria revê-las. No entanto, não tinha coragem de tirar a própria vida. Parecia antinatural e uma desonra contra as pessoas que foram levadas contra a vontade. A esposa nasceu com o coração fraco e a filha tinha herdado a mesma condição. E isso levou as duas.

A idade lhe concedera paciência. E assim, ele esperava e caminhava o tanto que seu corpo envelhecido permitia. Estava na campina com a face voltada para o céu quando viu um meteoro entrando na atmosfera.

Mas não era um meteoro. Percebeu pela maneira como a luz refletia na superfície e pelo que parecia ser fumaça saindo de trás. A nave parecia estar fora de controle e se dirigia para as campinas. Ele a observou desabar e capotar no solo. Ela não se quebrou com o impacto, mas deslizou pelo campo. Fumaça se elevou do local do acidente e algum tipo de alarme soou em intervalos regulares. Ele olhou na direção da aldeia, se perguntando se deveria alertar os outros primeiro, caso quem estivesse lá dentro não fosse amigável. Mas não queria causar confusão ou pânico. E se alguém lá dentro precisasse de ajuda imediata?

Ele correu o melhor que pôde na direção dela. Uma das portas estava entreaberta o suficiente para notar uma mulher semiconsciente. Kora estava deitada ali, com os olhos apenas como fendas estreitas, olhando para a fresta da porta aberta e segurando a barriga. Hagen agarrou a borda da porta com as duas mãos e a moveu para ver se ela precisava de ajuda imediata. Foi difícil no início, enquanto ele se esforçava contra o peso, mas abriu assim que conseguiu passar metade do corpo para dentro.

Os olhos dela se voltaram para ele e depois se fecharam de novo. Gemidos de dor escaparam de seus lábios enquanto ela agarrava a barriga. Hagen levantou a camisa dela apenas o bastante para ver o que estava abaixo de sua mão. A área ao redor das costelas estava vermelha e em poucos dias teria hematomas profundos. Ele não ficaria surpreso se algumas estivessem quebradas. Ela apenas disse coisas sem sentido quando tentou se comunicar com ele. Ele imaginou que ela talvez tivesse batido a cabeça também. Mas a dor nos olhos dela quando seu olhar encontrou o dele... Foi pior do que qualquer coisa que um corpo podia experimentar. Ele não tinha ideia do que ela havia passado ou do que havia escapado; no entanto, era o suficiente para arriscar a própria vida.

Enquanto ele olhava ao redor para encontrar algo que pudesse lhe dizer quem ela era ou o que tinha acontecido, havia uma pistola no chão atrás dela. Era um objeto belamente trabalhado. Ele não sabia muito sobre armas, só o que os agricultores precisavam para abater um animal ou para caçar. Hagen não se importava muito com Providência. Parte dele queria ir embora, deixar os deuses decidirem. Mas a música que a filha costumava cantarolar surgiu em sua cabeça. Não, ele não podia deixá-la assim. Sua Liv não pensaria duas vezes antes de ajudar. Ele perguntou:

– Quer tentar andar? Não estamos muito longe e posso conseguir ajuda no meio do caminho. – Lágrimas escorreram dos olhos dela, mas nenhum som saiu dos lábios. Ela balançou a cabeça. – Eu vou voltar – prometeu ele. Antes de partir, pegou a arma e a escondeu sob a túnica. Ela devia ser muito perspicaz, mas sob o véu da dor cegante, não notou.

Hagen deixou a nave e correu de volta o melhor que pôde, ignorando a própria dor nas articulações. Às vezes, a vida o tornava consciente da idade; outras vezes, ele ignorava o lembrete. Ao se aproximar da aldeia, viu Gunnar inspecionando os campos. Ele estava com um uraki.

– Gunnar! Graças aos deuses.

Gunnar pegou seu odre e o ofereceu a Hagen, sem fôlego e com o rosto vermelho; este se curvou com as duas mãos nos joelhos.

– Está tudo bem? – perguntou Gunnar.

– Tem uma nave na campina. Há uma mulher lá dentro, ela está ferida. Pegue o uraki e a tire de lá. Pode levá-la para a minha casa. Vou contar para o Sindri e encontro você lá.

Gunnar assentiu e pegou o uraki. Ele confiava em Hagen e não fez mais perguntas enquanto caminhava na direção que lhe fora indicada. Não demorou muito até que ele avistasse a nave. A visão o fez avançar mais rápido. Nada parecido com isso jamais tinha ocorrido em sua vida, ou na aldeia. Ele olhou para dentro e viu a mulher. Os olhos dela estavam fechados. Ele correu para o lado dela para ver se ainda respirava. Embora estivesse fraca, ainda havia respiração. Ela gemeu baixinho com o movimento dele ao pegá-la nos braços e seus olhos tremularam com a dor, mas não havia outra maneira de levá-la para um lugar seguro ou ver a extensão de seus ferimentos.

Ele a sentou no uraki e apoiou seu torso sobre as costas e o pescoço da fera. Gunnar tirou a camisa e a colocou sob o rosto dela para deixá-la mais confortável. Antes de partir, fechou a porta da nave. Com um braço sobre as costas dela e o outro segurando as rédeas, Gunnar os conduziu de volta à casa de Hagen. Manteve um olho no caminho e o outro no rosto daquela forasteira intrigante.

Hagen e Sindri esperavam do lado de fora. Quando Gunnar se aproximou e tirou Kora do uraki com cuidado, Hagen abriu a porta para ele. A cama estava preparada; Hanna, a parteira, esperava lá dentro com sua cesta de frascos de vidro cheios de analgésicos e tônicos à base de ervas, curativos, água e roupas limpas. Ela veria se havia um ferimento grave. Gunnar deitou Kora na cama. Não sabia por que parte dele doía tanto ao ver aquela completa desconhecida naquele estado.

Ela abriu os olhos.

– Onde...?

Ele segurou a mão dela. Estava fria, apesar de seu rosto e cabelo estarem cobertos de suor, com fios grudados nas bochechas e na testa.

– Não importa agora. Você está segura. Descanse e faremos o que pudermos.

Kora gemeu e assentiu. Gunnar sorriu para ela e a deixou com a parteira, que começou a tirar sua blusa e cuidar de seus ferimentos.

Uma vez lá fora, Sindri parecia preocupado.

– Você quer mesmo trazer isso para nossa aldeia?

Hagen fez uma careta.

– O que mais eu deveria fazer? Deixá-la lá? Abandoná-la nos portões de Providência? Se a minha Liv não tivesse sucumbido à doença, ela teria ficado envergonhada por eu não ter oferecido ajuda.

Sindri balançou a cabeça.

– Se ela vai ficar, então ela será sua responsabilidade, Hagen. Não precisamos de problemas. Não estamos preparados para isso. Fizemos bem em cuidar de Sam, mas ela é uma de nós desde que nasceu.

Gunnar observou os dois homens debaterem antes de falar:

– Eu também vou ajudar. Ela... Eu não tenho um mau pressentimento com relação a ela.

Sindri olhou para ele.

– Porque ela é bonita, não é? Uma linda donzela em perigo.

Gunnar corou.

– É a coisa certa a fazer.

Sindri pensou por um momento, lançando olhares duros para os dois.

– Está bem. Vocês dois. Até que ela acorde e vocês saibam mais sobre ela, ela vai ficar aqui. Não quero que ela fique perambulando pela aldeia e todos os moradores venham bater à minha porta com perguntas.

Gunnar e Hagen assentiram e se entreolharam. Sindri os encarou, carrancudo, e depois voltou para a Casa Comunal. Gunnar se virou para Hagen.

– Vou trazer quantidades extras de comida, óleo de lamparina e lenha para que você não precise sair e vou passar aqui todos os dias para ver como você está.

– Eu agradeço, Gunnar. E concordo. Sinto que ela tem necessidade de ajuda, uma necessidade real, mas isso não é nenhum mal para nós.

Gunnar olhou para a casa de Hagen e então se virou para partir com o uraki. Hagen respirou fundo e olhou para o céu.

– Acredito que tomei a decisão certa. Ela foi trazida aqui por um motivo. Se puder me ouvir, Liv. Obrigado pela sua orientação. Cuide de mim.

—

Aris colocou a mão no ombro de Hagen.

– Farei o melhor que puder.

O velho lhe deu um sorriso caloroso.

– Eu acredito em você, ainda mais sabendo como você tentou ajudar a Sam. Aquilo exigiu muita coragem e bravura. O seu pai e a sua mãe criaram você com honra. Eles ficariam orgulhosos.

Aris desviou os olhos para longe.

– Obrigado. Pensar neles não é fácil… – Ele inspirou fundo. – De qualquer forma, é bom estar cercado por pessoas boas outra vez.

Den saiu de uma das valas atrás da nave e parou diante dos aldeões. Após a morte de Sindri, ninguém se ofereceu para liderar e ninguém questionou a nomeação não oficial de Den para o cargo de líder da aldeia, conforme os aldeões vinham até ele para pedir conselhos ou para que ele organizasse as reuniões da aldeia. Ele era mais jovem do que qualquer líder anterior; no entanto, com a ameaça iminente, parecia uma escolha natural, dada a sua força física e destreza como caçador. Ele assumiu o cargo com humildade, embora não hesitasse em delegar tarefas ou fazer valer sua opinião. Den estava contente por finalmente ter a chance de provar seu valor além do trabalho.

– Temos que trabalhar juntos agora. Todos segurem a corda... Prontos... puxem!

Todos fizeram exatamente o que foi dito, incluindo Aris. Os uraki cravaram os cascos no chão e puxaram com altos bufos e zurros. Os aldeões grunhiram e se agarraram às cordas, mesmo quando elas escorregaram pelos seus dedos ao sentirem o peso da nave assim que foi libertada do solo compactado. Centímetro por centímetro, ela deslizou pela lateral da cratera. Avançava um pouco e depois voltava a escorregar.

Sendo um dos maiores, Den puxava na ponta.

– Vamos! Ou fazemos isso juntos ou não fazemos. Nossas vidas estão em risco – gritou ele, encorajando-os a manter o ritmo apesar da tensão. Os uraki não gostaram do barulho nem de serem puxados com tanta força. Eles estavam acostumados a ficar nos campos e puxar troncos ou pedras, não naves, mas mesmo assim trabalharam e se esforçaram para avançar.

Depois de uma meia hora exaustiva, o módulo de transporte passou sobre a borda da vala até ficar livre de onde pousou. Os aldeões soltaram um suspiro coletivo e comemoraram e se abraçaram pelo feito. Den deu tapinhas nas costas de cada participante e se certificou de que estavam bem após o esforço extremo. Sam trouxe água para todo o grupo, a fim de que se refrescassem e se hidratassem. Aris correu até a carcaça de metal para fazer uma rápida inspeção e espiou lá dentro por uma das janelas. Ele pressionou a junção da porta para liberá-la. Ela se abriu devagar com um rangido. Hagen e Sam apareceram ao lado dele. Com o sorriso sempre otimista, Hagen deu um tapinha nas costas dele.

– O que acha?

Aris olhou para o Sol e para as Luas que começavam a surgir. Uma brisa fresca agitava seu cabelo.

– Acho que vamos acabar passando a noite aqui. Trouxemos algumas ferramentas, sem saber quais seriam os danos. Pode levar algum tempo, isso se não precisarmos de peças.

– Vou começar a montar o acampamento – disse Sam com entusiasmo na voz. Ela olhou para as colinas arborizadas do outro lado da campina enquanto caminhava na direção de um dos uraki com suprimentos amarrados na lateral. Ela pensou ter visto uma sombra, mas devia ser a forma das árvores na luz minguante. A maioria dos aldeões partiu depois de fazer a sua parte, mas Aris, Den, Hagen e Sam permaneceram.

Até tarde da noite, Aris mexeu nos controles com as ferramentas que tinha. Ele puxou uma alavanca de metal no painel de controle, mas sua mão escorregou. Um forte estalo contra os nós de seus dedos o fez gritar:

– Droga! – Ele cerrou os dentes e esfregou as costas da mão. Sam entrou correndo.

– O que aconteceu?

Aris balançou a cabeça e se abaixou para pegar a ferramenta caída.

– Não sei se consigo consertar isso. Pelo menos não com essas ferramentas.

Sam tirou a chave ajustável da mão dele.

– Você precisa descansar. – Ela o conduziu pela mão até um assento na parte de trás da cabine. – Espere aqui. Já volto.

Ela saiu correndo da nave e voltou momentos depois. Carregava uma bolsa de couro. Dentro havia um odre de água.

– Aqui. Tome um pouco.

Ele olhou para o odre e depois para os controles da cabine que não cooperavam antes de tomar um longo gole. A expressão de saudade e tristeza de antes cruzou seu rosto mais uma vez.

– O que foi? – perguntou Sam.

Ele baixou a cabeça e olhou para as botas do Imperium. Ele as odiava. E as teria jogado no fogo junto com os cadáveres do Imperium, mas não tinha mais nada para vestir. Eram uma lembrança de Noble e daquele dia.

– Se eu não conseguir consertar, não teremos as armas e sei que vamos precisar delas.

– Todo mundo está vendo que você está fazendo o melhor que pode. Kora vai trazer homens para lutar. Pode ser que a gente não precise dos canhões da nave.

Ele a olhou nos olhos e colocou a mão sobre a dela.

– Não. Vamos precisar de tudo. Já vi do que aquela nave e os homens a bordo são capazes.

A mão de Sam cobriu a de Aris. Ele respirou fundo.

– Eles não pegam qualquer um como soldado. Não até que tenham certeza de que destruíram você. Quebraram tudo dentro de você. Eles vieram para o meu mundo... fizeram o meu pai se ajoelhar diante de mim e me disseram para matá-lo. Eles me disseram que se eu não... Minhas irmãs, minha mãe, disseram que iriam...

Sam apertou a mão dele.

– Estou com medo. Não quero assustar você, Sam... mas estou com muito medo.

Sam enxugou uma lágrima de um dos olhos de Aris.

– Está tudo bem. Eu também perdi meus pais. Meu pai partiu para Providência e nunca mais voltou, e a minha mãe, sem saber o que fazer com a dor, me disse que ia buscar lenha durante uma das grandes nevascas. Ela saiu para aquela brancura calma e nunca mais voltou. Acho que, em parte, ela fez isso por não ser capaz de se curar como fazia com os outros. Quando ela perdeu a vontade de viver, também perdeu algo muito sagrado e especial dentro de si. Algo que estou apenas começando a entender.

"Fui criada nesta aldeia. Agora eu cuido de mim mesma, mas se precisar de alguma coisa, sei que posso contar com as pessoas daqui. Você pode contar comigo. E quando voltar para casa e quiser companhia, bem, não vou a lugar nenhum. Nunca estive em outro lugar."

Ela encostou a cabeça no ombro dele enquanto ficavam sentados em silêncio por um momento.

Aris devolveu o odre para ela.

– Tem razão. Está ficando tarde e não vou servir para nada caso me machuque. Vou ajudar a terminar de montar o acampamento. – Aris fez camas improvisadas fora da nave para passar a noite. Ele e Sam acharam mais confortável dormir sob as estrelas do que dentro da nave desordenada. Vez ou outra, ele se sentia melhor olhando para as mesmas estrelas que podia ver em seu planeta natal. Outras vezes, ficava cheio de arrependimento.

Apesar da angústia diante da incerteza que enfrentavam, ele adormeceu rápido ao som da brisa nas árvores e do canto dos pássaros noturnos. Por um momento, ele pensou que poderia estar de volta em casa. Sonhou com o pai usando a coroa e carregando o rifle enquanto caminhava pelos campos com um animal morto pendurado no ombro. Ele não parou, mas foi em direção à nave. Olhou para trás, para Aris, e sorriu. Aris queria correr até ele, mas não conseguia se mover.

Ele se mexeu e se revirou até que o som da fogueira e a luz crescente da manhã o fizeram piscar os olhos. Podia sentir o cheiro de comida, mas não sabia se era sonho ou realidade. Então um estrondo. Isso era real. Sentou-se ereto, tocando a arma. O movimento repentino perturbou Sam, que esfregou os olhos e olhou em volta. Todo mundo ainda estava dormindo. Perto do fogo havia um cervo alpino assando no espeto. Seus chifres tinham sido removidos, mas não estavam nas proximidades. Pendurados em um suporte tosco de galhos, havia cerca de uma dúzia de peixes secando.

Sam se virou para Aris com uma expressão confusa.

– Você fez...

Ele balançou sua cabeça.

– Não... e olhe só. Não há rastro de sangue ou sinal de que foi preparado aqui. Quem fez isso não está no acampamento. Mas eu sonhei...

– Den? – sugeriu Sam.

Aris olhou na direção dele. Roncos altos e respiração pesada eram tudo o que vinha de Den.

– Acho que não. A cama dele parece intacta desde a noite passada. Hagen não conseguiria fazer tudo isso sozinho tão depressa.

Houve outro estrondo e uma luz azul vindo de dentro da nave. Eles se entreolharam. Aris sussurrou para Sam:

– Espere aqui.

Ele se levantou e pegou a arma. Com passos lentos e firmes, aproximou-se da entrada aberta. A nave zumbiu quando ele entrou, mas não havia ninguém lá. Foi para dentro da cabine para ver a nave fazendo diagnósticos. Estava consertada. Uma mão em seu braço o assustou.

– Você consertou – disse Sam.

– Não fui eu – respondeu Aris, procurando qualquer evidência de quem poderia ter feito isso. Ele se ajoelhou, vendo alguns gravetos e terra espalhados. Nenhuma pegada de botas. Havia apenas uma pessoa que vinha à mente. Ele correu para fora e olhou para as colinas.

Sam permaneceu por perto.

– No que você está pensando?

Ele continuou a espiar as sombras.

– Jimmy... Foi Jimmy. Tenho certeza.

Os dois semicerraram os olhos para ver se alguma coisa ou alguém se movia acima deles, observando-os. A névoa da manhã tinha um brilho amarelado com o Sol nascente. As sombras se moviam com as superfícies rochosas. De longe, eles conseguiram ver seus olhos brilhantes enquanto ele se mantinha de pé ereto. Sam olhou para a comida que os esperava.

– Espero que ele volte. Ele não precisa ficar sozinho lá fora.

—

Ele não ouviu os gritos de Sam. Foi o tiroteio que alertou Jimmy de que algo estava acontecendo na aldeia. Sabia que Sam estava voltando para casa sozinha depois de deixá-lo perto da água. Foi o suficiente para fazê-lo se levantar e correr em direção ao barulho. Ao se aproximar, ele aguçou a audição. Sabia que Sam estava em apuros. Correu mais rápido rumo ao celeiro, onde percebeu a luta.

A cena o fez parar à porta. Sua mente calculou o que viu, mas foi o sentimento que o fez agir. Foi a mesma profunda ligação e sentimento de lealdade com a princesa Issa que o fez escolher aqueles que eram gentis em vez dos perpetradores do ódio e da guerra. Aquela era uma cena que ele já havia testemunhado diversas vezes, mas tinha suas ordens. As ações não eram suas. E ele sabia como esses cenários terminavam. Optou por desobedecer às ordens e matar o soldado que estava machucando Sam e ameaçando Aris.

A mesma centelha espontânea de determinação aconteceu quando a notícia da princesa Issa chegou até ele, e ele e todos os seus iguais descartaram as armas e pararam de lutar. Ninguém entendeu, exceto eles. A presença dela, e o que ela representava, expandiu a sua consciência criada pelo homem para que desejassem um propósito mais profundo. Eles eram capazes de aprender e sentir por si mesmos à medida que a consciência evoluía. Aquela foi a primeira vez que ele havia matado alguém em muito tempo; no entanto, jamais permitiria que alguém machucasse Sam. A decisão de desafiar o protocolo fez com que ele fugisse do celeiro.

Sam fazia com que Jimmy sentisse o espírito da princesa Issa mais uma vez. Havia algo especial em seu toque, quase curativo. Naquele momento, ele soube que tinha de escolher o que seria. Escolheu fazer o que era certo. Mas também era certo que partisse de novo, para estar no ermo que o chamava. Parou de correr quando chegou ao local nas pedras à beira do rio onde deixou a coroa de flores que Sam tinha feito para ele. Ele a pegou e começou a caminhar rumo à floresta. Quanto mais fundo se aventurava, mais livre se sentia.

Ele encontrou uma pequena clareira e decidiu acampar ali por um tempo. Embora tivesse deixado a aldeia, não abandonaria Sam ou Aris. Jimmy ficou sentado, sem saber o que fazer a seguir. Na escuridão, luzes começaram a brilhar ao redor. Ele estendeu a mão para pegar uma. Ela bateu as asas e ele soube o que era: um vaga-lume. Era atraído por seus olhos que brilhavam como eles. Sentiu um fulgor vindo de dentro que não conseguia explicar. Estava claro o que faria. Ele seria um observador silencioso, interferindo apenas quando necessário.

Não muito longe de uma de suas pernas, avistou um galho caído há muito tempo. Ele o pegou e passou os dedos pela madeira. Olhou em volta até encontrar uma pedra. Com três golpes fortes, ele a lascou para criar uma borda afiada o suficiente para começar a entalhar o galho. Ainda não sabia o que estava criando, mas ajudaria a passar o tempo. Pela manhã ele decidiu que seria seu cajado.

Já havia passado tempo suficiente para que ele quisesse checar seus amigos de longe e ver se sua ajuda era necessária. No campo, pegou um pano preso a um espantalho. Seria a capa perfeita ao entrar e sair da floresta. Ele queria ser algo mais do que apenas um corpo de metal. Jimmy observou Aris e Sam seguirem com os aldeões e alguns uraki em direção aos arredores da aldeia. Perguntou-se o que eles estavam fazendo e decidiu seguir em silêncio. Então a coisa ficou à vista. Um módulo de transporte abandonado. Jimmy conhecia bem o modelo. Se não conseguissem fazê-lo funcionar, ele faria o que pudesse sob o manto da escuridão. Eles também não pareciam ter muitos suprimentos. Teve uma ideia e decidiu se aventurar mais uma vez na floresta. Antes de fazer isso, virou seu cajado, de modo que a ponta pontiaguda estivesse agora no topo.

A escuridão da copa das árvores envolveu Jimmy como uma capa. Ele sabia que muitas criaturas viviam ali. Estava cheia de vida. Mais uma vez, ele pegaria uma delas para que seus amigos pudessem sobreviver. Isso fazia parte do ciclo da vida. Alguns tinham que consumir outros para viver, e isso ia até às menores bactérias no solo sob seus pés. Todas as coisas vivas tinham que ser alimentadas. Jimmy não sentia remorso por caçar, apesar de seu grande respeito por todas as criaturas, grandes e pequenas, da floresta. Ele esperou entre os arbustos até que o cervo alpino aparecesse. Com uma pontaria perfeita e calculada, lançou o cajado na direção dele. O animal voou alguns metros e caiu no chão com um baque forte. Pássaros saíram em revoada das árvores ao redor. Jimmy correu para perto do cervo. Depois de escurecer, levaria a carne fresca para os amigos comerem e verificaria o progresso deles com a nave. Ele sabia que haveria itens que ele poderia usar ao viver ali. Procurou a pedra do tamanho certo. O chão da floresta estava cheio delas. Quando encontrou a adequada, sentiu uma onda de energia, como aqueles vaga-lumes que giraram ao redor de seus olhos.

Depois de deixar o banquete para os amigos, escalou um pequeno afloramento rochoso. Tanto Aris quanto Sam olharam em sua direção. Ele se virou e recuou de volta para a floresta. Encontrou um tronco para se sentar e considerar qual seria o possível resultado de seus esforços. Não muito longe, no chão, havia chifres e um crânio parcial coberto de musgo. Cogumelos cresceram da carcaça agora deteriorada. Ele passou a mão pela cabeça. Naquele momento teve uma epifania. *A autodeterminação é o que molda o indivíduo. E uma mente livre, uma alma livre, é uma coisa grandiosa capaz de façanhas extraordinárias... mas é na escolha inabalável de entregar nossa liberdade a Issa que nosso coração está livre de verdade, em perfeita comunhão com o amor dela.*

6

KAI PREPAROU O CARGUEIRO PARA POUSAR QUANDO SE APROXIMARAM de Neu-Wodi. Kora tomou longos goles de água de uma garrafa de aço e a entregou a Gunnar.

– Se mantenha hidratado. Vai precisar.

Gunnar pegou a garrafa e a tomou até o fim. As portas do cargueiro se abriram e então foram atingidos com temperaturas além de qualquer coisa que Gunnar já tivesse sentido. O vale de Veldt tinha seu próprio microclima cercado por montanhas. Havia estações que nunca eram quentes nem frias demais. Esse era um calor infernal que secou seu suor no mesmo instante. A sensação de sede atingiu suas bocas e gargantas ao inspirar um ar ressecado que tinha o gosto de pedra quente. A poeira os envolveu quando saltaram da rampa de carregamento em direção à aldeia. Kora usou seu casaco para proteger a boca enquanto estreitava os olhos sob a luz intensa do Sol Gunnar puxou a camisa para cima do nariz e da boca e protegeu os olhos. Sua pele exposta ardia com o calor. Kai seguiu na frente pelas ruas áridas e persianas fechadas dos prédios e casas baixas de adobe e pedra da aldeia. Algumas eram pintadas de branco para refletir o calor. Nada de verde crescia para proporcionar sombra: que vida conseguia prosperar ali? O ritmo deles era lento, mas constante, em meio ao ar denso e ao calor que sobrecarregava seus pulmões.

Havia, no entanto, grandes torres de areia endurecida que se elevavam ao céu. O sol os castigava acima de suas cabeças com uma brisa quente que soprava em seus rostos. Pararam na entrada de uma fundição de ferro, feita de pedra. Kai se aproximou do prédio e um homem de tamanho considerável, na casa dos sessenta anos, usando uma camisa de rede, com cabelo grisalho e desgrenhado e bigode, o cumprimentou. Ele enxugou o suor da cabeça calva com as mãos nodosas e disformes e lhes deu um grande sorriso de dentes folheados a ouro e apodrecidos.

– Ora, se não é o maldito do Saaldorun. O que o traz aqui?

Kai riu.

– Senti saudade do seu rosto sorridente, Hickman. Ainda tem aquele homem acorrentado lá atrás?

Hickman olhou por trás do ombro e depois para os três.

– Tarak? Sim, ele está pagando a dívida comigo. Mais algumas dúzias de temporadas e devemos estar quites. Por que se importa?

– Se importa se falarmos com ele? Pode ser que haja um acordo para você.

Hickman acenou com a cabeça.

– Bem, se há dinheiro para ganhar...

O calor lá fora era pouco tolerável e as forjas ainda menos. O som rítmico de metal batendo contra metal enchia a grande oficina, repleta de todos os tipos de armas e peças de ferro espalhadas sobre mesas e caixas. Bem no fundo, perto de outra grande porta, estava um homem sem camisa, com cabelo castanho ondulado na altura dos ombros, amarrado para trás. Ele tinha três linhas tatuadas na base do pescoço, um quadrado preto em cada tríceps e um padrão quadrado nas mãos. O suor escorria pelo rosto, pescoço e torso bronzeados enquanto ele batia uma haste de metal brilhante contra uma bigorna. Seus olhos permaneceram focados no trabalho.

– Ei. Ei! Tarak! – gritou Hickman. Tarak olhou para cima e então retornou à sua criação. O tinir de metal batendo em metal enchia o espaço inteiro. – Essas pessoas querem falar com você.

Kora se aproximou dele. Uma grossa corrente de ferro ia da bigorna até o tornozelo dele.

– Como você acabou com essa corrente na perna?

Tarak continuou a bater na bigorna.

– Um longo caminho de erros. Mas se está aqui para me acusar de crimes contra o Mundo-Mãe, sou culpado das acusações. Resolva com ele. – Tarak ergueu o tornozelo e gesticulou a cabeça para Hickman.

– Não. Não é por isso que estamos aqui – disse Gunnar. – Viemos de uma aldeia e estamos procurando contratar alguns guerreiros para nos treinar e nos proteger contra uma força do Mundo-Mãe.

Tarak parou de bater na barra de metal e olhou para ela. Sua expressão, antes desdenhosa e desinteressada, tornou-se séria. Agora ele estava ouvindo, mas ainda encarava o trio com ceticismo.

– Não sou amigo do Reino. Isso é bem conhecido. E eu lutaria do seu lado com prazer, mas tenho uma dívida no meu nome e honro as minhas dívidas.

Kora voltou a atenção para Hickman.

– Quanto ele lhe deve?

Hickman murmurou para si mesmo e mexeu os dedos disformes e calejados, como se estivesse tentando calcular uma soma.

– Hã… 300 mil darams devem cobrir qualquer inconveniente que sofri.

– Puta merda – xingou Kai.

Kora zombou.

– Não temos esse dinheiro.

– Sem dinheiro? – repetiu Hickman, confuso com a ideia. Um berro alto emergiu da entrada aberta aos fundos da fundição. Hickman abriu um largo sorriso para ela. O ouro em sua boca brilhava à luz da fornalha ardente à direita. – Bem, eu adoro apostar.

– Ah, lá vamos nós – disse Kai, cansado.

Kora se virou para Tarak, que interrompeu o trabalho para ouvir com uma intensidade silenciosa. Ele deu a ela um curto aceno de cabeça.

– Qual é a aposta? – perguntou ela a Hickman.

Os olhos dele se moveram na direção dos gritos contínuos. Gunnar seguiu o olhar dele. Quando viu a criatura, ficou boquiaberto e seus olhos se arregalaram.

– Que raios. O que…

Do lado de fora havia um curral feito de ferro e madeira. Três homens cuidavam de uma criatura magnífica de grande estatura, um enorme híbrido de pássaro e animal. Ele sentiu um aperto imediato de medo na barriga, junto com grande fascínio. Parte dele queria vê-lo de perto, e outra parte queria dar as costas e correr caso precisassem fazer qualquer coisa com aquilo. Como qualquer ser humano poderia ser páreo para aquela criatura ou domesticá-la? Suas patas traseiras, grossas e musculosas, levantavam terra, enquanto as dianteiras com garras tentavam arranhar três trabalhadores do rancho que se esforçavam para segurá-la. Berros altos e guturais escapavam do bico preto que poderia arrancar o escalpo de um homem com um só golpe. Suas penas brilhantes eram da cor de fuligem sob um brilho oleoso. Ele podia ouvir a risada de Hickman. Gunnar olhou ao redor, esperando que seu rosto ou linguagem corporal não traíssem suas emoções conflitantes. Afastou-se e cruzou os braços.

– Estão vendo aquela criatura lá fora? Se chama bennu – explicou Hickman.

Kai entrou na conversa:

– Como diabos você conseguiu um desses? Essa não é a casa deles.

– Ganhei num jogo de azar em Samandrai. Depois de algumas doses de destilado, pareceu uma boa ideia porque a lealdade deles é incomparável. Matam por você. Mas essa coisa maldita não deixa ninguém se aproximar dela. Até matou um homem que tentou alimentá-la. Eu falei que daria mais seis meses e depois seria abatida para usar a carne e para vender as penas pelo alqueire.

Kai assentiu.

– Quem sou eu para julgar?

– Se o Tarak conseguir domar aquela criatura lá fora, as dívidas comigo estarão pagas – declarou Hickman, um pouco desanimado enquanto olhava para a criatura.

– Não há nada de graça na vida. O que vamos apostar? – questionou Kora.

— Se ele não conseguir domar, todos vocês vão receber correntes e algemas. Esse é o acordo – respondeu Hickman.

Tarak não olhou mais para Hickman ou Kora. Seu olhar estava fixo na bennu, cheio de confiança.

— Consegue montá-la? – perguntou Kora.

Sem voltar atrás, Tarak respondeu:

— Sim, consigo. – Ele balançou o martelo em um amplo arco, atingindo a corrente presa ao grilhão em seu tornozelo. Ela se partiu em duas com a suavidade de uma fruta madura. Ele olhou para Hickman quando a chutou para o lado e saiu pela porta dos fundos em direção ao curral. Girou os ombros nus enquanto flexionava os músculos das costas. Sem os grilhões, parecia mais alto e mais largo.

— Ha-ha. Eu tenho que ver isso. – Hickman riu enquanto seguia Tarak. Kora e Gunnar se juntaram a ele na beira do curral. Hickman cutucou Kora e cuspiu na terra. – Não estou muito certo disso. Pelo histórico dele, vai fugir se tiver a oportunidade. Deixou o próprio povo morrer nas mãos do Reino. Há alguns homens em quem não dá para confiar.

Tarak entrou no curral onde os trabalhadores do rancho ainda lutavam para controlar a bennu sem perder a vida. Ela golpeava com o bico pontudo na direção deles com fúria nos olhos.

— Soltem as rédeas.

Um dos trabalhadores sacudiu a cabeça para Tarak enquanto cerrava os dentes.

— Ela vai estraçalhar você.

— Soltem as rédeas e saiam. Agora.

A criatura ficou de pé nas patas traseiras e soltou um meio guincho e um rugido. Os três funcionários do rancho quase caíram uns sobre os outros.

— Como quiser! – gritou um deles enquanto largava as rédeas e corria para a entrada do curral. Os outros dois olharam para trás e não perderam tempo. Fugiram na mesma velocidade. A bennu caiu de quatro enquanto estudava Tarak. Ele estendeu a mão firme e fez contato visual com ela. Os olhos amarelos reluziam sob o sol escaldante. Ele se ajoelhou diante da criatura e baixou a cabeça. Quando ela se aproximou o suficiente para que suas cabeças se tocassem, ele falou com a criatura em sua língua nativa.

– *Shhhh*. Não vou machucar você. Você está longe de casa e eu também.

A bennu ouviu sem atacar.

– Você e eu somos parecidos. Fomos feridos, traídos, nossa confiança foi destruída. – Quando ele parou diante dela, acariciou suas penas grossas que se transformavam em uma penugem mais delicada no final do torso. A bennu virou a cabeça ao toque dele. Ela era notavelmente alguns metros mais alta que ele, com ombros largos que pareciam ainda maiores de perto. Tarak apoiou a cabeça em seu peito e sincronizou a respiração com a dela. Fechou os olhos. – Nós dois conhecemos o medo. Mas o maior medo que enfrentamos é o medo de nós mesmos. Vamos mostrar para eles que não temos medo. Vamos mostrar para eles que somos mais do que os grilhões que nos prendem.

– Ora, maldi... – sussurrou Hickman para Kora.

Kai deu um tapa no braço dele com as costas da mão.

– Parece que você vai acabar perdendo a aposta.

Hickman deu de ombros.

– De qualquer forma eu ganho. Depois de montada uma única vez, posso fazer isso de novo. E ela saberá que pode ser domada. Eu serei o mestre dela.

Sem avisar, a bennu dobrou as patas dianteiras e abaixou a cabeça. Tarak encostou em sua orelha.

– Obrigado. Vamos mostrar para eles quem somos de verdade, sem medo.

Com confiança, mas com cuidado, Tarak agarrou a corda que os rancheiros haviam deixado para trás e laçou o bico antes de subir nas costas da bennu. Montou, deu um tapinha no pescoço, e ela saltou para o céu. A bennu berrou enquanto circulava e mergulhava ao redor do curral. Tarak se apoiou em seu pescoço. Ela voou direto para um túnel de torres de areia letais. Tarak e a bennu passaram zunindo. Seu corpo gigante voou pelo ar com facilidade, mas resistiu à orientação de Tarak. A bennu se chocou contra penhascos de pedra. Ele continuou a aguentar até que ela o atirou em um afloramento rochoso. Tarak rolou e então ficou de pé para correr rápido e pegar a criatura. No tempo certo, ele pulou do afloramento de volta para as costas da bennu. Desta vez, em vez de lutar, eles estavam voando. A bennu continuou, retornando ao curral, e depois mergulhou fundo em direção aos espectadores. Todos eles se agacharam, exceto Kora. Ela olhou para cima e sorriu quando a rajada de vento do voo deles soprou seu cabelo em seu rosto. Ela levantou uma das mãos para sentir suas penas.

Tarak se sentou ereto de novo e a bennu circulou devagar até pousar de volta no curral. Deu-lhe um último tapinha antes de descer. Hickman se levantou e bateu palmas. Ele entrou no curral.

– Bom trabalho!

Tarak estava diante dele.

– Fiz o que você pediu, Hickman.

Hickman não conseguiu conter a vontade de tocar a bennu. Seus olhos estavam fixos nela.

– Sua dívida comigo está quitada.

Tarak inclinou a cabeça.

– Seja bom com ela.

Hickman se afastou antes que Tarak pudesse terminar a frase. Ele fez um gesto impaciente para que os rancheiros entrassem no curral com ele. Tarak parou antes de atravessar a fundição em direção ao cargueiro. Kora olhou para ele, que observava Hickman pedir aos ajudantes do rancho que o ajudassem a montar na bennu. Ele chutou as costelas dela e puxou suas penas.

– Você é minha agora. Vai. – Ela se lançou para o céu com a velocidade de um foguete e corcoveou com toda a sua envergadura exposta. O movimento brusco jogou o desavisado Hickman no chão. – Ah! Ah! – gritou ele enquanto cuspia sangue, deitado de costas. A bennu mergulhou no ar e pousou no peito dele. Suas garras se cravaram na carne de Hickman e mergulharam mais fundo enquanto ela bicava seu crânio e rosto até que se transformasse em uma polpa sangrenta. A carne se esticava e se rasgava enquanto seu bico poderoso o consumia. Os trabalhadores do rancho passaram correndo pela bennu que se banqueteava e voltaram para a fundição. Tarak continuou a observar a bennu com sua caça. Ela se virou para ele, lhe lançando um olhar astuto, depois disparou de volta para o céu e desapareceu de vista com o corpo de Hickman nas garras.

— Boa garota — disse Tarak.

— Como você fez aquilo?

Ele sorriu.

— Eles são nativos do meu mundo. Vivi ao lado deles a minha vida toda e o meu primeiro amor negociava as penas deles quando morriam.

Ela sorriu para ele e seguiu na direção do cargueiro.

Kai já havia começado os preparativos para partir quando Kora e Tarak entraram na nave.

— Essa foi boa. Mais alguém que você conhece ao longo do caminho? — perguntou Kora.

Kai lançou a ela um sorriso arrogante.

— Pode ser que eu tenha mais algumas ideias.

7

CASSIUS ANDAVA PELA PLATAFORMA DE CONTROLE COM AS MÃOS CRUZADAS atrás das costas. Esperava um chamado do Mundo-Mãe de um homem que o deixava mais inquieto do que Noble às vezes, ou os sacerdotes, que ele de fato não considerava serem necessários nas missões em cada mundo. Essa era a razão pela qual ele não tinha nenhum dos implantes que as classes mais altas e os funcionários de alta patente do Reino implementavam no corpo. Isso o deixaria essencialmente aberto aos outros de maneiras que ele não queria. Depois de conectado, não havia saída. Em algum momento, ele talvez fizesse *alguma coisa*, caso contrário sua lealdade seria questionada. Ele permanecia em sua posição, por enquanto, porque o custo de subir na cadeia de comando dentro do Reino tinha um preço muito alto.

Estava esperando uma chamada de Enoque, um dos altos escribas com habilidades que desafiavam a lógica. Ao contrário dos sacerdotes, a presença deles era escassa, embora sempre bem informada. Com Noble, Cassius sabia o que deveria esperar. Não havia limites para a depravação ou falta de misericórdia dele. Ele era um assassino indiscriminado. Enoque era um homem que parecia um fantasma e se infiltrava nos pensamentos e no cérebro das pessoas. O poder dele se estendia além da capacidade de empunhar uma arma ou carregar bugigangas empoeiradas chamadas de relíquias sagradas.

Os aparelhos de comunicação piscaram em vermelho. Uma transmissão estava sendo recebida. Enoque não ia aparecer, não precisava. Sua voz era suficiente.

– Noble e Cassius. O regente solicita uma atualização.

Cassius ficou em posição de sentido por instinto, embora fosse o único no convés.

– O almirante Noble me confiou esta chamada. Ele está... indisposto no momento.

– Está bem. O que há de novo?

– Ainda estamos perseguindo os criminosos Devra e Darrian Bloodaxe. Qualquer pessoa que é pega os ajudando será responsabilizada. Mas estamos perto. Temos olhos e ouvidos em lugares inesperados e Falcões ao encalço deles. Não precisam se preocupar.

– Preocupar? Nunca nos preocupamos. Não há nada de notável que já tenha vindo de Shasu. Eles jogam um jogo que não podem vencer. Apenas saibam que nós também responsabilizaremos qualquer pessoa que não esteja fazendo o trabalho da melhor maneira possível. Essa perseguição termina agora. É um desperdício de energia para os planos que temos para o Reino. Quando receberem um novo contato meu, espero ter a notícia de que eles estão mortos.

Os equipamentos piscaram mais uma vez e Enoque havia partido. Cassius relaxou o corpo tenso. Tinha que contar a Noble os acontecimentos recentes com os Falcões e que *eles* estavam sendo observados pelo Mundo-Mãe.

―

Cassius não era um órfão de guerra ou um aldeão empobrecido sugado pela máquina de guerra do Mundo-Mãe. Era filho de uma família que não era de Moa, mas que vivia lá havia muitas gerações. Tinham sido aceitos por causa da riqueza e posição social na época. Janus e Vesta Falto eram seus pais. Durante anos, desfrutaram das riquezas e do esplendor do Mundo-Mãe. O falcão era o seu emblema e estava em tudo o que pertencia à família. A mãe em particular apreciava o status sempre tendo o melhor de tudo desde o nascimento. Ela se enfeitava com as melhores joias encontradas nas profundezas de Daggus e tecidos de mundos distantes para exibir em festas e eventos oficiais. Ela falava vários idiomas.

Cassius ficava ao lado dos pais em muitos dos eventos, vestido como um senador em miniatura. Seu papel era ser visto, mas não ouvido, como a próxima geração que representaria a família. Ele era um acessório para os pais, uma família de cidadãos exemplares que carregava a glória do Reino. Escutava atentamente a conversa dos adultos, observando tudo. "Ele é só uma criança", comentavam sobre eles antes de continuarem a discutir política ou fofocas da corte. Contudo, por trás da aparência de sucesso, ambos tinham vícios que selaram o destino dele ainda jovem.

Vesta tinha todos os novos aprimoramentos biológicos disponíveis. E Janus, para pagar todos os desejos da esposa, fez acordos com as pessoas erradas e criou grandes dívidas. As brigas dos dois ecoavam pela casa enquanto Cassius ficava acordado na cama, ouvindo.

Ela gritava que a casa de inverno precisava de outra reforma, que o antigo aprimoramento de seu corpo precisava ser ajustado. Ele retribuía as exigências dela, ameaçando deixá-la por uma de suas amantes, que lhe dava o que *ele* precisava. Pela manhã, a calma retornava e eles viviam em uma miséria harmoniosa e elitista. Os funcionários da casa nunca comentavam as brigas e Cassius jamais tocava no assunto. Ele continuava sendo bom, fazendo o que lhe era dito para evitar que as mudanças de humor ou as exigências dos dois se voltassem para ele. Isso continuou até pouco depois de seu 15º aniversário, quando recebeu seu primeiro rifle feito de ouro e madeira rara de ébano petrificado de Shasu. Um falcão adornava ambos os lados da coronha do rifle.

O senador Remus chegou tarde da noite. Era um horário incomum para visitas. Cassius saiu de seu quarto e observou das sombras e pelos cantos até Remus ir ao escritório de seu pai. Ficou atrás da porta para ouvir o negócio incomum que devia estar ocorrendo. Será que o pai partiria novamente em "assuntos oficiais" e para os braços de suas muitas amantes que nada exigiam dele?

— Senador Remus, a que devo a visita inesperada?

— Foi minha intenção que fosse inesperada. Assim, não teria desculpa para evitar a mim ou ao negócio em questão.

O pai gaguejou. Cassius percebeu o nervosismo na voz dele.

— E que negócio é esse? Posso garantir que tudo está bem na minha casa.

— Não foi isso que ouvi. Como pode ou não saber, as Informações Mestras são auditadas. Ainda mais daqueles que devem seguir um padrão diferente. As melhorias da sua esposa nos deixaram a par das suas circunstâncias pessoais. E fui alertado sobre suas dívidas crescentes. Não podemos aceitar isso de um senador de sua posição. O Reino não tolera homens de caráter inferior ou comum. Você tem sorte do nome da sua família ser amado pelo Mundo-Mãe. Precisa estar à altura disso.

— Prometo pagar tudo de volta. Seja qual for a dívida de Vesta e as garantias que dei... Preciso de tempo.

— Você está sem tempo. O pagamento deve ser feito agora.

— Eu não tenho nada. Tudo se foi, exceto as nossas casas e o que há dentro delas. A equipe mínima que temos é paga com alojamento e alimentação.

Houve uma pausa. O coração de Cassius batia forte no peito. Isso era ruim. Dava para sentir.

— Você tem seu nome. E tudo e qualquer coisa no universo pode ser considerado moeda.

Ele podia ouvir a respiração pesada de seu pai.

— O menino. Podem ficar com o menino. Ele servirá bem ao Mundo-Mãe.

O coração de Cassius afundou ao sentir seu destino ser jogado no ar como uma moeda num jogo de azar. Seu corpo tremeu ao ouvir a rapidez com que o pai o negociou. Ele tinha sido usado como peão naquele jogo adulto que não entendia por completo, mas sabia que odiava. Sua família e todos os seus amigos eram fraudes.

– Sim, o menino quitaria tudo. Amanhã um sacerdote virá buscá-lo e ele será levado ao mosteiro para continuar os estudos. Dependendo do que virmos nele, poderá ir para a academia militar depois.

Cassius não precisou ouvir mais nada. Era o bastante. Correu para o quarto e fechou a porta. Ele olhou pela janela para as três Luas brilhantes acima. O que o pai tinha feito era imperdoável. Seria a última vez que os veria ou falaria com eles.

Cassius acordou quando a criada trouxe um farto café da manhã com todos os seus pratos favoritos. Carne crocante em fatias finas sobre uma torrada com manteiga derretida. Frutas fatiadas, pães doces com creme e uma vitamina de iogurte de frutos silvestres foram apresentados em uma bandeja de prata. Seu estômago roncou. Aos quinze anos ele estava sempre com fome. Mas era uma forma patética de pedir desculpas ou dizer adeus. Fez com que se sentisse barato. Levantou-se e se vestiu, deixando a comida.

Ele saiu para a sala principal, onde os pais estavam tomando chá e conversavam em voz baixa. A mãe se levantou primeiro com sua pele jovem, aprimorada cirurgicamente, parecendo brilhante e esticada. Os dois estavam com roupas formais para receber um visitante. Ela abriu os braços.

– Meu querido. Temos as melhores notícias. Você foi selecionado para entrar a serviço do Imperium mais cedo. Isso não costuma ser concedido. É uma enorme honra para a nossa família continuar a serviço do rei. Você pode continuar a nossa linhagem e manter o nosso nome no devido lugar no Mundo-Mãe.

Cassius permaneceu impassível, ignorando a tentativa da mãe de abraçá-lo. Ele recuou. Ela pareceu magoada com isso e deixou cair os braços e o sorriso.

– Você ouviu sua mãe? Essa é uma grande notícia. Você se tornará um senador como eu algum dia, ou algo ainda maior. Sei que não é muito tempo, mas você partirá hoje. Não queríamos que perdesse a oportunidade.

Cassius olhou para os dois, seu ódio e tristeza batalhavam num duelo em sua alma. Seus pais eram mentirosos e covardes.

– Entendo – respondeu, enquanto lhes dava as costas e ia até a entrada para esperar seu destino chegar. Não importava se seriam cinco minutos ou cinco horas. Aquela não era mais sua casa. Tinha visto os sacerdotes, ouvido falar do papel vital deles nas conversas dos adultos, mas na maioria das vezes eles o assustavam. Sentou-se no longo banco com as mãos nos joelhos enquanto olhava para uma pintura enorme dos três. Se pudesse, pegaria uma lâmina e a rasgaria em pedaços. Os passos do pai puderam ser ouvidos à sua direita.

– Você não tomou o café da manhã e não falou nada.

Cassius se virou para encarar o pai.

– Não há nada para dizer. Já foi decidido.

Seu pai abriu a boca para falar quando a criada se aproximou com uma pequena bolsa pronta. Ela a colocou no chão.

– Senhor, recebemos uma transmissão. O sacerdote chegou.

Cassius se levantou e pegou a bolsa. A mãe apareceu com lágrimas nos olhos – que costumavam ser pretos, mas agora eram de um tom claro de azul depois da última rodada de implantes. As lágrimas dela não significavam nada. Todos os seus segredos, mentiras e lembranças não lhes pertenciam, faziam parte do conjunto coletivo de informações que o Reino utilizava como seu próprio tipo de moeda.

Um sino alto a sobressaltou. A porta automática da frente se abriu. Cassius encarou o sacerdote, que usava pesadas vestes vermelhas apesar do calor do verão. Seu rosto branco e úmido com um tom esverdeado não estava coberto com uma máscara, embora parecesse que ele usava uma. Tinha a aparência de uma máscara mortuária. Suas mãos finas estavam entrelaçadas. Veias vermelhas e azuis pareciam teias por baixo da pele.

– Estou aqui para coletar o que foi prometido. – Sua voz não combinava com a aparência. Era profunda e pesada. No escuro, poderiam até pensar que estavam na presença de um demônio.

Cassius pegou a bolsa.

– Estou pronto para ir.

De costas para sua mãe, ela agarrou seu braço; no entanto, ele continuou a sair pela porta aberta e passou pelo sacerdote. As pontas dos dedos dela escorregaram do braço dele. Ele não olhou para trás, porque ver o rosto deles poderia deixá-lo tão enjoado quanto ter que partir com aquele estranho homem de fé trajado de vermelho.

Cassius esperou ao lado do veículo de transporte até que o sacerdote o alcançasse, caminhando devagar.

– Pode entrar. É uma curta viagem até o módulo de transporte. Vai descobrir que o mosteiro é muito diferente daqui.

Cassius não respondeu. O que ele poderia dizer? Entrou no veículo para nunca mais voltar.

O sacerdote se sentou de frente para Cassius. Seus olhos e rosto claros não se desviaram dele. Cassius permaneceu em silêncio, ignorando a tensão crescente, as expectativas não ditas daquele momento em diante. O sacerdote foi o primeiro a falar.

– Ficar em silêncio é uma característica valorizada no sacerdócio. A observação lhe dará um poder que aqueles que preferem se fazer ouvir não têm. Concorda?

Cassius deu de ombros.

– Só não tenho muito o que dizer.

– Hum. Duvido. Bem, no mosteiro você descobrirá se esse é o seu caminho.

– E se eu não quiser ser sacerdote? Meu pai queria que eu fosse senador.

–Seu pai não tem poder de decisão nesse assunto. Você pertence ao Mundo-Mãe e vive exclusivamente para a glória do Mundo-Mãe. Você será observando e então decidiremos.

―

Eles chegaram ao mosteiro três dias depois, no meio da noite. Havia pouquíssimas luzes visíveis conforme se aproximavam. O tempo que ele passaria ali seria em isolamento. O castelo transformado em mosteiro estava em um mundo engolido pelo Mundo-Mãe em uma das muitas campanhas. O edifício grandioso, feito de colunas de basalto branco e cinza, ficava no alto de um platô com vista para um vasto mar. A floresta que antes crescia ao redor do castelo foi queimada até as raízes na batalha final e nunca mais voltou a crescer. O castelo pertenceu ao outrora rei, que morreu no dia em que o Imperium chegou. Por causa da biblioteca que possuía 50 mil livros de todo o Universo, os sacerdotes pediram para assumir o controle dele. Foi graciosamente dado a eles.

Cassius caminhou pelo corredor principal que possuía objetos estranhos sob holofotes em amplas alcovas. Parou diante de um grande cetro feito de osso. O sacerdote parou ao lado dele.

– Vê, você é curioso. Esse é o Cetro Dourado. Ali está o Livro da Lei, com a linhagem do monarca, e há muitos outros.

Cassius permaneceu calado, mas isso não enfureceu o sacerdote. Ele girou nos calcanhares e recomeçou a andar. O som de seus passos era o único ruído no prédio mal iluminado até chegarem ao final do corredor. Cassius não viu outro sacerdote. Viraram à direita para outro corredor com diversas portas de aço a intervalos regulares. Eles pararam no meio.

– Aqui é onde você vai ficar. Um seminarista estará aqui pela manhã para passar sua agenda. Em um ano será decidido se você permanecerá ou irá para a academia militar.

– Eu não tenho qualquer voto na questão?

O sacerdote o encarou como se pudesse ler sua mente ou ver sua alma. Isso fez Cassius querer fugir. Estava ali porque alguém entrou no cérebro de sua mãe e soube de todos os segredos deles.

– Algum de nós tem algum voto sobre o nosso destino ou sobre as dificuldades que enfrentamos?

O sacerdote apertou um único botão vermelho brilhante no centro da porta. Ela se abriu. O jovem olhou para o interior. Era estéril e espartano.

– Durma bem, Cassius.

– Obrigado. – Ele entrou no quarto e fechou a porta com os controles na parede interna. Colocou a bolsa no chão e se sentou na cama. Não acreditava em nada do que esses sacerdotes ou o Mundo-Mãe pregavam. Mas não havia como escapar de nada disso. Encontraria uma maneira de viver; depois, talvez uma saída se apresentasse. O Universo era um lugar grande.

—

Ele possuía uma residência no Mundo-Mãe dedicada ao prazer e um pouco de dor, mas quando não estava lá (o que acontecia com frequência), tinha outros meios de relaxar. Noble gemeu quando as gavinhas pretas e lisas massagearam e sondaram seu corpo. O aperto cada vez maior em torno de seu pênis, pulsos e pescoço o fez esquecer quem ele era e qualquer coisa que existia fora daquele quarto. Gostava de sentir a traqueia contraída até que a falta de oxigênio lhe desse uma sensação de euforia vertiginosa. Minúsculas ventosas invisíveis ao olho humano o excitavam com um prazer que a maioria dos humanos não sabia que existia. Os Gêmeos chegaram até ele como um presente de um chefe de guerra em um mundo rico em fósforo. Foi o único presente que havia recebido na vida que tinha significado alguma coisa ou que lhe deu verdadeiro prazer. Poucas coisas o satisfaziam.

Ele arqueou as costas e tensionou as nádegas enquanto gritava em êxtase. Seus olhos se arregalaram e os tendões de seu pescoço pareciam prestes a se romper quando foi levado à beira da morte, vendo o nascimento de estrelas toda vez que se encontrava nas garras dos Gêmeos. Eles o soltaram quando ele teve um orgasmo. Logo em seguida lamberam seus fluidos corporais. Seus tentáculos viscosos se afrouxaram e ele piscou os olhos antes de recuar, cambaleando.

– Me deixem olhar para vocês agora.

Ele se deitou em uma espreguiçadeira e tragou de um narguilé ao lado, cheio de erva-venenosa e baga picante. Pressionou o bocal largo em uma das muitas manchas vermelhas e finas de pele em seu torso que levariam a erva-venenosa direto para dentro do corpo. O quarto se encheu dos gorgolejos e silvos dos Gêmeos na cama. Duas batidas interromperam sua observação dos Gêmeos se contorcendo em formas inumanas.

– Entre.

A porta se abriu. Cassius espiou pela abertura. Olhou para a cama e depois para um Noble nu, deitado com uma perna no chão e a outra estendida. Seu pênis flácido estava à vista, com um fio de sêmen grudado na coxa.

– Cassius, por favor, junte-se a nós. Quer uma rodada com os Gêmeos? Não há exercício melhor do que uma luta-livre nessas longas viagens. – Noble limpou o líquido branco do pênis com o dedo e o atirou em direção à cama. Os Gêmeos gorgolejaram e pularam quando pousou neles. Noble riu. – Os Gêmeos são insaciáveis. Eu adoraria saber quem os criou.

Tomando o cuidado de esconder o nojo, Cassius apertou os lábios, mantendo os olhos no rosto de Noble.

– Obrigado, senhor, é tentador, mas tenho outros assuntos urgentes. Recebemos um comunicado dos Falcões. Eles estão solicitando um encontro conosco. Capturaram uma criatura que tem informações sobre Bloodaxe e o irmão dela.

Os olhos de Noble se estreitaram com outra tragada do narguilé.

– Você é diligente, não é, Cassius? Excelente. Me avise quando chegarem. – Ele exalou uma nuvem de fumaça na direção de Cassius, enviando o doce aroma de erva-venenosa. – E a chamada de Enoque. Ele pareceu satisfeito com nosso progresso?

– Pareceu. Querem que isso seja resolvido o quanto antes.

– Eu não tomo atalhos nas minhas missões. Mas todas são excelentes notícias. Volte quando os Falcões chegarem.

– Sim, senhor.

Noble se levantou, largou o narguilé e deu passos lânguidos em direção aos Gêmeos. Cassius observou Noble olhar para as criaturas que mudavam de cor e tamanho. Noble jogou a cabeça para trás boquiaberto e de olhos arregalados quando os Gêmeos o agarraram de novo. Cassius virou a cabeça, sem querer saber tantas informações íntimas sobre seu superior.

Cassius fez continência e estremeceu ao sair pela porta que se fechou e se trancou automaticamente atrás dele. Ele parou por um momento e ouviu.

– De novo. Desta vez vou mais fundo e você mais forte.

Cassius caminhou pelo corredor, se recordando daqueles primeiros dias em que conhecera Noble e como se tornou seu primeiro em comando.

O mosteiro e o sacerdócio não deram certo para Cassius. Os sacerdotes odiaram sua irreverência e o enviaram para a academia militar depois que ele recebeu a notícia de que os pais foram despojados de tudo que antes tornava sua família grandiosa. Ele se recusava a comer ou a sair do quarto no mosteiro. Cassius se sentia destinado a passar a vida no exército, pois não tinha fortuna nem uma família que pudesse ajudá-lo de qualquer forma.

Atticus Noble caminhava pelos corredores até as salas de treinamento com uma confiança que Cassius não possuía. Atticus não tinha problemas em expressar sua opinião ou impor sua vontade sobre os outros, apesar dos protestos. Conquistava a maioria das pessoas com seu charme porque, embora a família Noble fosse de Moa, não era notável em termos de riqueza ou status. Quando Cassius estava sozinho no outro extremo do refeitório, Noble foi até ele.

– Fiquei imaginando se você estaria aqui.

Cassius lhe lançou um olhar confuso e depois olhou para os outros dois recrutas parados em silêncio atrás dele.

– Como sabe quem eu sou? – perguntou Cassius.

Noble sorriu.

– O que aconteceu com a sua família é conhecido em certos círculos. Sem ressentimentos, espero. *Meu* pai só estava fazendo o que era certo.

Cassius não precisava saber mais. As famílias aristocráticas de Moa e os senadores lutavam por poder e favores, independente de quanto o custasse, em especial os que estavam na base.

– Faz algum tempo que não vou para a casa da minha família. Agora nunca mais voltarei – declarou Cassius.

Noble colocou a mão em seu ombro e sorriu.

— Eu também sei disso. Você não pode ser responsabilizado pelos pecados do seu pai. Talvez um dia possa recuperar a dignidade do seu nome. Fique comigo. Talvez eu possa ajudar.

Cassius assentiu. Perguntou-se o quanto Noble sabia sobre a queda de seus pais da boa posição à vergonha final de não possuir nada. A ousadia de começar a conversa assim o chocou. Ele afastou a raiva, apenas por necessidade. Por ora, precisava se concentrar em passar pelo treinamento. Não havia outro lugar para ir. Noble era um enigma, mas Cassius havia aprendido que a única maneira de ter certeza de alguém era observar à distância. Não cometeria os mesmos erros que os pais.

— Obrigado. Agradeço a boa vontade.

Noble foi embora com os outros dois a reboque e com a cabeça erguida enquanto outros o cumprimentavam quando ele passava. Cassius pegou sua refeição simples e insípida e se sentou sozinho. Só alguns meses depois foi que Cassius teve um vislumbre do verdadeiro Noble, o lado implacável e cruel.

Atticus pressionava o rosto do recruta na carcaça aberta do animal. O fedor de mijo e das entranhas estouradas da criatura enchiam o ar. Alguns recrutas ofegaram, outros riram da cena. Os olhos de Noble tinham uma expressão selvagem enquanto ele cerrava os dentes. Ele não apenas buscava derrotar seus oponentes, ele precisava humilhá-los. Cassius estava ao lado de Noble, observando a cena sem comentar ou demonstrar emoção.

— Veja, Cassius, Braun nos fez perder a simulação hoje. Pior que isso, ele se recusou a admitir. É assim que devemos ensinar aqueles que aspiram a ser os melhores, para a glória do Mundo-Mãe, é claro.

Vômito escorria da boca de Braun, enquanto Noble mantinha o joelho nas costas dele e seu braço dolorosamente torcido para fora da articulação.

— Perdão! Eu estava errado!

— Humm. Agora é tarde demais, mas você também deveria pedir desculpas para o Cassius. Ele tentou falar e você não ouviu. Sua arrogância nos fez falhar!

— Desculpe, Cassius. Você tinha razão.

Cassius permaneceu em silêncio, sem precisar de desculpas. Apenas tinha dito a Braun que ele estava errado na direção da simulação. Noble não falou nada durante o desentendimento. Era costume dele se cercar de alguns indivíduos um pouco mais inteligentes, porém sem determinação ou ambição. Por fim, Noble conseguiu entrar nos círculos certos, convivendo com as pessoas certas.

Noble se levantou e limpou os pés na grama. Olhou ao redor para os recrutas reunidos, que não disseram uma palavra.

— Acho que já deixamos o nosso ponto claro aqui, Cassius. Vamos.

Cassius olhou para Braun, que estava com a cabeça baixa. Passou por cima da carcaça e seguiu Noble de volta ao centro de treinamento. Ele alcançou Noble.

— Aquilo foi necessário?

Noble parou e o olhou nos olhos.

— Achei que você ficaria mais grato, mas entendo. Seu pai obviamente não sabia como orientar você ou a si mesmo no caso. Ele estaria vivo se soubesse. Assim, vou perdoar essa pergunta desta vez. Veja, Cassius, foi necessário porque nós é que temos que *fazer*. Quem mais fará o que for necessário quando chegar a hora? Isso é o que nos diferenciará de todos esses ratos.

Cassius lhe deu um breve aceno de cabeça. Não discutiria porque ninguém jamais havia feito algo assim por ele. Com certeza não o seu falecido pai, que acabou executado, talvez não por homens melhores, mas certamente por homens que sabiam como conseguir o que desejavam. Como Noble e o pai dele.

—

Eles deixaram Neu-Wodi, a paisagem esparsa e escaldante de areia e rocha marcada por impactos de asteroides milenares, para Daggus, um planeta-cidade lotado com todas as espécies que praticamente viviam umas em cima das outras como os cartazes colados e grafites em qualquer espaço disponível ao longo dos quilômetros e mais quilômetros de becos que conectavam os edifícios. As minas de cobalto colocaram esse mundo no mapa universal e atraíram todas as espécies do Universo até ali para escavar o manto do planeta. Nenhum espaço restava para ser considerado sagrado para os habitantes originais. As florestas foram derrubadas para dar lugar a pedreiras. Rios e lagos, represados para que a água doce fosse utilizada pelas empresas de processamento. Quando toda a vida aquática desapareceu devido à pesca excessiva e à poluição, grandes fossas de resíduos a substituíram. Enormes blocos de habitação e infraestrutura para a força de trabalho e empresas de transporte nivelaram a superfície. A vida nativa morreu, deixando muito pouco da aparência de Daggus antes da mineração dominar. A fumaça negra se elevava tão alto quanto os arranha-céus. Alguns dos edifícios eram novos, com luzes intensas e construídos com a tecnologia mais recente. Outros tinham sido deixados inacabados por construtores que ficaram sem dinheiro no meio do caminho. Pareciam cadáveres de cimento e metal de uma indústria inchada. Além desses, havia os edifícios que eram tristes resquícios das primeiras habitações, os quais agora ficavam para os mais pobres entre os pobres e os desabrigados. Tudo o que forneciam era proteção contra os elementos. Mesmo assim, muitos permaneciam e morriam lá, sem poder esperar por mais nada.

Naves de todos os tamanhos e marcas passavam zunindo umas pelas outras, cortando a espessa poluição que nunca se dissipava completamente por muito tempo. Kai conduziu o pequeno grupo até uma loja de macarrão barato. Gunnar parou na frente, sem saber para onde olhar com a infinidade de sons, idiomas e luzes estimulando seus sentidos em todas as direções. A maior cidade que tinha visitado na vida era Providência.

– A quem vamos pedir ajuda hoje? – perguntou Kora para Kai.

Kai fez sinal para Kora se sentar no bar.

– Um assassino. Um assassino implacável. Dadas as suas habilidades com as armas, vocês dois vão acabar se dando bem.

Lá dentro, uma criatura com rosto alongado e papada ainda mais comprida cortava tentáculos roxos e viscosos antes de colocá-los em tigelas. Os azulejos da cozinha estavam cobertos de gordura amarela endurecida e chamas azuis saltavam altas do lado de fora de uma panela. O restaurante tinha uma estrutura simples, com apenas um *chef*, que parecia imune ao calor e ao óleo borbulhante. Os clientes esperavam pacientemente pela comida em um longo balcão em forma de L. Havia poucos itens no cardápio, então a pequena tripulação comeu o que lhes foi servido. Gunnar deu algumas garfadas na tigela gordurosa com uma espécie de marisco pequeno preso no fundo e nas laterais. Ele a afastou e tomou um gole de cerveja. Tarak havia terminado de devorar sua porção e olhou para a Gunnar.

– Vai comer isso? – Sua voz tirou Gunnar da cerveja.

– Não, não, vá em frente – ofereceu Gunnar.

Tarak lambeu os lábios.

– Tem certeza? Eu nunca roubaria a mulher ou a refeição de um homem.

Gunnar deslizou a tigela para a frente de Tarak.

– Aproveite. Prefiro mais um pedaço de carne.

Kora andava diante da fileira de assentos do bar. Não escondia sua impaciência.

– Quanto tempo vamos ter que esperar?

Kai ergueu os olhos da tigela e limpou os lábios manchados de molho de pimenta e gordura.

– Ora, não somos robôs. Temos que comer. Relaxa, já mandei avisar. Dê uma chance para ela, ela virá.

Kora se virou para ele.

– Estamos perdendo tempo sentados aqui. Cada momento que passa é um momento em que não estamos montando uma defesa.

O vapor da cozinha se dissipou. Uma mulher com roupas pretas largas segurava uma xícara de chá nas mãos que pareciam estar cobertas por luvas de metal. Seu rosto estava escondido sob um chapéu de abas largas.

– Estão procurando por mim? – perguntou, sem entonação ou emoção ao erguer o olhar.

Kai olhou para Kora e depois para a mulher.

– Depende, é você aquela que chamam de Nêmesis?

Ela examinou o bar e levantou a cabeça para olhar para Kora.

– Sou. Por que me procuram?

Kai sorriu e cruzou os braços, voltando a olhar para Kora.

– Viu só. Eu disse que encontraria ela. Talvez seja hora de vocês começarem a confiar em mim.

Kora deu um passo em direção a ela.

– Precisamos de pessoas como você.

Antes que ela pudesse continuar, gritos e berros do lado de fora do restaurante de macarrão fizeram Nêmesis se virar no assento. As pessoas chamavam seu nome pelas ruas. Mas não parecia uma festa. Uma mulher chorava entre os gritos. Um homem quase passou por ela antes de parar e voltar. Ele parecia ter vindo das minas. A pele sob os olhos estava flácida e escura. Suas roupas estavam esfarrapadas e sujas do trabalho.

– Nêmesis! Nêmesis! Por favor, uma criança foi levada...

– Foi...?

Ele acenou com a cabeça enquanto olhava para o bando de forasteiros que não pareciam trabalhadores de Daggus.

– É a Harmada. Ela... está agindo como louca. Matou um segurança; a gente a encurralou nas entranhas, mas ela está ameaçando a criança e só...

Nêmesis se voltou para os guerreiros que a procuravam.

– Vamos lá. Aí veremos se podemos trabalhar juntos.

Nêmesis deixou seu assento. Ela tinha duas espadas embainhadas de cada lado do quadril, as quais eram tão chamativas quanto suas mãos. Kai, Kora, Tarak e Gunnar seguiram Nêmesis e o homem pelo beco do lado de fora do restaurante, até chegarem a um elevador de metal aberto com vista para a cidade amontoada. O Sol derretido no horizonte iluminava a poluição. O homem apertou o botão com uma seta brilhante. Isso ligou o elevador que, com um solavanco, se moveu em direção às entranhas.

Quanto mais fundo avançavam, mais quente e úmido ficava. A luz fraca mostrava muito pouco, exceto pelas pichações e condensação.

– Então, qual é o trabalho? – Nêmesis perguntou para Kai.

– Representamos uma aldeia numa pequena Lua chamada Veldt. A aldeia enfrenta a ameaça de aniquilação pelos exércitos do Mundo-Mãe. Com a sua reputação, pensamos que isso talvez possa lhe interessar.

– E você quer...

Kai respirou fundo.

– Estamos procurando guerreiros para se juntarem à luta e protegê-los.

– Vão colocar esse punhado contra oficiais e soldados do Reino?

O elevador parou de repente.

– Por aqui! – chamou o homem enquanto corria adiante.

Kora alcançou Nêmesis antes que ela tivesse ido longe demais ou se envolvesse em uma luta feia.

– É o que vamos fazer. Vamos tentar. – Nêmesis acenou com a cabeça antes de se aproximar do grupo de pessoas que conversavam entre si. Uma delas estava curvada, soluçando. Eram inquilinos das entranhas e as pessoas do alto que conheciam a criança desaparecida. Ninguém ia além de onde a iluminação do teto parava e, em vez disso, ficavam próximos à entrada de um labirinto de vielas que se contorciam como os canos acima. Vapor e calor escapavam pelas paredes e pelo teto.

Nêmesis caminhou no mesmo ritmo do grupo de guerreiros.

– Isso está me parecendo uma missão suicida.

Gunnar olhou para Kora e depois para Nêmesis.

– Achamos que temos chance. É tudo o que temos no universo. Precisamos tentar ou morrer tentando.

– Eu respeito isso. Vou me unir a vocês se tiver a chance de derramar o sangue dos oficiais do Reino – respondeu Nêmesis enquanto examinava os becos escuros à frente.

– E terá essa chance – garantiu Kora.

Nêmesis tocou o cabo de uma de suas espadas com um leve som de metal contra metal.

– Vamos conversar depois.

Kora afastou o casaco do quadril antes que Nêmesis pudesse caminhar em direção à ameaça invisível.

– Caso precise, eu tenho reforços.

Nêmesis estudou a pistola de Kora.

– Deixe que eu cuide disso. Harmada se acostumou com a dor do luto. Conheço intimamente a raiva dela. Não somos inimigas.

Kora assentiu e foi até Kai para lhe dizer para não atirar também. Uma mulher que tinha exaustão estampada no rosto e rugas profundas dignas de uma pessoa com o dobro da idade correu até as duas guerreiras. Seus olhos estavam injetados de tanto chorar e sua voz, rouca.

– Nêmesis! Eu imploro! Não tenho nada a oferecer, mas por favor! Ela está com a minha filha.

Nêmesis olhou para a multidão, que estava com todos os olhos voltados para ela. Alto o suficiente para o grupo ouvir, dirigiu-se a eles.

– Segurem ela.

Duas mulheres deram os braços à mãe que chorava e lhe lançaram um olhar de pena. Nêmesis passou pelos espectadores e entrou num beco escuro. Não havia como dizer até onde ia, pois o chão e o teto desapareciam na escuridão total. O chão e as paredes, cerca de três metros à frente, brilhavam com uma gosma fina. A condensação escorria de cabos pendurados acima. Pareciam uma teia circular. Um esconderijo perfeito. O zumbido da cidade acima deles parecia enviar uma vibração através das paredes. O fedor de urina e excremento dos sem-teto pairava no ar pesado. Desagradável, porém não desconhecido para Nêmesis. Ela parou e levantou um braço para o lado, segurando a espada com a outra mão.

– Apareça. Sabemos que você está aqui. Eu só quero conversar. Isso é tudo.

Nenhuma alma fez barulho enquanto esperavam que Harmada aparecesse. Todos sabiam que espaços escuros e lotados podiam ser perigosos. Indivíduos desapareciam o tempo todo em Daggus, sem qualquer cuidado ou preocupação. Mas as crianças do BUD (Bloco Urbano de Daggus) 410 desapareciam em uma taxa anormalmente elevada. O problema em Daggus era o custo de vida exorbitante, os aluguéis disponibilizados pelos empregadores eram válidos por dez anos. Sair mais cedo significava multas pesadas que os trabalhadores mal remunerados não podiam pagar, e sempre havia alguém para ficar com a moradia ou o emprego.

Ninguém ia embora, não podiam. O trabalho em Daggus começava com muitas promessas, mas sempre terminava em pobreza. Os contratos abusivos davam pouca margem para movimentação e, de qualquer forma, para onde as pessoas iriam? De volta para seus planetas natais destruídos pelo Reino? Mundos mortos que deixaram refugiados desesperados.

Tinha sido essa necessidade de um lar que levara à colonização de Daggus. A primeira empresa de mineração, Tecton Cobalt, criada localmente, acabou se fundindo e recebendo ajuda de uma corporação maior que pagou a conta de toda a infraestrutura importante do planeta intocado. Com o custo tão elevado, margens maiores significavam mais para a empresa e menos para os trabalhadores. Isso lançou as bases e o precedente de como os negócios eram feitos. Era um lugar onde grandes fortunas eram feitas e muitas vidas perdidas.

As entranhas do BUD 410 eram repletas de sapatos, brinquedos e roupas ensanguentados; no entanto, ninguém conseguia descobrir quem cometeria crimes tão hediondos contra os inocentes. Os policiais não eram pagos o suficiente para arriscar a vida. Eles faziam o básico para manter os negócios funcionando bem, as questões internas não importavam para eles. Crianças mortas não importavam.

Vez ou outra, vigilantes desciam para patrulhar. Eles nunca mais voltavam. Os corpos nunca eram encontrados e, portanto, o Conselho de Daggus se recusava a gastar dinheiro com o envio regular de patrulhas do exército. A empresa proprietária do prédio havia dito que não assumia qualquer responsabilidade de acordo com a Seção 7.1 dos contratos de locação. Era responsabilidade dos pais manter os filhos seguros. Depois de arrecadar fundos e donos de lojas locais contribuírem com o próprio dinheiro, os moradores obtiveram permissão para instalar câmeras.

Demorou apenas duas semanas para o culpado ser descoberto. Uma toupeira mineradora aposentada, quase cega, com cerca de cento e dez anos, que morava no andar 400, foi quem reconheceu a criatura metade mulher, metade aranha com o corpo de uma criança envolto numa teia branca. A toupeira disse com olhos pálidos e chorosos:

– Eles a chamavam de Harmada... uma espécie nativa daqui.

Os moradores tentaram fechar as entranhas, mas foram impedidos pelos proprietários da empresa. Violava a saúde e a segurança. A única esperança deles era Nêmesis. Seu encontro com Harmada já era há muito esperado e esse momento havia chegado. Nêmesis já tinha tentado encurralar Harmada antes, para falar com ela; entretanto, a criatura nativa conhecia cada canto e beco melhor do que ninguém. Ela estava lá quando tudo foi construído. Havia escapado diversas vezes. A criatura devia estar exausta dessa perseguição constante.

Nêmesis tirou o chapéu e o passou ao homem que a havia convocado. Ela tinha um lenço de seda preto amarrado na cabeça para manter o cabelo longe do rosto. Uma série de ruídos e estalos, como galhos sendo pisados, emanou do centro escuro dos cabos acima. Seis pernas peludas que pareciam agulhas desceram sobre suas cabeças. Um corpo bulboso e oblongo encimado por um torso nu e pálido de mulher e uma cabeça careca com listras azuis emergiu da escuridão. Dos braços dela pendia uma criancinha de não mais de dez anos de idade. A garota soluçou, todo o seu corpo tremendo de medo. A mulher aranha olhou para eles com dez olhos pretos como obsidiana e vermelhos nos quais podiam ver os próprios reflexos. Nêmesis tirou as mãos da espada e as ergueu acima da cabeça.

– Para trás! – sibilou a mulher aranha.

– Eu só quero conversar. Só isso – declarou Nêmesis.

Harmada mostrou os dentes pontiagudos.

– É óbvio que estou desesperada, é verdade, mas não sou tola. Sei por que você está aqui. Você veio por causa da criança.

Nêmesis permaneceu calma.

– Sim, vim.

Um longo silvo escapou dos lábios de Harmada.

– Você não pode ficar com ela. É minha.

– Ela tem uma mãe que está esperando por ela. Que está sentindo saudade dela.

Harmada abriu bem a boca. A saliva escorria de seus dentes até a mão direita ossuda e flexionada.

– É mesmo? E eu deveria me preocupar com a dor dessa mãe? Quem se importa com a minha dor? Olhe para este lugar. Esta era a minha casa antes de eles chegarem. Minha casa por mil gerações. Inspire o ar. Ele envenenou os meus filhos. Meus ovos ficaram tão frágeis neste ar tóxico. Meus filhos estão fracos demais para emergir. E a minha dor? Eu quero justiça. – Apenas ódio, o tipo de raiva que surge das cavernas mais escuras de uma alma morta, estava refletido em seus olhos. Todos os dez olhos ampliavam a dor que tinha se transformado em grotesca sede de sangue e fúria.

Nêmesis continuou a escutar.

– Eu entendo, mas esse não é o caminho. Há uma diferença entre justiça e vingança.

– Há mesmo? Eu não tenho tanta certeza.

– Eu conheço a dor de uma mãe. Conheço a solidão dessa dor. Mas você não pode machucar essa criança. Eu não vou permitir.

Harmada apertou a perna da criança, cravando as unhas na carne enquanto gritava de raiva. Sua voz ecoou nas paredes junto com os gritos de dor da criança.

– Eu acredito em você. Mas entenda. Vou matar a criança e continuar matando até que todas as mães chorem lágrimas de arrependimento por terem vindo para as minas de Daggus.

Uma das pernas afiadas e pontiagudas de Harmada golpeou Nêmesis. A espadachim guerreira saiu do caminho para evitar ser espetada, mas seu braço esquerdo foi arranhado. A perna de Harmada rasgou tecido e carne. Num instante, Nêmesis desembainhou as espadas e as ergueu para se proteger de Harmada, que ainda golpeava. A criatura furiosa gritou antes de atacar mais uma vez. A ponta de uma perna atravessou uma das luvas de Nêmesis. A energia dentro estalou. Dessa vez Nêmesis não se conteve.

Suas espadas ficaram imbuídas do poder do sangue antigo e da sabedoria de seus ancestrais. E esse sangue assumia a forma do calor de lava derretida que habitava dentro das espadas. Elas brilhavam cada vez mais intensas como uma raiva fervente enquanto o calor irradiava do centro e se espalhava por cada centímetro do metal. O brilho do fogo de Byeol podia ser visto enquanto se preparava para atacar a inimiga. Ela posicionou ambas à frente e desenhou um círculo incandescente ao redor com as pontas aquecidas das espadas. Quando Harmada repetiu o ataque, Nêmesis estava pronta e cortou o ar com a espada esquerda. Uma das pernas de Harmada voou no ar, liberando jatos de sangue viscoso e esverdeado. A aranha gritou de agonia e deixou a criança cair.

Até agora, o bando de guerreiros assistia atrás de Nêmesis, permitindo que ela assumisse a liderança, sabendo que ela não queria matar se não fosse necessário.

Quando a garotinha caiu no chão, Gunnar correu em sua direção enquanto ela segurava a própria perna, sentindo dor. Harmada avançou para eles, apesar de o ferimento ainda jorrar uma gosma viscosa. O fedor de decomposição encheu o espaço apertado. Quando ela ergueu outra perna para golpear a criança chorosa, Gunnar a agarrou. A parte de trás da jaqueta dele recebeu o golpe. Harmada não perdeu o ritmo e projetou outra perna poderosa em direção a Gunnar. Faltando apenas alguns centímetros, a espada de Nêmesis acertou a ponta de navalha da perna de Harmada antes que pudesse apunhalar em cheio o olho direito de Gunnar. O ranger de metal e osso reverberou por todo aquele setor das entranhas. Nêmesis girou uma espada para acertar as pernas de Harmada, mas a aranha subiu pela parede num piscar de olhos. Com as mãos espalmadas, os dentes à mostra e as pernas preparadas para esfaquear, ela caiu do teto sobre Nêmesis. A guerreira ficou presa no chão. Saliva escorria da boca de Harmada. Seu ferrão com a ponta úmida balançou perto da garganta de Nêmesis.

– Muitos tentaram e muitos falharam. Eu matei vários de vocês e ainda estou aqui.

Nêmesis grunhiu enquanto aproximava as pernas do peito para chutar o ferrão para longe. Harmada resistiu ao golpe, dando a Nêmesis a chance de decepar outra perna, espalhando mais gosma pútrida pelo chão. Ardendo de fúria, Harmada atacou Nêmesis com a força restante. Nêmesis acompanhou seus movimentos em uma luta de espadas entre aço e osso farpado.

Seus gritos e grunhidos ecoaram pelo beco até que Nêmesis girou sobre os joelhos com precisão de bailarina. Seus braços cruzados passaram pela barriga de Harmada antes de se levantar com um salto e descer as espadas no pescoço de Harmada como um carrasco. O corpo de Harmada desabou numa pilha de espasmos. Pequenos ovos enrugados e não eclodidos se derramaram de seu intestino em um muco espesso, preto e coagulado, junto com uma teia de tumores cinzentos e endurecidos. O fedor sufocou os guerreiros e espectadores, que cobriram o rosto. Então centenas de aranhas correram pelo chão e entraram nas entranhas de Daggus.

Nêmesis inclinou a cabeça e guardou as espadas.

– Encontre a paz – disse à mulher aranha morta. O bando de guerreiros avançou em sua direção. Gunnar levantou da posição agachada e protetora sobre a criança, que estava com o rosto enterrado em seu pescoço e os braços apertados ao redor dele.

– Entregue ela para mim! – gritou a mãe da criança enquanto corria da multidão com os braços estendidos. Gunnar gentilmente a devolveu. Ao desviar os olhos, ele captou o olhar de Kora. Ela sorriu para ele.

Tarak inspecionou o cadáver da aranha e olhou para Nêmesis.

– Meu Deus. Parabéns, isso foi incrível. – Ele tentou estender a mão e tocar a dela.

Ela se afastou antes que ele tivesse a chance de fazer isso.

– Não comemore. Não há honra nisso.

As bochechas de Tarak coraram.

– Eu não quis dizer…

– Poderia muito bem ter sido qualquer um de vocês deitado aqui na sarjeta de algum mundo esquecido, em nome da vingança. É bom se lembrar disso. – Nêmesis voltou a atenção para Kora. Ela acenou com a cabeça para Kora, depois para Kai, antes de ir para o meio da multidão, que tirava fotos do corpo de Harmada.

Kai ficou ao lado de Kora ao voltarem para o cargueiro, agora com Nêmesis os acompanhando.

– Qual é o seu próximo passo se não conseguir Titus?

Ela lhe lançou um olhar de soslaio.

– Não pensei tão adiante.

– Tudo bem, não esqueça que estou do seu lado. – Ele não parecia satisfeito com essa resposta. Ela o observou caminhar à frente com passos rápidos. Por mais que devesse estar feliz por ter outro recruta, ainda precisavam de Titus, como Kai havia acabado de lembrar. E até agora, nenhum dos indivíduos que encontraram estava ligado ao Mundo-Mãe. Ela se perguntou como seria com alguém que também fez parte da máquina de guerra deles.

—

No convés principal, Nêmesis se concentrou em cuidar da mão que Harmada havia ferido na luta. Gunnar estava sentado sozinho no compartimento de carga. Estava cheio de caixotes, bugigangas e coisas que não pareciam ter sido adquiridas legalmente. Ele estava olhando para a parede quando Kora entrou. Ela se sentou ao seu lado e lhe deu o mesmo sorriso suave do início do dia. Lembrou-se de como ele protegeu a criança com o corpo, desarmado, em Daggus, sem pensar na própria segurança. Ele não era um guerreiro experiente; no entanto, possuía a bravura de um.

Kora olhou nos olhos dele, sem estar certa das próprias emoções.

– Aquilo que fez mais cedo foi bom. Com a criança.

Gunnar se esquivou do olhar dela e encarou os próprios pés.

– Eu estava só tentando ajudar.

– Sim, mas não é natural para alguns.

Ele balançou a cabeça, contendo um sorriso e tentando não olhar nos olhos dela.

– É para você. Em casa, você salvou a Sam sem hesitar.

Kora se inclinou para mais perto dele. Sua expressão se fechou e seus olhos pareceram intensamente focados no nada quando desviou o olhar.

– Vale a pena morrer pela bondade. Eu acredito nisso. Nem sempre acreditei. Falei para você como lutei em incontáveis mundos. Bem, a notícia das minhas vitórias chegou até o meu pai adotivo... e o rei. Pela minha lealdade e serviço, fui promovida à Guarda de Elite da Família Real. A nomeação foi arquitetada pelo meu pai. Eu não tinha como saber que era algo a mais. Recebi a honra de ser a guarda-costas da princesa Issa.

Gunnar segurou a mão dela. Ela aceitou a tentativa de conexão. Sua pele na dela parecia algo bom, certo. Deu-lhe coragem. Ela apertou de leve a mão dele enquanto fechava os olhos. Respirou fundo e depois exalou como se precisasse de mais ar para fazer as palavras saírem. Contar a história dela era uma luta. E doía. Gunnar retirou a mão com um puxão suave.

– Me conta. Eu quero saber.

– Issa era uma lâmpada radiante, uma estrela que podia ser vista e sentida. Uma manifestação da criação com o dom de acender a própria essência das primeiras centelhas de vida. Isso vivia dentro dela desde o dia em que havia nascido. A princesa foi chamada de Issa em homenagem à antiga rainha Issa, a doadora de vida. Nas antigas histórias sobre a rainha, dizia-se que ela tinha o poder de conceder vida. Parecia uma metáfora ou um mito criado em resposta às gerações de guerra e conquista. No entanto, as histórias ainda cativavam a imaginação das pessoas, as quais acreditavam que a princesa, a minha princesa, poderia ter esse mesmo poder. Só que para outros e para os Jimmies, isso era muito real. Ela possuía o poder de trazer as coisas de volta à vida. Era um mito que trazia esperança, como um raio de luz através de uma tempestade tumultuosa. Histórias ainda contavam que a princesa Issa também tinha esse dom. Exércitos inteiros de guerreiros mecânicos largaram as armas e abandonaram os postos, se recusando a lutar.

Kora observou a garotinha brincar na neve nos vastos jardins do castelo de inverno. Não muito longe havia um lago congelado com peixes gigantes de cores vivas e criaturas que nadavam logo abaixo do gelo em um espetáculo fabuloso. A neve imaculada caía como uma carícia suave no rosto. Essa nova posição como guarda-costas da princesa estava tão distante quanto era possível de um campo de batalha. Era um alívio bem-vindo. Agora ela servia para preservar a vida em vez de tirá-la. As bochechas e o nariz de Issa estavam corados. A luz difusa do Sol dançava nos olhos dela. Lola, sua protetora vigilante, corria ao lado dela com o mesmo entusiasmo. Ela atirou uma bola com força para o outro lado do jardim. A canina da floresta galopou na direção do mato onde a bola caiu. Os pássaros fugiram ao serem perturbados enquanto a canina rosnava e sacudia a cabeça, escondida nas folhas. Quando voltou, trazia um pássaro sem vida na boca. Ela o colocou aos pés da princesa. Issa se ajoelhou. Seus olhos radiantes se encheram de lágrimas. Ela deslizou a mão sobre o pássaro antes que Kora pudesse pegá-lo e se livrar do animal morto. Uma luz intensa irradiou do centro das palmas de Issa. Kora protegeu os olhos até a luz diminuir. A menina permaneceu imóvel, mas o pássaro estremeceu e eriçou as penas. Kora ofegou enquanto Issa ria do pássaro esvoaçante. Ele ficou de pé e pousou no colo de Issa antes de voar para longe.

Kora se ajoelhou ao lado da princesa com uma expressão de descrença no rosto.

– Como...?

Issa sorriu para ela.

– Não sei. Às vezes parece certo.

– É lindo, como você. Por favor, tenha cuidado ao mostrar isso para os outros, porque nem todo mundo vai entender.

– Eu sei. A criada que fez o meu parto e ainda trabalha no castelo disse que, quando eu nasci, minha mãe quase morreu. Todas as máquinas e médicos fizeram o possível. Só quando pensaram que toda a esperança estava perdida é que me colocaram de volta nos braços dela. Eu não chorei. Mas, por algum milagre, minha mãe foi se curando enquanto me segurava por mais tempo. Meus pais fizeram todos que estavam presentes jurar segredo. Disseram que eu continha esperança como um cálice.

Kora sorriu.

– Isso é lindo. Agradeço por dividir comigo. Prometo manter sempre em segredo.

A garotinha assentiu e ficou de pé, vendo sua protetora com a bola na boca pronta para jogar outra vez. Kora podia ver uma sombra de canto de olho. Alguém na janela do jardim de inverno as observava, e pareceu se afastar quando Kora notou sua presença. Kora não tinha uma visão clara, mas suspeitava que fosse o próprio rei.

—

Mais tarde naquela noite, depois da hora de Issa dormir, o rei esperava do lado de fora do quarto dela.

– Arthelais.

Ela se virou de repente na direção da voz, sacando a arma. Seus olhos carregavam a frieza do gelo que se formava na janela. Suavizaram-se ao reconhecer quem a chamou pelo nome. Ele olhou para a arma e depois para ela.

– Agora sei que você é a pessoa certa para o trabalho.

Kora abaixou a cabeça com as bochechas ficando rosadas de vergonha.

– Perdão, meu rei.

– Não. É por isso que você está ao lado dela. Sempre suponha que qualquer pessoa, a qualquer momento, possa ser uma ameaça.

Ela assentiu.

– Vamos dar uma volta? – perguntou ele.

– Claro, estou ao seu serviço. – Eles andaram pelo grande corredor ladeado por janelas e colunas que seguiam por toda a parede.

– E como a minha filha mágica estava hoje? Ela parecia muito cansada depois das brincadeiras animadas na neve.

Kora sorriu, mas fez uma pausa, sem saber se deveria mencionar o pássaro.

– Ela é uma garota muito especial.

Kora não achou apropriado olhar para o rei, mas podia vê-lo em Issa. Ela se comportava com a mesma confiança real. Os olhos dele cintilaram com a menção dela.

– Sim, é mesmo. A maioria das pessoas que a conhece sente isso de imediato. Estou feliz que foi você quem tenha sido encarregada de protegê-la. Ela gosta de você, ela me contou. Disse que você não era como aqueles guarda-costas mal-humorados que teve no passado. Que você sorri de vez em quando.

– Minhas desculpas se me tornei familiar demais, milorde, mas Issa é uma garota especial. É difícil manter a distância profissional adequada quando ela me demonstra tanta gentileza.

– Arthelais, por favor, não precisa se desculpar. Estou feliz que vocês sejam amigas. Acredito que ela trará uma bondade, uma compaixão, que perdi durante todos estes anos difíceis de guerra. Quando ela se tornar rainha, será o alvorecer de algo melhor, e acho que a sua amizade a deixará mais segura. Muitos não aceitarão um Reino mais gentil. – Ele fez uma pausa. – E quanto ao seu lar? Balisarius fala muito bem de você. Deve ter sido difícil partir.

– Não tenho nada além de gratidão pela generosidade dele.

– Sim, ele contou que você foi abandonada pela própria família. Muito triste.

Kora conteve sua confusão diante dessa declaração. Não queria questionar o rei. Quando chegaram ao quarto de Kora, ela fez uma reverência.

– Boa noite.

O rei sorriu e acenou com a cabeça.

– Boa noite e *obrigado*.

—

Contando a história, os olhos de Kora não conseguiam esconder a tristeza não expressa de todos aqueles anos atrás. Gunnar tocou sua mão.

– Há mais em você do que você deixa transparecer... para qualquer um.

– Durante anos não acreditei em nada até conhecê-la. Então, eu realmente tive fé que ela poderia nos salvar.

– Talvez seja a fé que sentimos que nos salvará. Eu tenho fé em você.

Kora se virou para Gunnar.

– A gente deveria descansar um pouco. Tenho a sensação de que convencer o general Titus a se juntar a nós pode ser um pouco trabalhoso. Não pode ser tudo tão fácil.

Quando eles se levantaram Kai estava na porta.

– Ei, vocês dois. Achei que fosse encontrar vocês em uma... posição diferente.

Gunnar gaguejou, com as bochechas um pouco coradas.

– A gente estava só conversando. Só isso.

Kai olhou de um para o outro.

– Alguma coisa que eu preciso saber como seu capitão?

Kora balançou a cabeça.

– Você sabe tanto quanto a gente. – Ela passou por Kai e Gunnar a seguiu.

Kai ficou parado na porta e examinou o compartimento de carga antes de sair e fechar a porta automática.

—

O cargueiro precisava de reabastecimento quando pousou em Pollux, lar de gladiadores de todo o Universo conhecido. O planeta Castor brilhava com intensidade sobre o terreno rochoso e empoeirado, apesar de estar anoitecendo. Pairando acima deles estava o antigo Coliseu de pedra, onde esperavam encontrar um amigável general Titus. A cidade original brotou da entrada do Coliseu e cresceu como raízes até o fundo do afloramento de rocha acidentado. Toda a economia cresceu baseada em seu legado e reputação. Gerações de famílias chamavam o local de lar.

O bando de guerreiros deixou o cargueiro em direção ao Coliseu, liderados por Kai. Gunnar ficou de queixo caído em admiração, cada vez maior perto da entrada. Kai bateu no braço dele com as costas da mão enquanto passavam pela antiga rampa de pedra esculpida à mão, desbotada pela luz forte.

– As Luas gêmeas de Castor e Pollux são conhecidas em toda a galáxia por promoverem grandes espetáculos de combate. Só os maiores guerreiros se apresentam nesse coliseu.

A cabeça de Gunnar se arqueou para trás quando entraram. A visão fenomenal do azul ao violeta, que sangravam até o tom coral, enquanto eles passavam por baixo dos arcobotantes de pedra, era de tirar o fôlego. Todos diminuíram o passo. Ao fazerem uma curva, pararam para observar um gladiador de tamanho monstruoso, com pele e dentes pontiagudos, lutando para chegar à glória. Ele rugiu em vitória, socando o ar com as mãos grandes. A multidão celebrou com ele. Gladiadores, em coleiras de couro, de todos os gêneros, tamanhos, espécies e de todos os cantos do Universo, circulavam pelos corredores. O sangue pintava o chão por onde os corpos eram arrastados das lutas. Tarak sorriu ao achar divertido e apontou para um dos gladiadores que estava lutando.

– Aquele homem ali. Deve ser o Titus... General!

Um gladiador com um rosto que ostentava muitas vitórias e derrotas se voltou para Tarak.

– Não é. O general Titus não luta mais.

Tarak franziu a testa.

– Mas ele está aqui! Ele perdeu? Foi ferido?

O gladiador o encarou e cruzou os braços enormes devido aos anos de treinamento.

– Não no coliseu. Ele luta apenas em uma guerra: a que está dentro dele mesmo. Você o encontrará no portão sul.

Ele se virou para uma criada sem cabelos e usando maquiagem branca, vestindo calça e túnica de algodão áspero. Seu rosto brilhante e a pele luminescente não precisavam de cabelo. Ela estava parada perto da parede com a obediência de uma estátua.

– Você, criada! Leve eles até o general.

Ela deu a todos um sorriso plácido.

– Por favor, venham comigo. – Eles continuaram a segui-la ao longo da passagem externa com vista para a cidade abaixo até chegarem a uma porta em arco. Ela soltou um suspiro pesado e apontou. – O grande general Titus.

Um homem ainda em condições físicas de lutar, mas já longe de seu auge, estava deitado descalço, vestindo apenas uma tanga esfarrapada e encharcada de urina. O corpo era entrecortado por cicatrizes grossas e algumas queimaduras. Elas contavam suas histórias na arena. Sua barba grisalha parecia emaranhada e descuidada. Coberto de sujeira, ele murmurava para si mesmo num estado de estupor embriagado, alheio à presença deles. Um rato grande e sarnento rastejou sobre sua barriga. Tarak franziu o rosto e ergueu as sobrancelhas.

– Bem, espero que ele lute melhor do que cheira.

Gunnar se virou com um olhar preocupado para Kora.

– Tem certeza de que é uma boa ideia?

Kora assentiu.

– Vamos limpá-lo e deixá-lo sóbrio.

Gunnar olhou para Tarak, que encolheu os ombros.

– Sim, isso deve resolver. Fico com esse lado. – Tarak agarrou as mãos dele e Gunnar, os pés.

Sasha apontou para uma estação de banho.

– Ali.

Os dois homens o levaram depressa para a sala redonda e o apoiaram num banco. Sasha se moveu em direção à bica para liberar água gelada.

A cabeça de Titus pendeu enquanto ele murmurava vários palavrões e dava socos fracos, espirrando água em todas as direções. Sasha o ignorou sem parecer preocupada, já deve ter feito isso muitas vezes antes com muitos gladiadores. Ela pegou uma escova de cerdas grossas e começou a esfregar o corpo dele. Titus sacudiu a cabeça e enxugou os olhos, que queimavam de fúria contra os guerreiros, em especial contra Kora.

– Saiam de cima de mim! Saiam! O que pensam que estão fazendo? – gritou.

Kora se aproximou, pisando em uma poça aos pés dele.

– O que você acha?

Titus permaneceu desafiador.

– Vão para o inferno. Eu estava bem.

– Não, você não está nada bem. Você comandou as tropas orientais para o antigo rei? Você não é o general Titus, defensor dos inocentes e oprimidos? Uma lenda.

Titus desviou os olhos enquanto Sasha terminava o trabalho.

– Eu não sei do que você está falando. Por que não podem simplesmente me deixar em paz?

Kora correspondeu ao desafio.

– Porque a minha maior esperança é que o general do passado ainda esteja na minha frente.

Os gritos dos gladiadores e o tilintar do metal soavam distantes, quase um sussurro numa sala. A água pingava em gotas rítmicas. Titus balançou a cabeça e fechou a mão em punho.

– O que diabos vocês querem de mim?! Meus homens estão mortos. Cansei de reviver isso todos os dias. No coliseu, minha raiva me transformou num deus, mas está esgotada. Essa garrafa é o meu único e verdadeiro consolo daquele inferno. Agora vão embora e me deixem morrer em paz!

Kora se aproximou.

– Acho que você não deve morrer aqui, general.

Titus não respondeu. Ele estudou cada um dos guerreiros. Uma torrente de emoções cruas o levou a um momento de sobriedade.

– Pare de me chamar assim. Não tenho patente, nem privilégio.

Kora manteve o comportamento severo.

– Estou aqui para fazer uma oferta. Para lhe dar uma chance de redenção.

A raiva dele suavizou.

– Estou além da redenção.

– Não tenho tempo para pena! E todos os homens mortos que você já comandou? E eles? Se não for redenção, que tal vingança?

Titus olhou novamente para os guerreiros e suas armas. Seus rostos permaneceram duros, mas uma pequena lâmpada pareceu acender na mente do general.

– Vingança? Pode ser que eu dê uma chance para isso.

Kora sorriu e saiu da frente dele.

– Que bom. Leve a gente para o seu quarto para que você possa se preparar para partir agora. Precisa de ajuda?

Ele se levantou ereto e ergueu o queixo. Seus primeiros passos foram instáveis, mas ele continuou com confiança. Titus foi devagar até a passagem principal do Coliseu. Os gladiadores ali pararam em estado de choque para vê-lo passar com os guerreiros atrás dele. Ele manteve os olhos no caminho à frente, ignorando todos os outros.

O quarto era pequeno, com apenas o básico para viver e dormir. Havia pouquíssima riqueza, apesar das muitas vitórias. Pendurada em uma armação de madeira estava sua armadura manchada, desgastada pela batalha e mal cuidada. Um peitoral necessitando de limpeza estava pendurado no centro e parecia intocado por sabe-se lá quanto tempo. As botas estavam sujas e precisavam de polimento. Em uma pequena mesa estavam um frasco gravado, produzido pelo Imperium, e a arma dele.

Ele parou na frente da armadura, passando os dedos pela insígnia em relevo, a qual havia arranhado com uma lâmina há algum tempo. Quando a tirou naquele momento, todo o seu ser foi tomado de vergonha com a lembrança de Sarawu.

Seus soldados estavam mortos, mas ele permanecia vivo. Ele tomou um grande gole de álcool forte e esfaqueou os resquícios do passado, a parte dele que ele odiava e queria esquecer. Sua lâmina não parou até que sua raiva diminuísse a cada gole. Aquele momento de desespero nunca passou. Talvez esse fosse o seu recomeço ou o caminho para a morte. Ele tocou a barba.

— Me deem alguns minutos. Já faz um tempo que não uso isso.

Kora tocou seu ombro.

— Faça o que tem que fazer.

—

Titus saiu do quarto completamente vestido e com a barba aparada em um pequeno tufo de cabelo no queixo. Ele parecia pronto para enfrentar um novo oponente. Colocar a armadura funcionou como remédio para o homem. Seus olhos pareciam menos vermelhos e amarelados, e ele parecia estar bambeando menos. Atravessaram a aldeia de volta ao cargueiro.

— Acho que não vou sentir muita falta deste lugar – declarou Titus, olhando ao redor com uma pequena algibeira na mão.

8

OS FALCÕES ESTAVAM DE PÉ DE CADA LADO DO PRISIONEIRO, QUE ATENDIA pelo nome de Ximon. Ele estava reclinado em uma contenção que lembrava um escorpião. Seis costelas de metal pelo corpo conectadas por uma coluna, com outra barra que emergia entre suas pernas. Acima, uma contenção se projetava num arco e prendia sua cabeça em uma coroa apertada. Não havia como escapar, apesar de seu tamanho. Quatro pernas robóticas na parte inferior do assento o conduziam no mesmo ritmo dos Falcões. Desde que o capturaram, Ximon amaldiçoou o momento em que decidiu ir àquele Empório do Prazer em Providência. Agora estava sendo levado para Atticus Noble para que os Falcões pudessem reivindicar sua recompensa. O Reino sempre pagava bem e dentro do prazo.

Atticus emergiu de portas duplas com sua camisa branca e gravata preta perfeitamente apresentadas, com Cassius ao seu lado. Um dos Falcões baixou a cabeça.

– Eu sou Simeon. Este é o homem que interessa ao senhor.

Noble olhou para Ximon.

– Esse é o homem que sabe onde estão os insurgentes?

– Sim, senhor – disse Simeon.

Noble passou pelos Falcões para encarar Ximon. Estudou o prisioneiro, tentando julgar se era uma fonte confiável ou não. Homens sem meios de escapar sempre tinham informações supostamente úteis.

– Bem, estou ouvindo.

– Vai me deixar ir se eu contar o que sei?

Noble uniu as mãos enluvadas.

– Vou libertar você, tem a minha palavra.

Ximon fechou os olhos por um momento e voltou a abri-los. Ele expirou fundo.

– Faz uma temporada inteira que não vejo Devra Bloodaxe, mas na época, eles estavam em Sharaan, sob a proteção de um rei chamado Levitica.

– Prossiga.

– Isso foi há algum tempo, mas eles com certeza estavam lá. Fale com ele... com Levitica – disse Ximon.

Noble sorriu para Ximon e inclinou a cabeça para o lado.

– Com certeza falarei. Obrigado.

Noble virou a cabeça em direção a um dos Falcões, que segurava uma ferramenta parecida com uma arma. Ele abriu a palma da mão e gesticulou para que o Falcão a entregasse para ele. O caçador de recompensas obedeceu e a entregou para Noble. Ele mediu o peso do objeto enquanto caminhava para o lado oposto de Ximon. A ferramenta tinha um gatilho e um cano largo. Dentro do cano havia um anel de acoplamento e outro cano pontiagudo menor. Noble apontou para o chão e puxou o gatilho. O cano interno disparou e se retraiu com um forte impulso.

– Que diabos! – gritou Ximon, ouvindo o objeto ser usado. Ele se contorceu contra suas contenções para ver o que estava acontecendo atrás de si. – Pensei que tínhamos um acordo!

Noble se aproximou de Ximon. Com a arma perto do assento, os anéis de acoplamento de ambos brilhavam.

– Sim... você está livre.

– Bem, então abra essa coisa maldita! Eu quero sair. – A voz de Ximon aumentou em volume e pânico quanto mais permanecia na contenção de metal.

Noble ignorou a exigência enquanto alinhava a arma e o anel de acoplamento na contenção. Ele puxou o gatilho. Ximon ficou em silêncio após um estalo alto, e seu corpo estremeceu uma vez. As costelas de metal e os apoios de cabeça se destravaram e soltaram o corpo, que caiu no chão como um trapo. Seus olhos permaneciam bem abertos. Noble olhou para ele, desprovido de emoção, e depois se voltou para Cassius.

– Disse que o cérebro dele, veja se há mais alguma coisa, depois vamos prestar nossos respeitos ao rei Levitica. Hum. – Ele olhou para a ferramenta na mão. – Gostei. É eficiente. – Ele a jogou ao lado do corpo de Ximon e foi embora.

Cassius olhou para homem paralisado no chão. Abominava mexer em cérebros, memórias e informações. Só queria lidar com o que podia ver e sentir por si mesmo. O que estava diante dele no reino material. E sabia que um dia poderia ser ele na mesa com o cérebro sob escrutínio se não jogasse bem. Mas os altos escribas fizeram disso uma prática. Ele foi até a cadeira de contenção e digitou na tela do braço. Ela se estendeu, se transformando de cadeira em cama, e as costelas se dobraram para os lados. Pernas a mais para acomodar o comprimento extra saíram da parte inferior. Ele olhou para os Falcões.

– Coloquem ele de volta nessa coisa, então podem ir. O pagamento será feito quando vocês estiverem de volta à sua nave. Mas estejam a postos. Ainda posso precisar de seus serviços.

O Falcão maior parou de levantar o corpo inerte de Ximon.

– Qual é o pagamento? Eu não fico esperando de graça.

Cassius lhe lançou um olhar penetrante.

– Você será pago como de costume. A menos que queira ser conectado e depois incinerado, estará à minha disposição.

O Falcão rosnou antes de levantar Ximon e fazer o que lhe foi dito. Cassius se virou para levá-lo para a enfermaria com a cama logo atrás. A sala estava preparada para tratar os piores ferimentos, mas também para extração. A luz acendeu quando ele entrou, assim como o holograma que leu automaticamente os sinais vitais de Ximon. Das sombras emergiu um técnico escriba.

– O que você deseja? – perguntou.

– Quero uma extração completa, começando agora – solicitou Cassius. Ele se virou para observar a cama se posicionar no centro do quarto. Do teto, braços robóticos com diferentes instrumentos médicos se desdobraram. Um deles tinha um laser que marcou um ponto vermelho no centro da cabeça de Ximon. Brilhou cada vez mais forte até que a fumaça começou a sair de sua pele. Cassius não pôde deixar de observar com olhos vazios enquanto a cena o fazia lembrar o que ele tanto havia tentado esquecer. A moeda que o Mundo-Mãe valorizava era sangue e informação.

—

Devra e Darrian Bloodaxe e Milius se aconselharam com o rei Levitica e o general Ion no veículo de transporte de Levitica, que era do mesmo tamanho de um módulo de transporte. Os Bloodaxes compartilhavam características semelhantes, combinando com a pintura de guerra que se estendia das sobrancelhas até o couro cabeludo, cabelo longo em grossos *dreadlocks* e tranças. Milius, um jovem guerreiro com cabelo rente ao couro cabeludo e graxa preta espalhada nos olhos como uma máscara, estava atrás dos Bloodaxes. Como a maioria dos reis, Levitica se vestia de acordo com sua posição. Suas pesadas vestes azuis que chegavam ao chão pareciam montanhas de tecido. Sua pele era da cor das pérolas do oceano profundo, com uma iridescência orvalhada, e ele tinha uma barba de tentáculos. No topo de sua cabeça havia duas grandes esferas cor-de-rosa no lugar dos olhos e uma coroa feita de um único pedaço sólido de coral. Era a coisa mais rara encontrada em seu planeta e, portanto, proibida de ser retirada das profundezas das cavernas oceânicas. A coroa havia sido feita pelos primeiros reis de Sharaan.

Eles tomavam chá de ervas marinhas por suas propriedades restauradoras. Cada batalha desgastava um pouco mais seus corpos e agora tinham que decidir como responder a uma transmissão inesperada. Era estranho serem contatados por uma mulher de quem nunca tinham ouvido falar e por um homem de quem compravam grãos. Ele era agricultor e não escondia o fato. Não parecia uma armadilha; no entanto, o círculo daqueles em quem podiam confiar diminuía a cada dia. Se eles sabiam que estavam em Sharaan, quem mais sabia? Como sempre, o rei Levitica permitiu que os Bloodaxes decidissem por si próprios o caminho que tomariam. Ele apenas queria ajudar e promover a causa deles, e não ditar a direção.

— Essa mulher é confiável? — Devra sacudia a perna enquanto ponderava sobre o pedido do rei Levitica para se encontrar com uma mulher chamada Kora e um pequeno grupo que a acompanhava. A mensagem de Kora era curta e direta.

Desejamos negociar com os Bloodaxes. Nós precisamos de ajuda.

Darrian se sentou ao lado de Milius, limpando suas armas.

— Ela tinha informações suficientes para nos encontrar aqui. Se ela estivesse com o Imperium, teria havido um ataque total. Esse é o costume deles.

— Eles estão num cargueiro e não em uma nave de guerra, se isso ajuda. Pelas nossas varreduras da nave, não parece haver nenhuma arma grande a bordo. Também não há outras naves nas proximidades — explicou o general Ion.

Darrian ergueu os olhos da arma.

— Nunca subestime como o Mundo-Mãe engana. Nossa luta pela liberdade me ensinou isso. Os mais próximos podem ser aqueles que eles usam como traidores. Mas não é o que penso dessa tal Kora.

Devra tocou o ombro do irmão.

— Sei que a ferida ainda está fresca. Você tem razão, devemos ter cuidado. Não sabemos quem é essa mulher ou as intenções dela. Por que ela precisa da nossa ajuda?

— Ter cuidado e se manter dentro dos limites às vezes custa mais do que a vida no presente ou as inconveniências. Pode ser que a mudança radical, a rebelião declarada, seja a única opção para corrigir o rumo. Estamos definindo o caminho para as gerações futuras. As escolhas que fazemos podem ser bênçãos ou maldições para eles, a merda que terão de descobrir como limpar — acrescentou Milius.

Devra ouviu, mas pareceu desconfiada.

– Queria poder me aconselhar com os nossos ancestrais: onde meu pai não acertou em Shasu, nós acertaremos. Temos que tentar. Mas a minha lealdade é para com Shasu, nosso povo, e não para alguém que não conheço.

– Vocês são todos muito diferentes e é por isso que são fortes juntos. Cada um de vocês traz uma sabedoria diferente. É por isso que tenho apoiado vocês. Essa campanha de criação de um Imperium sobre a noção de pureza homogênea é vil. Eles não respeitam nem valorizam nada que não os sirva, mesmo às custas de vidas – declarou o rei Levitica.

Darrian se levantou.

– O que me diz, irmã? Queria que estivéssemos de acordo nisso.

Ela olhou para Milius e para o rei Levitica.

– Digo para nos encontrarmos com ela. Mas quero observá-los primeiro. Diga para eles esperarem. Dá para aprender muito sobre alguém que tem ou não tem paciência.

O rei Levitica inclinou a cabeça.

– Pode deixar. Falarei com eles. Quando estiver satisfeita, você pode encontrá-los ou enviar um dos meus guardas para me dizer que não está interessada. Sugiro que se prepare para uma fuga rápida caso se sinta ameaçada. Colocarei o meu exército em alerta.

Devra tocou a mão do rei.

– Obrigada por tudo. Acho que isso é maior do que Shasu, e é por isso que o Imperium quer tanto as nossas cabeças.

– Vou deixar vocês agora. – O rei Levitica se virou para encontrar Kora e os outros guerreiros em uma das praças.

—

A cidade de pedra em Sharaan fazia parte de uma antiga civilização nativa. Havia partes da cidade com vestígios dos primeiros templos e aldeias anteriores aos registros escritos. O respeito da cidade pelo seu passado contradizia sua modernidade atual. Havia se tornado um centro espiritual na galáxia. O rei Levitica governava por mais tempo do que gostaria, mas a questão da sucessão e de como Sharaan administraria seu relacionamento com o Mundo-Mãe era motivo de preocupação entre seu povo.

O bando de guerreiros montou um pequeno acampamento próximo ao cargueiro. Eles estavam cercados por pilares flutuantes. Kora os deixou para encontrar o rei Levitica. Ele estava no centro de uma praça em uma parte tranquila da cidade, com dois membros da corte e guardas.

– Sua paciência é apreciada e posso garantir que Devra está ciente da sua presença. A decisão de quando receber vocês é iminente.

Kora inclinou a cabeça.

– Obrigada, Levitica, honrado rei. Aguardaremos a chegada deles. – Embora Hagen estivesse longe da realeza, Levitica a lembrava dele. Ele lhe passava a mesma sensação de aconchego e bondade. E se ele ajudava os inimigos do Reino, não podia ser tão ruim. Ela voltou ao cargueiro para esperar com os guerreiros, que conversavam entre si. Gunnar se encheu de expectativa quando Kora se sentou.

– O que ele disse? Avisaram que era eu?

Ela olhou para as toras carbonizadas da fogueira se partindo em pedaços.

– Tenha paciência... Dizemos o que é necessário para eles.

Tarak a cutucou.

– Está vendo aquilo... Lá em cima? – Ele apontou para uma luz particularmente brilhante no céu escuro.

– Claro, eu conheço. O sistema Samandrai.

Titus ergueu os olhos do frasco surrado que ele girava nas mãos.

– Você conhece mesmo o céu noturno.

– Um pouco. – Gunnar era o único que conhecia sua verdadeira identidade. Kora confiava nesses homens para lutar ao seu lado, mas não com essa informação. Ainda não.

Tarak continuou a olhar para o ponto brilhante com uma expressão sonhadora nos olhos e um sorriso.

– Já viu Samandrai? É lindo. O planeta original dos meus ancestrais. Kora inclinou o pescoço para trás e o observou faiscar ao longe.

– Por que não voltou se tem uma casa para onde ir?

Tarak baixou a cabeça e olhou para o chão entre os pés.

– Se ao menos houvesse uma casa de pé. Meu povo morreu lutando ou foi escravizado para servir ao Mundo-Mãe. – Ergueu o olhar e o fixou nas chamas saltitantes da fogueira. Memória e desespero viviam naquele fogo que ainda ardia dentro dele.

– Como sobreviveu? Você teria sido um excelente candidato para se tornar um deles – perguntou Kora.

Tarak balançou a cabeça e abriu a boca para falar, mas nenhuma palavra foi formada. Nêmesis falou:

– É óbvio. Eles morreram ou foram escravizados. – Suas palavras cortavam com a precisão de suas espadas quando atravessavam o pescoço de um inimigo. Tarak não respondeu. Sua expressão taciturna dizia tudo. Ele lançou um olhar gelado para Nêmesis que, sem esforço, correspondeu ao olhar.

Com os cotovelos apoiados nos joelhos e a cabeça erguida, Kora estudou o rosto de Tarak.

– Você partiu antes que qualquer coisa pudesse lhe acontecer.

Tarak não conseguia encarar nenhum deles. Kai estava encostado no cargueiro com uma lâmina de raiz de cânhamo entre os dentes. Ele olhou para Tarak.

– Maravilha, agora que temos um covarde no exército, isso vai ajudar.

Titus observou Tarak.

– Pelo menos ele se atreve a lutar com a gente agora, piloto.

– Eu nunca fui covarde – declarou Nêmesis.

– Eu já – retrucou Titus, baixando o olhar e evitando contato visual. – A guerra faz coisas com as pessoas. Não dá para dizer como elas mudarão depois disso. Mas talvez qualquer um possa encontrar a redenção. Talvez não, talvez a vingança seja o melhor que temos, mas já é alguma coisa. – Seus olhos se voltaram para Kora. – Caso contrário, o que mais teríamos? De que adianta?

Kai revirou os olhos e continuou a mastigar a raiz de cânhamo.

– Diz o bêbado que não consegue segurar a bexiga nem pagar as dívidas.

Titus pulou de pé e endireitou os ombros enquanto avançava para lutar. Ambas as mãos se fecharam em punhos. Kora e Tarak se levantaram e se posicionaram entre Kai e Titus. Kora olhou para Kai.

– Por que agora? O que deu em você?

– Pessoal! – gritou Gunnar. – Pode ser que não seja o momento para isso. Olhem. – Ele se levantou e apontou para o céu.

Uma dúzia de pequenas naves se aproximou da praça. Os guerreiros esqueceram a briga e voltaram a atenção para as naves que pousavam. Todos seguraram as armas com um pouco mais de força conforme o vento aumentava na praça e as naves se aproximavam. Uma das naves maiores pousou primeiro. A parte inferior dela se abriu com uma rampa atingindo o chão. Kora foi a primeira a ir na direção dela. O restante a seguiu.

Lado a lado, surgiram um homem e uma mulher. Eles andavam com confiança. Os dois estavam armados até os dentes e cobertos da cabeça aos pés com equipamentos de batalha. Sua presença e energia combinadas exigiam atenção. O rei Levitica deixou a comitiva à espera na beira da praça para se juntar a eles.

Devra olhou nos olhos de Kora e parou quando ficaram cara a cara.

– Eu precisava ter certeza de que não era uma armadilha. Há grandes recompensas pelo meu irmão e eu. Nossas cabeças seriam troféus que tornariam um caçador de recompensas rico além da imaginação.

Darrian olhou para o bando de guerreiros.

– Por que nos contatou dessa nave desconhecida e sem bandeira, agricultor?

Gunnar deu um passo à frente.

– Imaginei que tivéssemos algum nível de confiança depois do nosso último encontro.

Devra não trazia nenhuma familiaridade no tom.

– Compramos seus grãos para alimentar os nossos combatentes.

Darrian tinha o mesmo comportamento cauteloso.

– Não confunda o seu negócio de comércio com o nosso negócio de revolução.

– Eu entendo – respondeu Gunnar.

Devra assentiu.

– Sua vinda até aqui é um grande risco para todos nós e para o nosso benfeitor. Mas não precisamos mais dos seus grãos. A bondade do rei Levitica tem sido mais que suficiente para nos sustentar, então sugiro que parta agora mesmo.

Kora deu um passo à frente. Havia raiva em seus olhos.

– Não estamos aqui para vender grãos. A aldeia de Gunnar foi visitada por um encouraçado que ameaça a existência dela. Recrutei estes guerreiros e dei a minha palavra de levar todos de volta para defender os agricultores. Mas estamos ficando sem tempo.

Tanto Devra quanto Darrian encararam os guerreiros atrás de Kora. Darrian franziu a testa e zombou:

– Como é? Esse punhado contra um encouraçado?

– É por isso que viemos. Vocês têm guerreiros e naves. Com vocês poderíamos montar uma defesa de verdade.

Os irmãos ficaram em silêncio e se entreolharam.

Gunnar falou, sentindo a tensão:

– E, claro, podemos pagar com o excedente da nossa colheita. É tudo que temos.

Devra balançou a cabeça.

– Minhas forças contra *o Olhar do Rei*? Isso é suicídio. Aquela nave não pode ser destruída por algumas dezenas de guerreiros. Aquela nave e os homens a bordo são destruidores de mundos. Sinto muito, é impossível.

Kora assentiu e fez contato visual com os dois irmãos. Ela levantou a voz, sem se importar se eles não gostavam de sua exasperação.

– Este homem não é um revolucionário, é um simples agricultor. Mas, com comércio ou não, o povo dele trabalhou com as próprias mãos para cultivar os grãos que alimentaram vocês. Todos vocês! E por causa dessa transação, a aldeia deles agora está ameaçada pelo almirante Noble, que persegue a sua revolução.

Darrian foi até Gunnar e encontrou seu olhar com a intensidade da explosão de uma estrela. Nenhum dos homens se encolheu ou disse uma palavra. Todos prenderam a respiração. Darrian voltou para onde a irmã estava.

– Entendo. Eu vou ajudar.

A cabeça de Devra se voltou depressa para o irmão, incrédula com suas palavras. Ela se virou para Kora.

– Com licença. – Ela fez sinal para que Darrian a seguisse na direção da nave e fora do alcance da voz dos guerreiros esperançosos. – Nossas vitórias, as poucas que tivemos, foram táticas. Não podemos lutar abertamente contra *o Olhar do Rei*.

– Se o fazendeiro nos encontrou, não vai demorar muito para que Noble também faça isso. E não vou permitir que outro mundo caia pelo nosso nome.

– Atacamos nossos alvos e fugimos de represálias, é assim que nos mantemos vivos.

Darrian balançou a cabeça e olhou fixo nos olhos de Devra.

– As pessoas precisam de uma rebelião que possam ver. Uma revolução que possam sentir. Não vou mais me esconder. Não posso permitir que outro mundo caia pelo nosso nome. Outro mundo pelo qual poderíamos ter feito algo.

Devra continuou a encará-lo. Eles foram endurecidos pela guerra e pela dor, mas estavam cheios de paixão para perseverar. Havia esperança. Ela ergueu a mão aberta na frente do peito dele. Ele assentiu com a cabeça e apertou a mão dela.

– E quanto aos que você comanda? – Ela inclinou a cabeça em direção à nave, onde todos os olhos estavam voltados para eles.

– A vida é deles.

Devra olhou solenemente para o irmão, sem saber o que dizer.

Darrian se virou para seus guerreiros. Sua voz soou como a de um verdadeiro líder.

— Essas pessoas vieram até nós sem ter a quem recorrer. Elas vêm em busca da nossa ajuda para enfrentar um encouraçado do Mundo-Mãe. Não é isso que defendemos? Será que elas não são quem éramos antes?

— Que exército? – um dos guerreiros gritou.

Kora deu um passo à frente.

— O que você vê aqui.

— Mas temos agricultores – interrompeu Titus com um dedo erguido.

Darrian se voltou para os guerreiros.

— Eu não disse que a tarefa seria simples. Nunca é quando se trata de defender os indefesos. Mas não é isso o que postulamos? Será que eles não são quem éramos antes? Se não apoiarmos esses agricultores destemidos para proteger a casa deles, então a revolução não terá sentido. Por livre escolha, quem entre vocês está disposto a morrer por aquilo em que acreditamos, em vez de se esconder atrás disso?

Ninguém se pronunciou. A tensão podia ser sentida na atmosfera e vista no rosto de todos. Milius deu um passo à frente e lançou um sorriso insinuante para Darrian.

— Milius. Por que não estou surpreso?

Milius deu um tapa no ombro de Darrian.

— Já vi você em batalha. Quem mais vai garantir que voltará inteiro se não eu? E depois do que aconteceu com o meu mundo, como posso dizer não?

A risada calorosa de Darrian encheu o espaço cavernoso. Milius olhou por cima do ombro para os outros, que se entreolharam. Aos poucos, seis pilotos e cinco outros guerreiros se juntaram a Milius e Darrian. Ele se virou para a irmã.

— Eles se ofereceram como voluntários por livre e espontânea vontade.

Ela assentiu.

— Não vou impedi-lo se esse for o caminho que deseja tomar.

— Os pilotos licenciados do Esquadrão Azul e os guerreiros estarão no solo comigo.

Devra abraçou o irmão e apertou com força. Ele a segurou apertado.

— Agradeça a Levitica e deixe este planeta. Até que nos encontremos de novo. Corpo forte.

Devra o libertou do abraço final.

— Mente ainda mais forte, meu irmão.

Darrian se voltou para o rei Levitica.

— Obrigado pela sua generosidade. Se precisar de nós, sabe que faremos o melhor que pudermos para ajudar.

O rei pressionou as palmas das mãos como se fosse orar.

— Tenho tanto respeito pelo que está fazendo. O sangue do povo da sua mãe é muito forte em vocês. Eles são grandes guerreiros e um inimigo de Balisarius é meu amigo. Como sabem, as raízes espirituais de Sharaan alcançam os solos de Shasu. Shasu deve permanecer Shasu em essência. Acredito que todos os mundos deveriam manter seu senso de civilização fora do controle do Mundo-Mãe ou dos planos nefastos de Balisarius.

— Esperamos voltar um dia. — Darrian inclinou a cabeça para o rei e depois se juntou a Kora e seus guerreiros. Ele parou e olhou por cima do ombro. — Você é o coração desta revolução. Bata bem forte!

Os guerreiros unidos do acampamento de Kora e a tripulação de Bloodaxe se encararam e fizeram breves apresentações. Kai começou a entrar no cargueiro. Ele observou Devra a distância e depois desviou o olhar para Darrian.

— Muito bem, pessoal, a gente pode fazer uma festa mais tarde. Precisamos ir.

Os guerreiros se amontoaram no cargueiro, sem saber o que viria a seguir além de derramamento de sangue. A atmosfera tinha uma sensação palpável de ímpeto. Bloodaxe e sua tripulação estavam sozinhos desde o início e os guerreiros estiveram sozinhos até agora. Estavam agora unidos contra um inimigo comum que muitos consideravam grande demais para ser combatido; entretanto, esses rebeldes de diferentes cantos do Universo estavam ali dispostos a levar a luta até o Reino. Cada um tinha as próprias motivações, mas todos queriam a mesma coisa.

Kai observou os pilotos de Darrian seguirem acima deles enquanto olhava vagamente por uma grande janela com os braços cruzados. Os anéis de prata em sua mão brilhavam sob as luzes fracas do piso, abaixo da janela larga. Ele estava mordendo a pele ao redor de um dos polegares. Kora parou e se aproximou dele. Algo parecia o estar incomodando e suas provocações anteriores tinham sido estranhas.

— O que há com você?

Kai não se virou para olhar para ela.

— Muita coisa. Que ideia maluca pra caralho. E você não está estranhando nem um pouquinho o maldito Darrian Bloodaxe estar a bordo? Por que ele concordaria em ajudá-la?

— Você acha que ele não deveria?

— É só que parece imprudente. Quero dizer, ele enfraquece o pouco que existe de sua qualquer que seja a palavra que queira usar para isso, resistência, insurgência. Para quê, Kora? Pela chance de ser aniquilado por um encouraçado?

— Se você acha que é suicídio, então por que está aqui? Não deve nem valer a pena estar associado a nós.

— Não tenho lugar melhor para estar. Ele tem. Vamos enfrentar um encouraçado. A vida dele e a vida dos guerreiros deles podem ser perdidas num instante.

— Nem sempre é racional. Às vezes é emocional. Culpa é uma coisa poderosa.

Kai desviou o olhar da janela para encarar Kora.

— É isso que você quer que motive o seu punhado de ajudantes? Culpa?

Ela deu de ombros.

— Não é a culpa que importa. É de onde deriva.

Ele soltou um som de escárnio e voltou a olhar pela janela.

— A culpa é o ponto fraco da honra. Acho que já tive isso antes. Honra. Dá para acreditar? É verdade.

Kora estudou o rosto dele e estreitou os olhos. Ela se moveu para que ele pudesse encará-la, e para que ela pudesse vê-lo na pouca iluminação que entrava pela janela. Ele a confundia, passando de oito a oitenta e ficando distante.

– O que você está tentando dizer?

Kai descruzou os braços e bateu a mão na parede ao lado da janela.

– Quero dizer, o que você acha? Devo ter mais umas dez, quinze, temporadas no máximo, até roubar do homem errado e ser morto a facadas por algum filho da puta com cara de cachorro numa briga de bar. – Ele olhou nos olhos de Kora. – A culpa é sua mesmo, de qualquer maneira. Me fazendo querer ser um homem honrado. Se você tivesse mais poder de resistência, por assim dizer, não precisaria tanto que eu me juntasse a você.

Kora arqueou uma sobrancelha.

– Você está disposto a lutar com a gente?

Ele sorriu.

– Já que vocês estão implorando.

Kora se virou para ir embora.

– Não estamos, Kai.

Kai tocou o braço dela.

– Bem, já que estão pedindo, então. Se você me permitir.

Kora permaneceu inexpressiva.

– Caramba.

– Há uma complicação. Aquelas merdas no cargueiro, tem uns compradores esperando em Gondival. Não são do tipo conhecido pela paciência. Pode ser que seja sensato cortar os laços com a vida de ladrão antes de começarmos uma briga contra um encouraçado. Além disso, você mesma disse que precisa de mim…

Kora lhe lançou um olhar de esguelha enquanto se movia para retornar e encontrar Gunnar.

– Eu não falei isso.

– Acho que você falou sim. Vou definir o rumo e avisar que estamos a caminho. Ah, merda, isso faz de mim um dos mocinhos? – gritou ele às costas dela.

—

Kora vagou pelo cargueiro e encontrou Gunnar na cabine de refeições.
– Parece que Kai quer se juntar à gente.
– Sério?
– Você não confia nele?
Ele balançou a cabeça.
– Ele é um babaca.
Kora se encostou em um balcão com utensílios básicos de cozinha.
– É verdade, mas precisamos de toda a ajuda que pudermos conseguir.

9

O REI LEVITICA ASSISTIU A DEVRA PARTIR LOGO DEPOIS DO IRMÃO.
Certificou-se de que ela tivesse todos os suprimentos que pudesse carregar; poderia ser muito perigoso parar tão cedo. Talvez eles nunca mais se vissem. Admirava os Bloodaxes pelo desejo deles por um modo de vida melhor. Para Levitica, não importava se lhe dessem algo em troca. Boa vontade e altruísmo eram o pagamento em si. O seu planeta, Mireea, encontrou a paz por meio da diplomacia e das suas fortes crenças espirituais, mantidas vivas nos mosteiros. Refletia o seu desejo de que todos vivessem em um estado de harmonia ou, ao menos, o melhor que pudessem. O Reino sempre seria uma ameaça enquanto perpetuasse a guerra. Era necessário lutar pela paz. Seu general, Ion, estava ao seu lado, esperando ter toda a sua atenção.

— Está preparado para o pior, milorde? Avistamos uma grande nave se aproximando.

Levitica olhou para o general.

— Eu sabia dos riscos quando decidi ajudar uma revolução. Estamos preparados. Mas acha que seremos descobertos? Até agora, não fomos detectados por aqueles brutos. Demos a eles o que queriam no passado e espero que isso nos conceda alguma graça. Eles não podem queimar todas as cidades e mundos. O que restaria para governar?

— Acredito que somos o lado certo do universo. Mas o Mundo-Mãe tem as próprias ideias – respondeu Ion.

– Prepare o exército e alerte os cidadãos. Ficarei aqui para receber qualquer visitante. Caso precise de mim, estarei na minha câmara de viagem em meditação.

Ion se curvou e correu para começar os preparativos para uma possível batalha.

Os olhos de Levitica permaneceram fechados e ele se concentrou no silêncio. A calma antes de uma possível tempestade. Esperava o melhor para Sharaan e seu modo de vida. Sua mente se concentrou em evitar o pânico e o medo. O Mundo-Mãe e os homens que realizavam sua vontade empunhavam o medo como uma espada. Às vezes, não destruíam o suposto inimigo, mas faziam cortes e amputações suficientes para criar medo nos outros. O Mundo-Mãe poderia lhe tirar a vida, mas ele não permitiria que destruíssem sua paz. Ele exporia seu caso e deixaria o destino decidir. E foi nesse momento que o general Ion irrompeu em sua câmara.

– O almirante Atticus Noble chegou, milorde.

O rei Levitica se levantou e alisou suas vestes. Tinha que fazer o almirante do Imperium deixar Sharaan sem qualquer luta. A única preparação realista para uma luta contra o Reino era evitá-la. Ele marchou rumo ao seu destino.

– Como eles parecem estar?

O general Ion apertou a arma no quadril.

– Há muitos deles no nosso espaço aéreo... acho que não vieram aqui para conversar.

O rei Levitica passou pelo general e saiu da câmara. Ele parou ao ver que o Imperium se apresentou com força total.

– Ore por nós – sussurrou para o general Ion.

Noble estava no centro da praça com sua nave logo atrás.

– Rei Levitica. Me disseram que você estava em meditação. Isso é bom. Espero que tenha pensado em seus crimes.

– Eu gostaria de conversar.

Noble não respondeu. Em vez disso, permitiu que uma série de ataques de canhão contra Sharaan falassem por si. O impacto fez com que o exército Sharaan corresse para seus postos e se deparasse com soldados do Imperium, que o impediam do alto e do solo. Um grande *estalo* atingiu Levitica, que se abaixou por instinto. Ele olhou para a esquerda e viu um buraco no peito do general Ion quando ele caiu no chão. Um soldado com o rosto coberto por capacete de batalha estava atrás e do lado esquerdo de Noble com a arma erguida.

O rei Levitica endireitou sua postura novamente.

– Talvez possamos conversar primeiro, antes que destrua o resto do planeta.

Noble ergueu o cetro de osso e segurou a junta na mão.

– Fale sobre os traidores do Imperium que fizeram de você um traidor para nós. Não pense em mentir.

– Os deuses julgarão isso – declarou Levitica, solene.

Noble bateu no rosto dele com o cetro.

– Nós somos os deuses de vocês! Vocês não têm outros acima de nós! – gritou ele com uma chama de animosidade ardendo nos olhos como o reflexo da cidade em chamas atrás do rei.

– Devra e Darrian pousaram aqui, mas partiram de imediato. Isso não é um crime que mereça o bombardeio. Somos imparciais quando alguém precisa de ajuda. Por favor, pare.

Noble voltou a bater no rosto dele, com mais força do que antes, fazendo-o cair de joelhos. Ele podia sentir a coroa escorregando da cabeça. O zumbido em seu crânio devido ao golpe abafou por um momento o contínuo bombardeio de Sharaan. Os gritos dos cidadãos permaneceram altos.

– Para onde eles foram? – exigiu Noble.

– Não sei. Eu não perguntei. Não é da minha conta para onde foram depois daqui. Pela memória dos deuses e dos meus ancestrais, eu não sei. – De joelhos, o rei Levitica olhou para o céu por um olho, porque o outro tinha se fechado pelo inchaço. Caso sobrevivesse, ele nunca mais se abriria. Os módulos de transporte cortavam a fumaça negra que encobria o Sol nascente. Ele desviou o olhar para o seu redor e viu, até onde a vista alcançava, a morte. Seus soldados jaziam mortos nas poças rosadas e espumosas de sangue. Tentáculos e outros membros cobriam o chão. A cidade e as pessoas que ele amava tinham desaparecido. Prédios, casas e o Grande Templo da Água de Sharaan, que antes se elevava a distância, não podiam ser vistos. Estavam em completa ruína.

Destruição era o objetivo. Não era barganha, negociação, tortura ou subterfúgio. Essas eram ferramentas dos menos poderosos. Noble viera para arrasar Sharaan e depois fazer perguntas. E, agora, estava diante de Levitica, endireitando as luvas de couro e examinando a destruição.

— Não vou perguntar de novo. Prefere perder o outro olho?

Levitica balançou a cabeça. Um dos tentáculos, pendurado por alguns fios de tendão roxo, partiu-se e se contorceu aos pés de Noble. Ele o chutou com uma expressão de nojo.

— Por favor! Falei a verdade. Não tenho mais nada. Já contei tudo. A verdade. Imploro que você poupe o resto do meu povo. Estou preparado para morrer por aquilo em que a nossa civilização acredita. Leve a mim.

— Se ao menos você tivesse essa fé no Reino. Certo, a verdade... você os acolheu... inimigos reconhecidos do Mundo-Mãe. Você curou as feridas, consertou as naves danificadas deles, tudo por causa do seu código moral de honra e caridade.

Levitica balançou a cabeça.

— Minha civilização viveu e prosperou durante dez mil anos tendo a honra e a caridade como princípios mais valiosos.

Noble pegou o cetro e o posicionou sob o queixo do rei Levitica, erguendo-o em direção ao céu. O encouraçado pairava no alto com o peso de uma coroa de aço.

— Honra, eu compreendo. Essa nave foi nomeada em homenagem ao nosso pai assassinado. Chama-se *Olhar do Rei*. Mas caridade eu não entendo. Nosso rei demonstrou caridade para com alguém de outro mundo, como você, e, em troca, foi sacrificado por sua caridade. Por isso, batizamos a nave para ser um lembrete do poder daquele olhar benevolente, que foi perdido em nome da caridade, e para sempre lembrarmos que, se pela vontade de Deus aquele olhar caísse sobre nós e fosse mantido pelo mais breve momento, ele mudaria vidas para sempre.

– Você distorce a verdade em prol da própria vontade nefasta. A bondade retornará ao Universo. A guerra sem fim e a morte desnecessária desaparecerão do Universo. Haverá alguém que a trará de volta.

O rosto de Noble permaneceu impassível.

– Hoje o olhar dele cai sobre você. – Ele removeu o cetro do rosto do rei Levitica e o ergueu acima da cabeça, mas fez uma pausa. O rei meio cego permaneceu desafiador em sua dignidade e manteve o olhar fixo até que um assobio alto rompeu a atmosfera. Uma luz tão brilhante quanto um cometa branco e congelado flamejando até o chão iluminou o céu e caiu, criando uma máscara sobre os traços angulares de Noble. Ele parecia uma caveira uniformizada quando golpeou o rosto de Levitica com o cetro.

O chão estremeceu com o impacto e uma explosão de calor atingiu seus corpos. Noble se virou e caminhou em direção ao seu módulo de transporte. Mais correntes de calor explodiram através da fumaça negra e atingiram o planeta. Cassius saiu do módulo de transporte e desceu correndo a rampa para encontrar Noble.

– Temos informações de que os Falcões encontraram os Bloodaxes e estão prestes a armar uma emboscada.

Noble continuou a subir a rampa com Cassius ao seu lado.

– Uma boa notícia há muito esperada.

Cassius olhou por cima do ombro de Noble para o rei Levitica, que não se movia do chão. Um dos sacerdotes arrancou um dente da boca do rei e o colocou junto com os outros ao redor do retrato de Issa.

– Suponho que não precisávamos parar aqui no fim das contas – comentou Cassius.

– Precisávamos, sim, e logo você verá por quê, Cassius. Quero apreciar. – Ele se virou no topo da rampa e se segurou ao suporte enquanto o módulo de transporte começava a decolar. Levitica permanecia de joelhos, se tornando cada vez menor à medida que a cidade queimava e suas defesas eram inutilizadas. Mais do que destruído, qualquer vestígio de civilização foi apagado. O planeta foi reduzido ao seu estado pré-histórico.

Quando estavam a uma distância segura, outra bola de fogo branco atingiu a praça no exato local onde Levitica permanecia.

– Bem, prepare a minha nave de combate, irei na frente e vou capturar os cães traiçoeiros pessoalmente. – Noble recuou e permitiu que a rampa se fechasse. Ele respirou fundo, satisfeito, e sorriu contente para Cassius.

– E quais são as ordens para o *Olhar do Rei*, senhor? – perguntou Cassius.

– Bem, assim que tiver devastado o planeta, nos encontraremos, extrairemos a localização exata do resto dos insurgentes e os destruiremos de uma vez por todas.

– Sim, senhor – assentiu Cassius.

—

Gondival não era conhecido pela beleza. O céu era um manto de espessas nuvens de tempestade que lançavam baldes de água sobre o planeta, mantendo os mares agitados em constante movimento. À medida que se avançava para o Leste, relâmpagos podiam sempre ser vistos se dividindo em raios brilhantes e cruéis. Cinco pequenas Luas eram visíveis quando a neblina e o nevoeiro se dissipavam do céu. A maior delas pairava acima das águas tumultuosas como uma lágrima congelada. Era o lar de um ponto de ancoragem.

O cargueiro e seis naves dos Bloodaxe deslizaram em direção às docas de carboneto que se projetavam da superfície da Lua. Elas flutuavam com motores que giravam em uníssono para mantê-las tão imóveis quanto possível quando os ventos aumentavam. Cada placa maciça era conectada a outra com pranchas de carboneto. Outros dois cargueiros estavam estacionados com estivadores cuidando da manutenção e descarga de mercadorias. Caixas de todos os tamanhos eram empilhadas para entrega e coleta. Havia também boias e guindastes gigantescos ao redor de várias estações. A neblina noturna com as luzes fluorescentes fazia a atmosfera parecer cinza e azulada.

Kai atracou na primeira estação que viu, enquanto Bloodaxe pousou suas naves na segunda doca e as atracou. Darrian e seus combatentes inspecionaram as docas após desembarcarem das naves. Milius se aproximou do líder.

– No que está pensando? Eu conheço essa cara.

Darrian falou mais baixo do que o normal.

– Fique de olho lá de cima. Ouvidos abertos. Espalhe a palavra. Este lugar é tão aberto. Me sinto um pouco nu. – Milius acenou com a cabeça e foi em direção aos outros.

Do cargueiro, Kai foi o primeiro a sair quando a rampa atingiu o cais. Ele marchou na direção de um estivador de macacão. Kai falou com o trabalhador e apontou para o cargueiro, enquanto as portas do compartimento de carga se abriam automaticamente. Kora ficou no topo da rampa, examinando a cena. Ela olhou de uma altura vertiginosa para as águas escuras que ficavam abaixo das docas e se chocavam contra as rochas pontiagudas desgastadas pela erosão. Tinham um movimento e som hipnóticos. O vento aumentou. Ela puxou a capa para apertá-la mais ao redor do peito. A chuva enevoada caía sobre sua pele e cabelo. Houve lugares piores em suas muitas missões, mas ela não gostava dali e queria partir o mais rápido possível.

– Ei, cuidado onde pisa. – Kora olhou para Kai. – Vamos tirar essas coisas da minha nave para que a gente possa dar o fora deste lugar úmido e sombrio. As prateadas primeiro.

Ela olhou para os estivadores que estavam a distância e a encaravam. Ela gritou para Kai:

– Vou pegar as outras.

Os guerreiros já estavam saindo do cargueiro e descarregando o compartimento de carga. Tarak caminhou ao lado de Kora, carregando uma caixa. Ele também puxou sua capa grossa, sentindo frio enquanto tremia.

– Por que estamos perdendo tempo ajudando o piloto a encher os bolsos?

Kora olhou de soslaio para Tarak.

– Você está com a gente por causa dele. Se quisermos ter uma chance, temos que começar a confiar uns nos outros.

Tarak observou Kai conversar com um estivador, que mastigava um galho de cânhamo.

– Não significa que eu tenha que gostar dele. Não depois da outra noite. Não se importe se eu ficar de olho nele.

– Não disse nada sobre gostar dele. – Kora parou. Sua expressão ficou cautelosa enquanto seus olhos seguiam um rosto que não se encaixava ali. Sua mente voltou para Providência. Um dos Falcões chamou sua atenção por causa de uma cicatriz grande e grossa que descia na lateral do rosto. A mesma cicatriz que ela via agora. Quando ele olhou para o outro lado, ela largou a caixa e se virou para Tarak. Olhou bem nos olhos dele e agarrou seu pulso. Sua voz era baixa. – Tem alguma coisa errada. – Ela olhou para Kai, que sustentou seu olhar e sorriu. Naquele instante, ela *soube*.

Houve uma grande explosão acima de suas cabeças. Estilhaços e fogo choveram nas docas quando uma das naves de Bloodaxe foi incinerada. Kora e os outros pegaram as armas enquanto procuravam no céu por uma nave atacante. Os estivadores correram para se proteger, gritando obscenidades uns para os outros. Não havia nada à vista imediata da tripulação.

– Preparem-se para a luta! – gritou Darrian a distância enquanto procurava freneticamente pela fonte do caos. Uma de suas naves de combate começou a atirar. Num instante, explodiu em uma bola de fogo. Enquanto estavam distraídos pelos destroços em chamas que caíam, os guerreiros não notaram metal se chocando contra metal e o tilintar de engrenagens. Os guerreiros olharam ao redor, preparados para lutar contra um inimigo ainda invisível. As caixas de prata que haviam descarregado se abriram com um rangido. O metal começou a se desdobrar e retorcer com precisão de origami até formar um exoesqueleto enorme.

Em segundos, o carcereiro robótico prendeu o pescoço, a cintura e os braços de Kora em algemas semelhantes a um torno. Antes que os outros pudessem reagir, foram detidos com a mesma velocidade e da mesma forma. Nêmesis torceu os braços para se libertar, mas quanto mais resistia, mais forte ele segurava. Suas espadas caíram no chão conforme os pontos de pressão em seus pulsos de metal foram apertados. Ela cerrou os dentes. Embora não tenha gritado, aceitou a contragosto a derrota e parou suas contorções inúteis. Kora não conseguia encarar nenhum deles. Isso era culpa dela. Mas onde foi que erraram?

– Kora! – gritou Gunnar, que ainda estava livre. Ele estava com os combatentes de Darrian, que não haviam sido detidos. Os combatentes pegaram as armas, mas estavam atrasados demais para ser de alguma ajuda. Kai e os Falcões tinham armas apontadas para eles antes mesmo que pudessem sacar as próprias. Gunnar e a tripulação Bloodaxe não tiveram escolha senão se render.

Kai desfilou entre os detidos com um sorriso malicioso e depois parou na frente de Kora. Ela lhe lançou um olhar de raiva assassina, embora sentisse um milhão de emoções. Não pôde deixar de se lembrar da primeira traição monumental de sua vida.

– Seu pedaço de merda. Quando?

– Eu sabia que ele era um babaca mentiroso! – berrou Tarak enquanto flexionava os braços, tentando escapar. Kai riu e lhes deu um sorriso presunçoso. Ele abriu a boca para falar quando todas as docas ressoaram como se uma das tempestades do Leste tivesse se movido em sua direção. Todos olharam para o céu e depois para baixo. Uma grande nave de lançamento surgiu da névoa escura que cercava a água e das lâminas negras rochosas. Kora olhou para um Kai ainda sorridente e de volta para a nave. Ela tremia de terror. Kai se moveu para captar o olhar dela.

– Quando, Kora? Em Veldt, em Providência, quando ouvi a sua história pela primeira vez. Pensei que com os seus ideais de resistência eu poderia reunir algumas cabeças. Tarak, por exemplo. O mundo escravizado dele. Depois veio Nêmesis. Toda a família massacrada dela. Mas o general Titus?

Você tem ideia de quanto ele vale sozinho? Todos teriam aproveitado a oportunidade para exercer qualquer pequena vingança contra o Reino, mesmo que o pagamento fosse só um saco de grãos. Além disso, há você. Kora. Ou devo chamá-la de Arthelais? O maior prêmio de todos.

Kora continuou a encará-lo e voltou a atenção para a nave que se conectava com uma terceira doca. As portas se abriram e a rampa baixou. Ela olhou de volta para Kai.

– Seu lar. Foi mesmo destruído?

A expressão de Kai ficou séria.

– Você sabe o que o Mundo-Mãe fez ao meu planeta? Eles não só o destruíram. Eles torturaram todos os homens, mulheres e crianças. Nos deixaram à beira da morte enquanto nos transformavam em cinzas desde uma órbita baixa. Sabe o que isso me ensinou? Nunca fique do lado errado da história.

– É isso que acha que estamos fazendo?

Ele franziu a testa e balançou a cabeça.

– Não. Você escolheu o lado que nem mesmo aparece nos livros de história.

O som de passos pesados no metal chamou a atenção de todos para a nave de lançamento. Noble vinha na frente com um cetro de osso na mão e uma espada no cinto. Seus guardas krypteianos, Balbus e Felix, atrás dele. Kora voltou sua atenção para Kai.

– O que aconteceu com a honra?

– O que de fato aconteceu com ela? – replicou ele.

Noble avaliou todos os guerreiros com a cabeça bem erguida. Parou na frente de Darrian primeiro.

– Bem, olha quem temos aqui? Quem de fato. Comandante Bloodaxe. Líder da própria insurgência, que o *Olhar do Rei* foi enviado a este fim de mundo da galáxia para capturar. Ele por si só vai garantir o meu assento no Senado.

As narinas de Darrian se dilataram e seus olhos se estreitaram.

– Atticus Noble. Você não sairá desta Lua vivo.

Noble bateu o cetro contra a máquina que mantinha Darrian como refém.

– Que ameaça interessante... de um homem algemado. Você nunca perde a esperança, mesmo quando ela é fútil. Se morrer agora, sua irmã morrerá em breve.

Darrian sacudiu o corpo nas algemas apertadas do exoesqueleto, sem sucesso. Noble riu antes de continuar a caminhar entre os guerreiros. Ele parou diante de Tarak. Se curvou um pouco.

– E eu seria negligente se não mencionasse que estamos na presença da realeza. Tarak Décimo. Ou devo dizer príncipe Tarak?

Tarak permaneceu imóvel e impassível, mas cuspiu próximo aos pés de Noble. Noble olhou para baixo antes de caminhar até o próximo prisioneiro.

– General Titus. Dispensa apresentações, não é? Suas ações na Batalha de Sarawu o precedem.

– Vá em frente. O fedor do Imperium no seu hálito me deixa enjoado – vociferou Titus.

Noble fez uma careta para Titus.

– O sentimento é mútuo. – Ele continuou e encarou Nêmesis. Os olhos dela cintilavam com animosidade e suas mãos de metal tremiam.

– A lendária espadachim conhecida só pelo nome de Nêmesis. Assassinou dezesseis oficiais do Imperium de alto escalão e seus destacamentos de segurança. Tudo em uma caçada para vingar os filhos massacrados. Claro.

Nêmesis rosnou:

– Não se atreva a falar deles. Os nomes deles, todos os nomes dos mortos, merecem coisa melhor do que a sua boca.

– Eu nem sei os nomes deles – respondeu ele com naturalidade.

Um dos Falcões chutou a espada caída à direita dela.

– Lâminas de aço oracle... Há muito tempo procuro uma dessas. Como faz para que brilhem tanto? – Ele se inclinou para olhar mais de perto.

Nêmesis esticou o pescoço para ver o que ele estava prestes a fazer.

– Vou arrancá-las das suas mãos e usá-las para separar a sua cabeça do corpo. Então elas brilharão laranja com o fogo da forja de Byeol.

O Falcão grunhiu e pegou uma das lâminas do chão, colocando-a sob o cinto.

– É minha agora. – Os olhos dela o seguiram com ódio ardente enquanto ele se afastava.

Noble examinou o grupo até avistar Gunnar. Ele foi na direção dele devagar.

– O fazendeiro. O agricultor ambicioso. Eu me orgulho de nunca ser surpreendido. E ainda assim, agora estou. Entendo por que todos eles estão aqui, menos você. O que você estava esperando ganhar montando uma oposição tão... fraca? Me diga. Isto?

– Porque defendo algo além da coerção, do assassinato e do ódio.

Noble franziu o rosto em uma expressão zombeteira.

– Quanta estupidez. – Ele deu um tapinha na bochecha esquerda de Gunnar, seguido de um tapa forte.

– Chega de joguinhos, Noble – disse Kora.

Ele deu um passo na direção dela. Seus olhos deslizaram pelo corpo dela quando estava a centímetros de distância. Ele tirou a arma do coldre dela e a jogou no chão.

– E eu pensei ter reconhecido algo em você naquela aldeia imunda. Mas aqui, entre todas essas pessoas simples, está a fugitiva mais procurada do Universo conhecido. A Marcadora de Cicatrizes, Arthelais.

– Esse não é o meu nome verdadeiro. Essa não sou eu – declarou Kora.

Noble a dispensou com um aceno.

– Você, Arthelais, tem a mínima noção do que fez por mim ao reunir todos vocês desse modo? Quando eu depositar o corpo paralisado de vocês aos pés do regente, serei um herói do Reino. Escreverão canções sobre os meus feitos de coragem.

Kai pigarreou e desviou o olhar.

– Não é como se eu não tivesse feito todo o trabalho – comentou, baixinho.

Noble lançou um olhar para Kai, desprovido de raiva ou surpresa, desprovido de qualquer coisa. Os olhos são as janelas da alma, e foi nesse momento que Kai percebeu que Noble não tinha uma. Ele recuou sem dizer outra palavra.

– Vamos seguir em frente com isso, não é? – declarou Noble.

Kai acenou com a cabeça e tirou uma pistola de uma das caixas de prata fechadas que combinavam com as que prendiam Kora e os guerreiros. Ele a ergueu e inspecionou o cano e o projétil dentro dela.

– Vamos transportá-los paralisados, caso alguém esteja se sentindo agitado. Basta um tiro para partir a coluna vertebral com essa gracinha. – Ele apontou para Gunnar e puxou o gatilho. O anel de acoplamento e a ponta de paralisia foram ejetados e retraídos. Ele se aproximou de Gunnar e ofereceu a arma. – Levante-se. Tenho um trabalho para você. Se fizer tudo certo, pelo menos poderá sair dessa vivo.

Gunnar não se moveu. Ele engoliu em seco e olhou para os guerreiros que o encaravam, esperando para ver o que ele faria.

Noble olhou para Kai e depois de volta para Gunnar.

– Ele não vai ser um problema?

Kai jogou a cabeça para trás e riu.

– A primeira vez que o vi, foi num tiroteio, sabe o que ele fez? Correu para debaixo das pernas dela, se encolheu atrás dela enquanto ela fazia o trabalho sujo. Ele é um covarde.

Gunnar baixou os olhos, sem saber como retrucar. Sem saber se era mentira. Ele olhou de volta para a pistola na mão de Kai. Ele a pegou. Kai inclinou a cabeça na direção de Kora. Gunnar balançou a cabeça, à beira das lágrimas.

Kai sorriu e se virou para Noble.

– Isso é o que eu chamo de entretenimento. Ele está apaixonado por ela. A maneira como olha para ela quando pensa que ela não está vendo. É patético. Ele não se declarou esse tempo todo e aposto que nunca vai se declarar. Sem coragem para o amor ou para a guerra.

Gunnar encarou Kora. Seus olhares se encontraram.

– Gunnar… se você fizer isso… eles ainda vão matar você. Pelo menos morra com honra.

Ele caminhou para trás de Kora. Sua mão tremia quando ele colocou a pistola na câmara de acoplamento. Kai deu três passos largos até estar ao lado de Gunnar.

– Não seja um maricas. Faça. Uma mulher como ela nunca amaria um homem como você. Estou fazendo um favor para você, na verdade. Kora é corajosa, feroz e poderosa, sabia? Você é… você.

Gunnar se aproximou dela, ignorando Kai e todos ao seu redor.

– Perdão – disse Gunnar enquanto olhava para a tela que mostrava uma imagem da coluna dela. Ele cerrou a mandíbula e girou a pistola em noventa graus. Num instante, uma série de cliques rompeu o silêncio. As mandíbulas de aço que seguravam Kora a libertaram. Sem perder um segundo, ela se pôs em ação, na direção de um dos Falcões armados até os dentes.

Gunnar retirou a pistola e a enfiou sob o queixo de Kai.

– Sou corajoso o suficiente para morrer por uma causa. – Seus olhos se encontraram no momento em que ele puxou o gatilho, havia compreensão nos olhos de Kai, e determinação inflexível nos de Gunnar. A ponta atravessou direto o crânio de Kai. Seus olhos rolaram de preto para o branco sólido enquanto o sangue jorrava de suas narinas, caindo na boca aberta. Gunnar puxou a pistola, enquanto o cadáver de Kai caía flácido no chão. Correu na direção de Nêmesis e a soltou. Os tiros apontados contra ele por soldados recém-emergidos e por Noble o fizeram se abaixar para se proteger atrás das caixas. Nêmesis ficou de pé e pegou sua espada do chão. A arma ficou incandescente assim que tocou sua mão. Ela foi até os guerreiros confinados e passou uma espada contra o anel de acoplamento na parte de trás das coleiras.

Enquanto os Falcões se preparavam para bloquear o ataque de Kora, os guerreiros de Darrian aproveitaram o caos que se seguiu. Eles soltaram gritos de guerra antes de atacar os Falcões, pulando nos homens mais próximos, mais rápido do que sacavam as armas. Em segundos, formou-se uma briga frenética e confusa. Kora atacou o Falcão mais perto dela, desarmando-o num movimento e o matando no seguinte. Ela apontou a arma para um tanque de combustível na beira do cais e disparou. A explosão fez com que todos se agachassem, os estivadores fugiram para se proteger enquanto o fogo ardia na escuridão da noite.

Nêmesis olhou para os lados até encontrar o Falcão que tinha sua outra espada e avançou em sua direção. Quando ele ergueu o rifle, ela caiu de joelhos e deslizou até ele, agarrando a espada que estava na lateral de seu cinto. Cortou sua cintura. O couro foi cortado com a suavidade da manteiga e o corpo dele também. Seu torso e a metade inferior caíram em direções diferentes. Ela não perdeu tempo, se esquivando e afastando as balas com seu aço para ajudar Tarak a sair da gaiola. Ela cortou a parte traseira do exoesqueleto para libertá-lo, suas espadas brilhavam com o fogo do inferno nascido da vingança.

Titus foi o último a ser libertado. Mais tiros ricochetearam nas lâminas, enquanto ela tentava chegar até ele. Titus respirava com dificuldade e cerrava os punhos, pronto para a luta. Deixando de ser um alvo por um momento, enquanto Tarak começava seu próprio ataque contra os inimigos, ela abriu a gaiola de exoesqueleto de Titus. Quando ele caiu no chão, ela ergueu a espada a centímetros do rosto dele. Os olhos de Titus se arregalaram com uma lança laranja incandescente que refletia em suas pupilas. Um *ruído agudo e alto* contra a espada foi seguido por um grito distante de um Falcão sendo atingido pelo ricochete. Ela olhou para além da espada, que funcionava como escudo, nos olhos dele.

– Eu lhe devo uma – declarou ele.

Ela assentiu e inclinou a cabeça na direção da luta, na qual Tarak havia assumido o controle da arma de outro Falcão. Facilmente do tamanho dos braços de dois homens, a arma era conhecida por seu disparo rápido de balas que quebravam ossos. Os braços musculosos dele a mantinham levantada o suficiente para alvejar os soldados e Falcões que se aproximavam. Kora aproveitou a oportunidade para se esquivar entre corpos e caixotes. Posicionou-se atrás de um deles com a arma apontada para os soldados desavisados. Com precisão de elite, derrubou-os como galhos podres de uma árvore. Sua mira se moveu até pousar no único homem que ela sabia que tinha que morrer a todo custo: Noble. Ela queria fazer isso.

Ele estava sozinho, seus guardas krypteianos estavam compensando as falhas dos Falcões. Seu dedo pressionou e ela prendeu a respiração até que atingiu o pescoço de um Falcão.

– *Merda!* – xingou, baixinho. O zumbido de uma nave a distraiu. A nave de Noble alçou voo do cais com suas armas ganhando vida. Os olhos dela se voltaram para a luta no chão. Sabia o que viria a seguir e não tinha sido a única a notar.

Darrian olhou para a batalha ao redor, examinando quem restava. Voltou a atenção para a nave que se elevava.

– Pilotos! Para suas naves! – berrou para os guerreiros restantes e apontou para as naves. Todos avançaram em direção ao cais, onde as naves estavam atracadas.

Kora protegeu sorrateira a retirada deles, eliminando qualquer um que tentasse interferir na corrida até as naves. Mas não foi o bastante. A nave de Noble pairou sobre a tripulação de Darrian quando eles começaram a embarcar e atirou indiscriminadamente. Darrian foi surpreendido pelo impacto da explosão de suas naves. Por instinto, levantou os braços para proteger o rosto. Quando os abaixou outra vez, soltou um grito horripilante e ergueu os braços ao lado do corpo. Seu pescoço grosso estava cheio de veias saltadas enquanto ele continuava a berrar de fúria. Ele não era mais apenas um rebelde; naquele momento, ele era guerreiro de Shasu por completo.

Tarak correu para o lado dele com a arma automática disparando contra a nave de Noble e os soldados. Uma onda de sangue e carne rasgada explodiu no ar. Titus pegou uma arma automática que caiu de um dos Falcões e parou ao lado de Tarak com as pernas abertas. Os dois homens se entreolharam e trocaram sorrisos irônicos enquanto trucidavam os soldados do Reino com a mesma misericórdia que o Reino lhes havia concedido. A mesma misericórdia que o Mundo-Mãe tinha com o Universo, seu apetite devorador que a tudo consumia. Os guerreiros expulsaram todo o ódio pelo Reino em fumaça e metal.

Kora permaneceu no esconderijo. Com Tarak e Titus disparando artilharia pesada, ela caçou Noble mais uma vez.

– *Maldição!* – sussurrou para si mesma assim que o viu. Os homens de Noble o afastavam e protegiam os pontos críticos de seu corpo, apesar dos protestos dele. Aquele homem amava a matança e o caos da conquista. Não podia apenas ser ferido ou assustado. Ele tinha que morrer de uma vez por todas. Ela ainda tentou matar o maior número possível de inimigos ao redor dele, mas decidiu voltar para Titus, Darrian e Tarak para manter o pior longe deles. Conseguia ouvir Nêmesis lutando a distância, os sons horríveis de arranhões de metal contra metal e os uivos de agonia dos soldados que ela encontrava.

Nêmesis empunhava suas espadas com a graça e a beleza de uma grande ave de rapina que voava livremente por um vale. Soldados e Falcões caíram em seu rastro.

– Você! – gritou o guarda krypteiano, Felix. Ele começou a atirar contra ela. Nêmesis aceitou a disputa e desviou os tiros com as próprias lâminas ainda quentes. Sangue e cabelo de inimigos mortos chiavam no calor delas. Quando sua arma descarregou, ele a jogou para o lado e grunhiu, mostrando os dentes amarelados. Ele bloqueou a lâmina dela com a própria. Faíscas se elevaram entre eles, refletindo em seus olhos quando se encontraram cara a cara. Felix pulou para trás para dar um golpe certeiro, mas Nêmesis conteve o golpe, arrancando um pedaço da lâmina dele. Ele rosnou e investiu contra ela mais uma vez com maior velocidade. Ele ergueu o ombro enorme para bater nela com força. Serviu apenas para que ela cortasse ainda mais da lâmina dele. Ele tropeçou para trás com a mudança de energia proveniente das espadas. Nêmesis avançou, cada golpe de sua espada mais furioso e mais veloz que o anterior. Faíscas e grandes pedaços da espada dele voaram pelo ar.

Com o toco irregular de sua espada, ele deu um soco na lateral do braço dela. Isso a desequilibrou. Enquanto ela recuperava o equilíbrio, ele correu na sua direção e a atacou de novo, atingindo-a na têmpora. O impacto a fez cair no chão. Antes que ela pudesse piscar para se orientar, ele estava sobre ela. Ele montou nela, levantando os restos de sua espada no ar. Com as narinas dilatadas, os olhos selvagens de humilhação e vingança e a saliva que escorria na barba por fazer ao redor da boca, Nêmesis só conseguia ver o krypteiano como um animal. Sabia que morreria pela espada, mas não naquele dia, não para aquela fera.

– Vou espetar você com tanta força, vadia. Se estivéssemos sozinhos... o que eu faria com você...

Nêmesis sabia que sua espada estava próxima, podia sentir o calor. Era uma extensão da ira em sua alma, as chamas que a mantinham persistindo além da dor. Com a mão esquerda, agarrou o cabo e a passou pelos ombros de Felix. O sangue jorrou em filetes finos como gavinhas no ar. Ela levantou os quadris para que o corpo dele caísse para o lado, não em cima dela. Ela ficou de pé acima dele e repousou a parte de trás do calcanhar em seu crânio. Por um segundo, ficou irritada por ter sido sobrepujada, mesmo que por um instante.

– Me dê cobertura! Noble está fugindo! – gritou Kora. Nêmesis ergueu os olhos e acenou com a cabeça.

Kora saiu correndo de seu posto de observação para alcançar um Noble em retirada. A nave dele continuava a disparar em movimento, mas girava em torno de um guindaste. Em seu flanco, ela viu Darrian passar com Milius logo atrás, protegendo-o das rajadas de tiros. Ele corria direto para o guindaste perto da nave inimiga sem hesitar. Enquanto ele subia as escadas, a nave disparou, atingindo-o no ombro esquerdo. O golpe o fez tropeçar para trás com um grito alto e um xingamento, mas seu olhar de aço permaneceu fixo na nave. À medida que subia ainda mais, ele agarrou um fino estilhaço caído que lembrava uma lança. Continuou a subir as escadas às pressas até estar perto o bastante para dar um gigantesco salto de fé, braços e pernas bem abertos e metal na mão.

Kora pensou que ele tinha errado, mas ele caiu quase no nariz da nave com os dedos cravados em uma fenda. O veículo se inclinou para o lado quando o piloto tentou se livrar dele. Os nós de seus dedos ficaram brancos, se segurando e tentando manter o equilíbrio. Um dos pés dele escorregou até que ele recuperou o controle. A mão direita de Darrian fez a lâmina mergulhar no metal da nave. Ele subiu mais alto no nariz e puxou a lâmina para quebrar o vidro. Numa explosão de estilhaços, ele quase esfaqueou o piloto. A nave oscilou, o piloto foi pego de surpresa e perdeu o controle. Ele sacou uma pistola com uma das mãos para atirar em um Darrian ensandecido, cheio de adrenalina e fúria. O tiro atravessou o peito de Darrian.

Os olhos dele tremularam, mas não foi o suficiente para detê-lo. Ele continuou a subir na nave. A mão trêmula do piloto disparou de novo, dessa vez conseguiu acertar seu antebraço de raspão, o que incitou ainda mais raiva em Darrian.

– Se eu vou morrer, você também vai! – berrou ele enquanto o sangue escorria de seu ferimento.

Ele escalou perto o bastante da cabine para enterrar sua lança de estilhaços no peito do piloto, matando-o num instante. A nave oscilou e começou a espiralar com a artilharia atingindo suas laterais. O painel de controle continuou a piscar em vermelho; os golpes o estavam desligando. Darrian assumiu os controles e se segurou, pois não havia outra direção a seguir além da superfície de Gondival. Continuou sacudindo a cabeça para ficar alerta conforme sua vida começava a se esvair, e seu corpo ia se desligando como o pedaço de metal ao qual ele se agarrava.

– Morte ao Mundo-Mãe! Morte ao Reino! Por Shasu! – gritou ele com uma risada histérica enquanto permitia que a nave desabasse em nome da liberdade.

Kora correu pelo caos para alcançar Noble, que havia sido separado do último de seus homens. A arma que ela havia disparado antes estava sem munição, então a jogou no chão. Sua intenção era matar Noble de uma forma ou de outra, mesmo que fosse com as próprias mãos. A névoa e o vento chicoteavam com mais violência ao seu redor. A luta ainda podia ser ouvida a distância. Uma das naves em chamas aproximou-se das docas enquanto caía do céu. Kora correu mais depressa e deslizou por baixo dela antes que fosse separada de Noble. Enquanto ela corria em direção a Noble, ele se virou rápido para encará-la. Em sua arrogância, ele ergueu um pouco o queixo.

– Vou gostar disso, *Arthelais*. E espere até que Balisarius veja o seu cadáver – declarou ele, erguendo o cetro de osso em uma das mãos. Naquele instante ele parecia um monstro revelando as mandíbulas e dentes letais, ansioso para matar. Kora sabia que a única maneira de deter homens como Noble e Balisarius era por meio da morte. A sua fome insaciável de poder e destruição só aumentava à medida que acumulavam mais.

Ela havia sido treinada da mesma forma que Noble e isso era uma vantagem para ela. Cada movimento seu seria calculado com precisão. Os dois avançaram ao mesmo tempo para o primeiro golpe. Ele balançou o cajado de osso contra a cabeça dela. Ela se abaixou antes do impacto, depois se levantou e recuou para uma distância segura.

– Estou surpresa, Noble. Achei que o assassinato tinha perdido a graça para você. Afinal, você é mestre nisso.

– Diz a assassina.

Um guincho repentino e ensurdecedor de metal sendo triturado e gritos encheu a atmosfera. Os dois viraram a cabeça na direção do barulho e então mergulharam para fora do caminho da nave que colidiu contra uma doca flutuante. Kora pôde ver o contorno de um homem pendurado no nariz antes de se voltar para Noble, que estava de pé, avançando em sua direção. Ele conseguiu acertá-la nas costelas com o cajado. Ela se dobrou, mas manteve os olhos nele. Enquanto segurava a cintura, ela avançou para dar uma cabeçada no estômago dele. O golpe o pegou desprevenido; no entanto, ele a agarrou, fazendo com que ambos caíssem no chão. Kora gritou entre os dentes cerrados, tentando acertar socos e chutes suficientes para incapacitá-lo. Ele lutou com a mesma intensidade, com ódio nos olhos.

Kora podia ouvir a água batendo contra os dentes irregulares das rochas abaixo e sentir o vento soprando ao redor deles. Olhou para a esquerda.

Estavam perto da beirada. Não havia como ele sobreviver a uma queda daquelas. O pensamento lhe deu determinação e força renovadas. Ela lutou mais para aproximá-lo da borda do cais. Ele olhou para a borda e pensou o mesmo. Ele girou para ficar por cima dela e colocou o bastão horizontalmente sobre seu pescoço. Os olhos dele encaravam os dela enquanto ele pressionava sua garganta. Ele sorria enquanto a observava lutar sob seu peso.

Seu rosto vil não seria jamais a última coisa que ela veria antes de morrer. Ela agarrou as duas pontas do cajado e o girou para a esquerda. Ao mesmo tempo, passou a perna em volta da cintura dele e fez ambos caírem da beirada. Ela pôde sentir a rajada de vento frio a envolver. Eles caíram do cais e, em vez de acertarem as rochas pousaram com força em uma boia octogonal flutuante três metros abaixo. Os dois se levantaram. Noble agarrou o cajado que tinha caído ali perto com eles. Kora avançou, acertando socos no rosto dele. Ele devolveu cada golpe. A face dos dois logo ficou ensanguentada. Noble golpeou com o osso na direção da têmpora dela, mas ela se abaixou e correu para o lado.

— Você só sabe correr. Voltarei arrastando seu cadáver, pela minha glória. Glória que há muito me é devida — zombou ele.

Kora se agachou um pouco e se moveu com passos lentos e os braços abertos ao lado do corpo, tentando antecipar o próximo movimento dele.

— Você também, correndo de planeta em planeta, mas só leva morte e terror. Vou deixar o seu cadáver onde ele cair. Você não merece nada melhor nesta vida.

Os olhos dele se estreitaram antes de golpear as pernas dela com o cetro. Kora caiu e rolou para a beirada da boia. Antes de cair nas rochas abaixo, agarrou-se a uma corda pendurada. Seus pés balançavam no vento frio enquanto ela escalava. Noble ergueu o cetro e o bateu na corda, separando-a da boia, mas não foi rápido o suficiente para impedir que Kora se agarrasse à borda de metal. Ela subiu, agarrou o pedaço restante da corda e começou a chicoteá-la contra ele. Ela o acertou no peito e nas pernas. Agarrou o braço dele que segurava o cetro e o torceu até que ele berrou quando seu osso rádio se quebrou e perfurou a pele. Kora aproveitou o momento para partir o cetro em dois, usando uma metade para espetar a coxa dele.

Noble cambaleou para trás, desarmado. O grande fragmento do cetro permaneceu nas mãos dela. Os olhos dele eram como cometas de ira enquanto ele recuava. Kora sacudiu o cetro com força, esperando que ele sentisse alguma migalha de medo. Eles se encararam enquanto ela se aproximava e ele recuava. Ele parou e olhou para trás por cima do ombro. Seu cabelo sacudia ao vento. Ele parou na beirada da pequena boia, nada além de águas escuras e agitadas com ressacas letais e rochas abaixo de seus pés.

Kora olhou para o cajado e depois para Noble.

– Você está sem tempo – afirmou, enquanto erguia o cetro.

Ele sorriu e zombou.

– O que é tempo? O que é memória, amor ou lealdade? O Imperium é todas essas coisas. É abrangente e nunca poderá ser derrotado. Você e aqueles *rebeldes* não têm esperança e em breve ficarão sem tempo. Não há nenhum lugar neste Universo onde vocês não serão encontrados.

Ela levantou o osso, segurou-o como uma lança na altura dos ombros, e o atirou com força na direção dele. O olhar dele desceu para o peito, seus lábios entreabertos. O bastão se projetava do centro de seu esterno. O sangue escorria dos cantos da boca enquanto ele olhava por cima do ombro sem ter para onde ir, depois de volta para Kora com uma expressão de perplexidade.

Kora foi na direção dele com passos calmos. Suas mãos agarraram o cajado como se quisesse retirá-lo. Ela ergueu o pé e o chutou sem dizer uma palavra. Para ter certeza de sua morte, observou-o cair até que seu corpo se chocasse contra as rochas de obsidiana expostas. Seus braços e pernas quebrados assumiram uma forma anormal. Sangue se espalhou atrás dele como uma capa na água salgada. A maré que subia girava em torno da base da saliência rochosa onde ele jazia, flácido como algas marinhas.

Parte dela desejava que fosse Balisarius quem estivesse morto. Se havia alguém que de fato merecia a morte, era ele. Ele que havia distorcido sua lealdade e manipulado seu coração partido. Provavelmente ela jamais teria a chance de enfrentá-lo. Para dizer tudo o que não havia sido dito. Agora que teve tempo para processar os anos com ele e o dia em que fugiu, nunca saberia por que ele fez o que fez. O passado se agitava e se chocava na mente de Kora como as ondas abaixo.

Satisfeita por vê-lo imóvel, Kora olhou em direção às docas, esperando que alguém viesse em seu auxílio logo após o fim da luta. Acenou com as mãos acima da cabeça quando viu Tarak e Milius examinando os danos e procurando possíveis sobreviventes. Tarak apontou para ela e gritou:

– Aguenta firme!

Estava sozinha na boia agora, sentindo o frio. Acabou, mas por quanto tempo? Ela se perguntou o que estaria acontecendo em Veldt e se poderia considerar um retorno, para sempre. Havia sido um sonho maravilhoso. Lembrou-se das palavras de Kai sobre Gunnar. Seu coração doeu ao pensar no momento em que ele a salvou. Ela não precisava ser salva, nem jamais pediria por isso. Mas era bom saber que havia uma pessoa no Universo que arriscaria o pescoço por ela.

Uma corda amarrada com um nó punho de macaco caiu perto de seus pés e ficou presa na grade da boia. Ela olhou para cima e viu Tarak puxando a corda, levantando a boia em direção às docas. À medida que subia, Gunnar ficou logo atrás dele, guiando a corda também. Sua silhueta destacada pelos fogos da batalha. Seu rosto e roupas estavam manchados de sangue. Eles se entreolharam quando ela saiu da boia de volta para o cais. Havia uma suavidade, uma sensação de alívio, dentro dela que a fez querer correr para ele, mas esse não era o seu jeito. Ela nunca havia tido braços para os quais correr. Acenou com a cabeça para ele.

– Você conseguiu – declarou ele enquanto a encarava, se aproximando.

Ela olhou por cima do ombro em direção às gaiolas de exoesqueleto de metal.

– E você também. Obrigada.

– Vale a pena morrer por algumas coisas. – O olhar dele não vacilou nem se desviou quando disse isso. Ela pôde sentir a respiração dele em sua bochecha e o corpo perto o suficiente para que tudo o que precisasse fazer fosse levantar a mão para tocá-lo. Os lábios dele não muito mais longe.

Titus se juntou a eles, seguido pelo resto dos guerreiros, interrompendo o momento. Gunnar deu um passo para trás e puxou a arma de Kora da parte de trás do cinto.

– Encontrei isso aqui. Pensei que você ia querer de volta.

Ela sorriu e a pegou.

A postura de Titus estava ereta, a cabeça erguida, enquanto olhava para a destruição e os soldados mortos.

– Foi um golpe contra o Mundo-Mãe, o que fizemos hoje. Criminosos, pessoas insignificantes, enfrentando uma máquina de guerra. Esse pequeno ato de desafio dá voz aos que não têm voz. É mais do que apenas um oficial canalha e alguns de seus homens derrubados. É o começo de algo.

Kora ouviu Titus com atenção.

– O começo de quê?

Ele balançou a cabeça e olhou para o céu.

– Eu não sei ainda. Algo poderoso.

Ele deu a ela um largo sorriso antes de pegar o cantil e tomar um longo gole. Passou-o para Tarak, que bebeu em solidariedade.

– Acha que eles vão retaliar? O que eles farão agora? – perguntou Nêmesis.

Kora examinou as docas.

– Os tripulantes do Imperium não são conhecidos pela bravura. Após a morte de um almirante, o protocolo exigirá a devolução da nave.

– Que bom – comentou Gunnar.

– Ainda seremos pagos, imagino – disse Titus.

– Um acordo é um acordo. O pagamento espera vocês em Veldt – respondeu Kora.

Tarak deu um tapa nas costas de Gunnar e sorriu.

– Devo lhe agradecer, Gunnar. Eu nunca confiei naquele piloto, sabia?

Kora olhou para Gunnar.

– Todos nós devemos agradecer. Ele nos salvou.

Titus ergueu o frasco.

– Três vivas para Gunnar.

Gunnar corou quando eles formaram o coro.

– Por que não saímos daqui e voltamos para Veldt? Alguém sabe como pilotar aquela coisa? – disse para mudar de assunto, enquanto apontava para a nave intacta de Kai. Kora assentiu e sorriu enquanto os outros continuavam a rir às custas dele.

—

Aris estava feliz por não ter que dormir no celeiro, mas ainda precisava ficar de olho nas transmissões. Precisavam de tanto tempo quanto possível para que Kora e Gunnar retornasse antes de Noble. Sam gentilmente permitiu que ele ficasse na sala da frente da casinha que havia herdado da mãe. Antes de entrar, ela parou em frente à porta. Sua mão parou na maçaneta.

– Não deve ser tão boa quanto ao que você está acostumado. Mas é quente e aconchegante. Eu nasci aqui. A aldeia se uniu para me ajudar a mantê-la ao longo dos anos. É tudo o que me resta da minha família, então tento mantê-la nas melhores condições que posso.

– Tenho certeza de que é ótima.

Sam abriu a porta. O quarto e a sala principal eram separados por uma mureta de madeira. De um lado a cama dela e do outro uma mesinha quadrada com duas cadeiras. Uma garrafa de vidro de leite vazia com flores silvestres. A grande janela atrás da mesa permitia a entrada de luz. Ela tinha uma cozinha básica, com uma lareira ao lado. Os olhos dele examinaram as paredes e a cama. Havia lindas colchas penduradas nas paredes e uma delas sobre a cama. Era da paisagem ao redor da aldeia. Sam notou que ele sorria enquanto as observava.

– Quando não estou ajudando na lavoura, eu faço coisas. Adoro costurar e fazer colchas de retalhos.

– Elas são fantásticas. Como aprendeu a fazer?

– Com a minha avó. Ela me ensinou quando eu tinha idade suficiente para segurar agulha e linha. Depois que a minha mãe foi embora, foi isso que fiz para passar o tempo e me curar da saudade dela. Sempre que alguém precisa de um cobertor novo, eu faço um.

– Você é muito talentosa.

A jovem corou.

– Fico contente que você goste delas, porque você vai dormir com elas hoje. Eu tenho muitas.

– Obrigado, Sam. Espero poder trabalhar para merecer o meu sustento aqui. – Ele olhou ao redor da sala. Uma cesta com restos de lenha ao lado da lareira estava vazia. – Posso pegar um pouco de lenha para você?

Ela sorriu.

– Isso seria gentil da sua parte. Depois a gente pode acendê-la e comer uma ceia leve.

Quando Aris regressou com mais lenha, Sam se sentou à mesa com pão, queijo e uma salada de tubérculos cortados. Ele colocou a lenha na cesta e se sentou.

– Você faz com que eu me sinta em casa. Não há palavras para agradecer.

– É o mínimo que posso fazer. Além disso, existem alguns outros trabalhos que podem precisar de atenção.

Os dois riram, comendo a refeição. Enquanto Sam devorava o pão, sua expressão ficou séria.

– Você tem medo de morrer? Você disse que não era soldado de verdade.

Aris parou de comer.

– Não quero morrer, mas também não tenho medo. Algumas coisas são piores que a morte.

– Como matar?

Aris assentiu sem olhar para ela.

– Está perguntando porque estava com medo? Não há nada de errado nisso. O que aqueles homens fizeram com você, o que queriam fazer...

– Eu sei. Mas e se eu tiver que matar para viver? Ainda há muito para ver e experimentar. E dependendo do que acontecer quando Kora voltar...

Os olhos de Aris se voltaram para ela.

– Por favor, fuja quando eles voltarem. Vou ajudar você. Vá para longe daqui. Você não merece a guerra.

Sam colocou a mão sobre a dele.

– Ninguém merece. Ninguém merece enfrentar a brutalidade ou ter o lar roubado. Ou famílias dilaceradas. Ficarei e lutarei com todos os outros, mesmo que isso signifique morrer.

Ele sorriu.

– Você é mais corajosa do que alguns dos soldados que conheci, sabia?

Ela desviou o olhar.

– Não tenho tanta certeza assim. Mas tenho orgulho do meu trabalho e de viver sozinha desde muito jovem.

– Quando a sua mãe morreu?

– Quando eu tinha doze anos.

Aris pensou nas irmãs e no quanto seus pais eram dedicados a proporcionar a todos eles uma vida familiar estável. Seu coração compadeceu de Sam, que era mais gentil do que a vida dada a ela. Ela parecia não possuir um pingo de amargura. Dentro dela havia uma fonte que brotava da alma e tocava tudo e todos ao seu redor. Era daí que vinha sua coragem e beleza. Ele se sentiu grato por tê-la conhecido. Sua família a teria amado.

– Eu era mais velho, mas entendo. – Ele lançou um olhar para a lareira apagada. – Que tal eu acender esse fogo agora?

Sam lhe deu um largo sorriso que o deixou à vontade num instante.

– Claro. E depois a gente pode arrumar as colchas extras para sua cama.

10

O CARGUEIRO POUSOU EM PROVIDÊNCIA AO ANOITECER. GUNNAR E KORA foram os primeiros a desembarcar da nave. Ele respirou fundo e olhou para Kora.

— Uau. É estranho estar de volta aqui... e não estar sozinho. Fizemos o que nos propusemos a fazer. Estou grato por estar de volta. E pela sua ajuda.

Kora sorriu.

— Vamos voltar para a aldeia. Uma boa noite de sono na casa do Hagen parece ótimo agora.

Os guerreiros saíram do cargueiro e examinaram os arredores. Tarak avistou o Empório do Prazer.

— Temos tempo para uma bebida rápida? Antes de pegar estrada?

Titus lhe deu uma cotovelada.

— Uma bebida? É só isso que você tem na cabeça?

— Ei, eu passei muito tempo algemado. Você também estaria com vontade de beber.

Kora fez sinal para que ele a seguisse.

— Lamento decepcionar você, mas devemos voltar para a aldeia o mais rápido possível. Temos muito o que fazer.

Gunnar os conduziu aos estábulos locais e conseguiu uraki suficientes por um preço justo para viajar de volta à aldeia sob o manto da escuridão. Saíram de Providência e cavalgaram até o Sol nascer acima das montanhas e o tom avermelhado de Mara poder ser visto por toda a terra.

Kora cavalgou mais rápido que os outros, dando-se espaço para pensar no que aconteceria a seguir. Deveria permanecer em Veldt ou era hora de seguir em frente? Suas emoções eram tão obscuras quanto o céu de Gondival. Ouviu os bufos e grunhidos de um uraki se aproximando. Titus alcançou Kora.

– O que aquele caçador de recompensas morto disse é verdade? O nome que ele usou para a chamar? Arthelais?

Kora não olhou para Titus. A única maneira de levar uma vida normal seria se a antiga morresse e fosse esquecida. Incluindo aquele nome. Não era quem ela nasceu para ser.

– Kai era mentiroso e ladrão que quase vendeu todos vocês por dinheiro. Mais alguma coisa, general?

Ele continuou olhando para ela, sem saber se era verdade ou não. Mas deixou por isso mesmo.

– Não me chame de "general".

Kora assentiu e cavalgou à frente de Titus até chegarem ao fim da estrada poeirenta da montanha, antes de descerem para chegar à aldeia. Daquele local, todo o vale podia ser visto, cercado por mais montanhas cobertas de neve e colinas exuberantes repletas de florestas, com um rio cristalino serpenteando no centro. Mara surgia por trás delas, dando à névoa matinal um tom avermelhado que se esvaía num amarelo pálido devido ao Sol nascente. Kora não diria isso em voz alta porque não era do seu feitio, mas parte dela sentiu uma sensação de calma ao ver a aldeia ainda de pé.

Ela nunca havia pensado que um lugar criaria um anseio profundo dentro de si novamente, desde que se encontrou, ainda criança, dentro de uma nave do Imperium e ouviu que nunca mais veria seu mundo natal. Durante anos, viu muitos mundos serem dizimados. Seria devastador para ela ver aquela aldeia reduzida a nada e as pessoas que conhecia, torturadas e mortas.

– Aquela é a nossa aldeia. Aquele é o nosso lar. – Gunnar estava ao lado dela com um sorriso no rosto, um sentimento de orgulho na postura e nos olhos enquanto observava a aldeia. A expressão dele era como ela se sentia por dentro.

– Lar. Nunca tive um lugar para chamar de lar – confessou para ele. A mão dele se moveu para tocar a dela, mas ele a afastou.

Tarak parou ao lado deles, apreciando a paisagem deslumbrante.

– É quase uma pena que você tenha matado aquele canalha do Noble e que a gente não tenha que lutar. Este teria sido um lugar lindo para morrer.

Kora sorriu e inalou o ar fresco da manhã.

– É verdade. Mas talvez ainda tenha que ser um lar por mais tempo. – Ela saltou do uraki ao mesmo tempo que Gunnar. Eles começaram a descer para o vale.

O mato farfalhou acima deles quando estavam longe o suficiente para não ouvir ou ver que tinham companhia. Dois Falcões se moviam sorrateiros enquanto seguiam os guerreiros de volta à aldeia. Um deles se virou para o líder.

– E agora?

– Nós esperamos. Não fazemos nenhum movimento até recebermos ordens. Vamos voltar para as cachoeiras.

As Cachoeiras de Mara ficavam acima da vila e caíam em uma piscina rochosa. Suas águas limpas e frescas vinham direto das montanhas cobertas de neve. Cerca de cento e cinquenta metros acima da aldeia havia saliências rochosas planas escavadas na encosta de uma montanha que cercava a aldeia. Os Falcões que seguiram Kora e os guerreiros de Providência vinham utilizando o local escondido como base para espionar o grupo e a aldeia. Um deles estava na beira de um penhasco, vigiando com binóculos na mão. Outros dois deixaram cair seus suprimentos e equipamentos.

O mais magro e menor dos Falcões caminhou até a borda.

– Quais as novidades, Syra?

Ele se virou para o companheiro.

– Já era hora de ter voltado, Streep. Todos entraram na Casa Comunal. Devem estar comendo e bebendo. Isso nos dará tempo para montar um transmissor. Peça a Kaan para encontrar lenha. Esse lugar vai servir muito bem enquanto aguardamos novas instruções.

Syra se virou para o outro Falcão que descarregava suprimentos.

– Você está encarregado da lenha.

Os olhos de Kaan se estreitaram e ele rosnou:

– Eu sempre fico com os trabalhos de merda.

– Isso é porque você ainda não conquistou seu lugar – gritou Syra.

Kaan foi até a floresta, emburrado. Olhou ao redor para evitar ir longe demais e tornar a tarefa mais difícil do que deveria ser. O som de um galho de árvore se quebrando o fez olhar para cima. Ele farejou o ar, tentando detectar o que ou quem poderia ser. Veados, vários pássaros, folhas podres, ratos. Nada fora do comum.

Ele continuou pegando pedaços menores para acender e maiores para queimar por mais tempo. Ergueu o olhar de novo quando uma árvore estremeceu com a debandada dos pássaros. Ele farejou mais uma vez e olhou ao redor. Conseguia ouvir as cachoeiras a distância, mas nada mais. Ele olhou para baixo e chutou para tirar uma cobra da bota.

– Odeio este lugar. Queria que ainda estivéssemos em Providência – murmurou para si mesmo, antes de correr para pegar qualquer galho caído que pudesse encontrar. Se quisessem mais, poderiam vir pegar. Kaan saiu da floresta e voltou para a caverna atrás das cachoeiras.

Jimmy surgiu da quietude da floresta. Esteve escondido atrás de uma grande árvore derrubada. Suas raízes gigantescas com terra compactada e folhas esmagadas eram o escudo perfeito. Ele tinha passado algum tempo nos campos dourados, tocando as longas hastes de trigo e observando a beleza simples da natureza e o bálsamo curativo da solidão. Ficou surpreso ao ver como a natureza possuía um equilíbrio perfeito por si só. Cada coisa interagia em uma dança perfeitamente alinhada com as outras. Se ao menos os seres de duas pernas pudessem encontrar a mesma harmonia que a natureza selvagem, aprendendo com ela. Ele também se viu aprendendo ao observar os aldeões de longe.

Ser um guardião silencioso era muito mais interessante do que ser uma máquina de guerra. Desde que os Falcões chegaram, ele os perseguiu e observou seus movimentos. Algo estava acontecendo, mas ele não sabia exatamente o quê. Tomou a decisão de ficar quieto em vez de alertar a aldeia. Poderia chegar o momento em que precisasse fazer isso, mas por enquanto manteria distância e faria o que pudesse quando necessário.

Ele voltou para a exuberância da floresta, misturando-se e tornando-se um com ela novamente. Jimmy se sentia vivo. Ele havia encontrado um propósito além de seu protocolo. O propósito estava além do que outra pessoa havia programado em benefício dela: era *a sua própria* vontade. Foi isso que separou alma e máquina. Alguns homens se recriaram para imitar a máquina, mas Jimmy se transformou para ser mais do que ambos.

11

DEVRA BLOODAXE DEIXOU SHARAAN COM A SENSAÇÃO DE QUE PARTE DELA permaneceu no planeta. Houve um vazio, semelhante a quando ela deixou Shasu. Até agora ela teve o irmão ao seu lado. No passado, eles tiveram batalhas com suas famílias, entre si, consigo mesmos. Devra e Darrian não queriam seguir em frente sem chegar a um acordo sobre uma direção e, embora tivessem concordado em apoiar a causa de maneiras diferentes, não parecia certo.

E se ela nunca mais o visse? Seus pais haviam partido. Apesar de considerar seus guerreiros como se fossem família, ele era seu sangue e lhe dava apoio como nenhum outro. Ela questionou sua decisão enquanto tocava o cordão preto com uma única conta vermelha amarrado no pulso. Tinha sido um presente do irmão quando eram crianças.

Ela não podia pensar na possibilidade da morte dele. Precisavam se mover depressa, para um destino desconhecido. Velocidade e furtividade tinham sido a sobrevivência deles até agora. Moviam-se como os animais indomados das selvas de Shasu. Atacavam como os grandes caçadores ancestrais da tribo de sua mãe. Devra se encheu de orgulho quando pensou em sua ascendência Shasu. Ela cavou fundo para sentir consolo e força. Precisava disso agora mais do que nunca, enquanto estava sozinha na nave. Poderiam acabar sem aliados confiáveis. Se o Imperium conseguisse o que queria, não haveria mundos para onde correr. Haveria apenas o Mundo-Mãe; eles queriam dominar tudo no Universo conhecido. O preço pela dissidência seria elevado demais para que alguém pudesse continuar a manter uma oposição de verdade contra eles.

– Devra. – Ela se virou e viu Omari, preocupado, se aproximando. – Você tem um destino em mente? Estamos voando às cegas agora e estou sendo questionado pelos outros.

Ela balançou a cabeça.

– Ainda não. Ainda estou processando que Darrian não está aqui. Mas precisamos nos reagrupar.

– Eu sei. Todos sentiremos saudade dele, mas sugiro que tomemos uma decisão logo. Recebi uma transmissão criptografada: naves grandes estão se aproximando de Sharaan. Antes que eu pudesse responder, foi interrompida.

– De quem são as naves?

– Não ficou claro, mas acho que é seguro supor que são do Imperium. Eles não vão parar até nos encontrar.

Devra fechou os olhos e respirou fundo.

– Rezo para que o rei Levitica esteja preparado. Ele é um bom líder e nos ajudou quando ninguém mais faria isso.

– Ele sabia do risco, todos nós sabemos. – Ele fez uma pausa. – Você tem estado muito quieta desde que partimos. Quer conversar?

Ela fez uma pausa e olhou para o lugar onde Darrian costumava se sentar. Tocou a pulseira mais uma vez. O cordão e a conta giravam em seus dedos enquanto ela articulava o que sentia no fundo da alma.

– Será que tomei a decisão certa?

– Deveríamos reunir *todo* o nosso pessoal e elaborar um plano.

Devra assentiu.

– Sinto que este é um ponto de virada para mim, para nós. Mas preciso de tempo para contemplar, pesar tudo isso que está diante de mim.

– Entendo. Mas vivemos com os dias contados.

– Divulgue a mensagem de que estamos indo para a Base Um. Já faz tempo desde que estivemos lá. Deve ser seguro.

– Quer que eu verifique a identidade das naves que se aproximam de Sharaan?

– Não. Não podemos arriscar mais transmissões. Ficaremos fora do radar ao máximo até que eu tenha uma ideia melhor do que fazer a seguir. Se for o Imperium, não há mais nada que possamos fazer agora.

– Vou garantir que todos saibam sobre o novo ponto de encontro.

– Obrigada, Omari. Só preciso de um momento sozinha.

Omari lhe deu um breve aceno de cabeça e saiu. Reagrupar na Base Um representava o menor risco e poderia lhe dar o espaço de que precisava para pensar. Às vezes, desejava ter a ousadia do irmão. Outras vezes, ela reconhecia que eram seus passos bem pensados que a mantiveram viva em Shasu e ali no alto.

A névoa desceu sobre Gondival com a temperatura caindo depressa e a maré subindo em uma velocidade violenta. Uma luz intensa cortou as nuvens. O holofote se movia como um animal farejador em busca de uma presa. Parou sobre o corpo de Noble, prestes a ser consumido pelo mar. A nave desceu e a barriga se abriu. Um longo braço robótico saiu e pegou o corpo. Recolheu-se com os membros flácidos e a cabeça de Noble pendendo no ar até que ele desaparecesse no interior da nave.

Técnicos médicos do Mundo-Mãe estavam diante de uma maca flutuante com o corpo de Noble. Um dos técnicos examinava o corpo. Cassius olhava para o homem que havia agido como se fosse invencível, mas lá estava ele, bastante suscetível às coisas que aniquilam os homens.

– Faça o que for preciso – ordenou Cassius enquanto observava as duas equipes médicas prepararem o corpo de Noble, removendo as roupas. A maca começou a ler os sinais vitais e ferimentos dele enquanto acompanhava o técnico e o médico, que usavam túnicas vermelhas e máscaras de plástico *ombré* com cinco luzes acopladas para ajudar na visibilidade durante o trabalho.

– Precisamos agir rápido. A sala está pronta. – O doutor Hadrian Mons corria ao lado da maca flutuante enquanto ela ganhava velocidade. A pele branco-azulada de Noble brilhava com água salgada, o sangue ainda vazava do corte no peito.

– Isso exigirá um milagre – comentou o assistente técnico de Mons, olhando para o buraco de carne rasgada.

– É o que veremos.

Eles viraram a esquina para a ala médica. A porta se fechou automaticamente logo em seguida.

– Prepare-o para transmissão. Balisarius está à espera. – O médico passou a mão por uma faixa de luz na lateral da maca. Eles colocaram Noble em uma plataforma plana. O técnico vasculhou a nuca de Noble com a ponta dos dedos. – Está em algum lugar aqui... mas não temos muito tempo. – Ele continuou a procurar até puxar a emenda da pele e afastá-la do crânio. Sangue e fios de músculos se separaram do osso. – Certo. Rápido agora.

Um técnico puxou os cabos pendurados e os conectou às entradas ensanguentadas na base do crânio de Noble com o som de um aspirador.

– Mostre os sinais vitais – mandou o médico em voz alta na sala. Um holograma do corpo de Noble e seus órgãos brilhou acima da maca. Parou no coração imóvel. – Energia total. Envie-o agora.

Líquido começou a subir ao redor de Noble. Raios azuis elétricos foram disparados do fundo do tanque. O corpo de Noble convulsionou com a onda de energia. O holograma de seu coração bombeou erraticamente três vezes e depois parou. Seu corpo flácido continuou a flutuar.

– Espero que ele esteja pronto para morrer – comentou um dos técnicos.

Mons olhou com atenção para o corpo de Noble.

– Homens como ele estão sempre prontos. É por isso que são tão difíceis de matar.

– Você não está dizendo... Não pode haver nada acontecendo aí dentro.

O dr. Mons permaneceu em silêncio, procurando qualquer movimento leve enquanto dados passavam ao lado do holograma do coração de Noble.

– Pode ser que não, mas temos nossas ordens. O regente está esperando para falar com ele, então saberemos em breve se ele vai sobreviver.

O líquido que subia ao redor do corpo de Noble formou um saco amniótico que se elevou acima da plataforma. Ele estava todo envolvido conforme se encolhia em posição fetal. Faixas azuis de eletricidade estalavam ao seu redor enquanto a equipe médica e Cassius esperavam e observavam.

—

Ele não conseguia sentir o frio penetrar em seus pulmões quando inspirava. Noble olhou abaixo dos pés. Carpas koi gigantes do tamanho de dois homens nadavam sob o gelo. Atacavam uma à outra e rolavam na água gelada abaixo. Ele estava nos jardins de inverno do palácio real. O palácio era uma sombra escura a distância. Ele esticou os braços e tocou o peito. Seu uniforme preto estava impecável.

Ele não estava sozinho. Seus olhos seguiram uma koi que nadava na direção de uma figura parada diante dele. Por instinto, Noble endireitou a postura. Um homem alto, vestindo um casaco grosso que caía no gelo, com uma bengala moldada no mesmo estilo do cetro de osso, estava de costas para ele. Só poderia ser uma pessoa.

– Milorde, é uma honra estar na sua presença, como sempre.

Balisarius se virou para ele. Seu rosto enrijecido pela guerra, mas mantido jovem com fortuna e ciência.

– Como é sentir esse ar frio nos pulmões, hein? – Ele ergueu a bengala logo acima do gelo e a pousou com um pequeno *clique*. Uma fina linha azul de eletricidade saiu da ponta.

O dedo indicador direito de Noble se contraiu.

– Balisarius. Por que estou aqui?

– Quando eu soube do que aconteceu… que o relato parecia sugerir uma série de eventos que forçavam minha credibilidade… achei que era melhor ouvir a história de você. – Balisarius deu um passo para mais perto. – Agora me conte o que foi feito.

Noble manteve o queixo erguido.

– Eu a encontrei. Aquela odiada que assassinou a sangue frio aquilo que nos era mais precioso. Dizer o nome dela traz uma sensação de raiva à minha garganta. Encontrei Arthelais.

Balisarius permaneceu inexpressivo.

– Tem certeza de que é ela?

– Tenho, milorde. Ela estava na companhia do desgraçado general Titus e Darrian Bloodaxe. Mas estamos perto de capturá-los. O nosso mundo vai se unir em celebração, não apenas pela destruição dessa lamentável insurgência, mas também pela entrega, à justiça, daquela impureza étnica, o monstro, a Marcadora de Cicatrizes, a inimiga de todos nós.

Permanecendo tão impassível quanto o castelo atrás dele e tão frio quanto a neve que caía sobre seus ombros, Balisarius bateu novamente no gelo com a bengala. Mas dessa vez com mais força. Uma teia de rachaduras surgiu abaixo do ponto de contato.

Noble olhou para a fenda que apontava direto para ele como um dedo acusador.

– Vossa Graça...

– E essa notícia deveria me trazer alegria? Diga, comandante, devo cobri-lo de elogios e promessas de glória?

Noble tentou manter a compostura.

– Eu pensei...

Outro golpe da bengala de Balisarius enviou mais eletricidade azul através do gelo. Seus olhos faiscaram de raiva e sua boca se retorceu num sorriso de escárnio.

– Pensou o quê?! Que Arthelais, a assassina da família real, aquela que matou o rei e a rainha, bem como a própria protegida, a princesa Issa, a sangue frio, uma das guerreiras mais perigosas e condecoradas da história dos conflitos armados, faz agora parte de uma insurgência nascente?

Eu deveria estar feliz por ela ter unido forças com o genial comandante de batalha, o general Titus? Achou que isso seria uma boa notícia?

– Senhor, ela está ao nosso alcance. Permita que eu traga a cabeça dela.

Balisarius bateu com força no gelo enquanto agarrava o topo do osso dourado. Mais garras de gelo quebrado se aproximaram de Noble.

– Na verdade, temo que a cabeça mais ameaçada aqui seja a sua. Você vai esmagar essa insurgência até o último homem, está me ouvindo? E depois você capturará minha filha viva e trará a minha criança preciosa de volta para mim.

Noble ficou em silêncio.

– Para que eu possa crucificá-la à sombra do Senado. Se não puder trazê-la até mim, então aquele cuja execução pública causará arrepios nas espinhas dos senadores e cujos gritos ecoarão pelos corredores de mármore... será você. – Balisarius ergueu mais uma vez a bengala, colocando uma mão sobre a outra e empurrando-a contra o gelo. Um raio de eletricidade azul ziguezagueou em faíscas antes de estourar o gelo abaixo dos pés de Noble. Ele caiu em silêncio.

—

O saco amniótico se rompeu, deixando Noble nu e encharcado na grade de metal da plataforma.

– Outro choque.

O técnico assentiu e usou um controle remoto manual para eletrificar os cabos conectados diretamente a Noble. O corpo do morto convulsionou e se contorceu com a descarga de energia. Tanto Mons quanto o técnico olharam para o holograma. O aviso continuou com uma contagem regressiva numerada.

– Acerte com tudo.

O técnico olhou para o corpo e depois para o médico.

– Mas poderia...

– Se você valoriza a própria vida e o trabalho, então faça! São ordens acima de mim.

O técnico franziu os lábios e deslizou o polegar pelo controle. O holograma continuou a contagem regressiva. O corpo de Noble teve um espasmo, com as costas se arqueando de uma forma antinatural. Seus olhos se abriram e saltaram das órbitas. Sem nenhum grito, sua boca se abriu dolorosamente. O holograma piscou em azul. O som de uma batida de coração foi tudo o que pôde ser ouvido na luz fraca e âmbar, até que ele começou a gritar. O barulho ensurdecedor tomou a sala.

FIM DA PARTE 1

AGRADECIMENTOS

Gostaria de agradecer ao Zack Snyder por ter criado uma história incrível e permanecer tão ferozmente dedicado a um projeto tão fantástico; a Adam Forman, que foi extremamente útil com os detalhes básicos da história; a TODA a equipe da Titan Books que trabalha duro para dar vida a histórias para milhões de pessoas; e a Daquan Cadogan e Michael Beale pelo trabalho incansável neste projeto e por acreditarem em mim até o fim. Um bom livro é a soma de todas as pessoas envolvidas do início ao fim. Os editores são parte essencial do processo.

Obrigada aos ancestrais que me guiam todos os dias.

SOBRE A AUTORA

V. Castro é uma escritora mexicana-americana de San Antonio, Texas, que agora reside no Reino Unido. Mãe em tempo integral, dedica seu tempo à família e escreve narrativas latinas de terror, ficção especulativa e ficção científica. Seus lançamentos mais recentes incluem *The Haunting of Alejandra* da Del Ray e Titan Books, *The Queen of the Cicadas* da Flame Tree Press e *Goddess of Filth* da Creature Publishing.

Encontre Violet no Instagram e no X @vlatinalondon ou acessando: vcastrostories.com